FULL MOON

Titre original : *Bite Risk*

First published in Great Britain by Simon & Schuster UK Ltd, 2023
Simon & Schuster UK Ltd
1st Floor, 222 Gray's Inn Road,
London WC1X 8HB, UK

Sophie Wills

FULL MOON

Traduit de l'anglais
par Guillaume Fournier

Larousse Jeunesse

Pour Bob, Fraser et Cameron

CHAPITRE 1

Avril – La nuit du Confinement

Occupé à tendre le fil déclencheur en travers du porche, j'en oublie presque d'apporter son dîner à maman. C'est seulement quand je l'entends faire du raffut dans le sous-sol que je réalise qu'il est bientôt vingt heures. Les lampadaires projettent leur éclairage jaunâtre jusqu'à la maison, mais je n'en ai pas besoin – la lune me suffit largement. Lourde comme un fruit mûr, elle plane au-dessus de Tremorglade en surveillant nos moindres faits et gestes.

J'en finis avec l'activation des charges explosives autour de la maison et j'inspecte les filets en graphène. Puis je m'accroupis avec satisfaction et regarde le signal d'avertissement en néon se balancer dans le vent. Tout est paré pour ce soir, même si je m'y suis pris un peu tard. Dangereusement tard, dirait maman. Elle se plaint toujours que je ne changerai jamais, ce à quoi je réponds que ça finira bien par arriver, même si ce n'est pas pour ce mois-ci. Ça ne la fait pas rire. Elle trouve qu'on ne devrait pas plaisanter avec ça.

J'ai les paupières qui brûlent, les doigts endoloris à force de tortiller les fils, mais je me traîne jusqu'au frigo et sors la viande de ce soir en plissant le nez à cause de l'odeur. Dans ma hâte, j'incline un peu trop le plateau et son contenu vient m'asperger le torse. Super.

Au sous-sol, le raffut augmente. Maman commence à s'agiter, comme toujours à cette heure-là. J'aurais dû la nourrir plus tôt mais j'ai été distrait par autre chose.

L'escalier du sous-sol est raide et la lumière ne s'allume pas quand j'actionne l'interrupteur. Ça arrive de temps à autre. On ne paie pas toujours les factures à l'heure et parfois la compagnie d'électricité s'en aperçoit. Maman l'appellera demain matin pour implorer sa clémence jusqu'à ce qu'elle touche sa paie à la fin de la semaine.

Tenant le plateau d'une main, je descends prudemment dans le noir en m'appuyant contre le mur avec l'autre main. Ce ne serait vraiment pas le moment de me casser la figure et de me blesser, alors que maman n'a pas encore mangé.

Un gémissement plaintif m'accueille au bas des marches et je ressens une pointe de culpabilité.

– Désolé, maman, j'ai eu plein de trucs à faire ce soir.

Sans compter que j'ai atteint le niveau vingt de Joyeux Trappeurs, mais elle n'a pas besoin de savoir ça.

Pas de réaction. J'ai comme l'impression qu'elle n'est pas d'humeur à écouter mes excuses.

Je n'y vois rien du tout dans l'obscurité, alors je sors mon téléphone de ma poche arrière et allume la lampe. Je braque involontairement la lumière dans ses yeux et elle se cabre. En montrant les crocs.

– Pardon, pardon !

Je pose le plateau et le téléphone à même le sol, afin que la lumière pointe vers le plafond, et j'attrape le quartier de bœuf. Il est aussi gros que ma tête. C'est là que je réalise que j'ai oublié de le couper. Aucune chance que j'arrive à le faire passer entre les barreaux de la cage.

Il est trop tard pour y penser, maintenant – elle a flairé la viande. Elle sort de l'ombre pour se jeter bruyamment contre la grille, faisant trembler toute la cage, avant de se reculer.

J'ai intérêt à faire vite.

Je jette la viande au sol et la piétine pour l'aplatir, tâchant d'éviter de salir les vêtements qu'elle a soigneusement pliés sur le côté. Puis je m'approche et lui tends sa pitance à travers les barreaux.

Elle ne fait pas un geste pour s'en saisir.

On dirait qu'elle attend quelque chose.

Si elle s'imagine que je vais lui ouvrir la porte, elle ferait mieux d'oublier cette idée tout de suite – même si je ne suis pas certain qu'on puisse parler d'*idées* pour décrire ce qu'elle a dans la tête en ce moment.

Des sensations, peut-être. De la faim. De la rage.

Un peu de jus de viande me coule sur le poignet, dégoulinant sur le panneau d'avertissement soudé au milieu de la grille :

DANGER – RISQUE DE MORSURE.

– Bon, décide-toi, c'est lourd.

Mon bras commence à fatiguer. Même si c'est le Confinement, j'envisageais sérieusement de rester à la maison et de me poser devant la télé, sauf que maintenant ce n'est plus possible, et en plus elle se fait prier. Agacé, je lui tends la viande un peu plus près.

Il ne lui en fallait pas davantage.

Une milliseconde plus tard, elle sort les crocs et ses griffes me lacèrent la manche tandis que j'essaie frénétiquement de retirer mon bras.

Survolté par l'adrénaline, pris de panique, je pense enfin à lâcher la viande ; je glisse ma main hors des barreaux, m'écorchant les phalanges au passage, et bascule en arrière sur le béton.

Les fesses posées dans la flaque de sang, je reste assis là le temps que les battements de mon cœur s'apaisent un peu.

Tout va bien. Elle est accroupie, en train de déchiqueter son quartier de bœuf tout en me surveillant du coin de ses yeux jaunes.

J'ai une fine incision au dos de la main, là où l'une de ses griffes m'a entaillé la peau. Ce n'est qu'une égratignure ; ça aurait pu être bien pire. Ça fait quand même un mal de chien.

Je masse mon dos endolori et lui adresse un regard de reproche.

– Maman...

Des petits morceaux de viande dégringolent de sa gueule avec un filet de salive rosâtre, tandis qu'elle engloutit rapidement son dîner. Je suis tellement agacé que je serais presque tenté de la prendre en photo et de la mettre en ligne, mais elle me tuerait.

À ma montre, il est vingt heures dix. J'ai une douleur sourde qui me prend tout l'arrière du crâne et le haut des épaules – le mal de tête classique du Confinement –, mais au moins, grâce à l'adrénaline, je suis pleinement réveillé maintenant.

Trop nerveux pour regarder un film, et puisqu'il n'y a pas de courant de toute manière, je décide de passer voir Elena. Contrairement à moi, elle s'est sans doute occupée de son père et de son frère depuis des heures.

Je laisse maman toute seule, remonte l'escalier, passe la porte, enjambe le fil et traverse le jardin. La maison d'Elena est juste en face, de l'autre côté de la rue ; il y a de la lumière entre les rideaux de sa chambre. Tout à l'heure, en préparant mes pièges, je pouvais l'entendre chanter. Elle a une très jolie voix.

C'est une belle soirée de printemps, qui sent bon le gazon tondu. Les signaux lumineux « DANGER » qui se balancent dans la brise évoquent les décorations d'une fête d'anniversaire un peu sinistre. On voit d'autres enfants dans la rue ; les plus jeunes en train de jouer, les plus âgés sont sur leurs téléphones ou discutent en petits groupes, armés de fusils tranquillisants. Même la petite Mika Dezaki, qui n'a commencé les gardes que depuis quelques mois, est déjà postée sous son porche dans le fauteuil roulant qu'elle utilise le temps de se remettre de son opération de la hanche. Elle nettoie le canon de son XR50 comme un vrai vétéran. Rudi et Asim jouent aux quilles au milieu de la rue. Quelques bambins sont rassemblés dans la zone grillagée autour du noisetier, où ils s'amusent à se jeter des poignées d'herbe et à manger des insectes.

Ils sont tous prêts depuis des lustres.

Je devrais être plus organisé, je le sais bien. *Activer les défenses, tout verrouiller, et ouvrir l'œil.* C'est le même protocole pour chacun de nous.

Ici, à Tremorglade, on est tellement isolés qu'on ne subit pas toutes les horreurs qui affectent le reste du monde – la violence du climat, les épidémies, les meurtres et les pillages.

On doit juste vivre avec le poids de nos erreurs.

CHAPITRE 2

De la musique s'échappe de l'une des fenêtres à l'étage de la maison d'Elena – celle de la chambre de son frère Pedro. Il aime écouter quelque chose de joyeux et d'entraînant dans sa cage pendant le Confinement. Elena commence généralement par lui chanter quelques airs, puis elle laisse tourner le lecteur-CD pour le restant de la nuit. Elle porte des écouteurs, vu que sa chambre est juste en face de la sienne, mais garde son bracelet d'alarme allumé pour être prévenue en cas de problème. Il n'y en a jamais, heureusement. Plus depuis des lustres en tout cas.

Pedro est convaincu que la musique l'aide, alors il a demandé à ce qu'on lui passe différentes chansons pendant ses confinements et qu'on enregistre ses réactions. Jusqu'ici, les résultats sont... mitigés. Disons que l'électro-pop contribue *peut-être* à calmer un peu sa fureur. Un chouïa. Mais il n'y a rien de moins sûr.

J'ai à peine posé le pied sur la première marche du perron que la porte s'ouvre brusquement sur Elena, l'air malicieux, un grand sourire aux lèvres. Quelques gouttes de sueur brillent sur son front mat et elle est hors d'haleine. J'imagine qu'elle devait être en train de danser.

Elle a un mouvement de recul en me voyant.

– Wow. Tu viens de tuer quelqu'un ou quoi ?

Je baisse les yeux sur mes vêtements. Au clair de lune et dans l'éclairage blafard des lampadaires, c'est pire que je ne le pensais. J'ai une grosse tache de sang sur mon T-shirt avec des éclaboussures tout autour, et mon pantalon trempé me colle désagréablement aux cuisses. Des griffures rougeâtres fleurissent sur mes bras. Je sens une puanteur d'abattoir quelque part et je me dis qu'elle doit venir de moi.

– Oh non, je... je me suis seulement sali un peu avec le repas de maman. Tu veux que j'aille me changer ?

– Non, t'en fais pas. En fait, ce sang améliore grandement ton pantalon. Ça masque bien les motifs.

– Merci.

Elle me donne un petit coup de poing amical sur le bras.

– Tu es tellement maladroit, Sel.

Difficile de prétendre le contraire. La maladresse, c'est tout moi. Je ne rate pas une occasion de lâcher un truc, de trébucher dessus, de casser quelque chose ou de m'étrangler avec.

À l'école, lors des exercices de tir, tout le monde s'écarte de moi depuis que j'ai touché notre professeure. Avec une fléchette d'entraînement, évidemment, pas une vraie – ça l'aurait tuée, hors d'une nuit de Confinement. Mais ça fait quand même un mal de chien quand ça vous transperce la peau. Je ne l'avais pas fait exprès, bien sûr, mais je peux comprendre qu'elle ait eu des doutes – elle se tenait derrière moi à ce moment-là. J'avais accroché mon fusil tranquillisant dans mon dos à la fin de la séance sauf que j'avais oublié de remettre le cran de sûreté. Je me suis retrouvé collé tous les soirs pendant un mois : tout seul face à mes cibles avec une cargaison de fléchettes. Malgré ça, je tire toujours aussi mal.

– Shady Oaks ? suggéré-je.

La maison de retraite – c'est là que vit notre ami Harold. On joue souvent aux cartes ensemble, et ce soir c'est le seul adulte de Tremorglade qui ne risque pas de nous réduire en charpie si on s'approche un peu trop près.

On prend nos vélos et on pédale jusqu'à l'autre bout de la ville. Le murmure de la rivière nous accompagne tout au long du chemin. On l'aperçoit entre les maisons et les boutiques, qui serpente doucement le long de la partie ouest de Tremorglade jusqu'à l'orée de la forêt où elle tombe en cascade sur une centaine de mètres. Derrière nous s'élèvent les montagnes qui enserrent la ville dans une sorte de fer à cheval. Comme si la nature savait que le monde se retrouverait plongé dans le chaos, le crime, la maladie, le blizzard et la sécheresse, et qu'elle avait voulu nous garder un petit coin tranquille où nous serions plus ou moins en sécurité.

À peu près au milieu du trajet, on passe devant le centre de bien-être. À cette heure-ci, il n'y a personne, évidemment. Mais ça ne fait rien, on est tous formés aux gestes de premiers secours. Si l'un d'entre nous devait se blesser gravement, il suffirait d'éviter qu'il se vide de son sang jusqu'à ce que l'un des médecins vienne ouvrir le lendemain matin. Un drone de la taille d'une voiture décolle de la zone de dépose et s'éloigne au-dessus des arbres dans un bourdonnement d'hélices, en direction d'Hastaville. Il a dû récupérer les fléchettes vides de ce mois-ci et nous en apporter de nouvelles, avec du matériel et des fournitures médicales. Ses lumières rouges clignotent dans le lointain avant de disparaître.

On reçoit tout par drones – certains aussi gros que celui-là, d'autres assez petits pour tenir dans le creux de la main. Beaucoup de villes les utilisent aujourd'hui, vu qu'ils sont plus difficiles à voler que des véhicules. Ce n'est pas un problème ici – nous sommes trop peu nombreux et trop isolés pour valoir le déplacement. On peut commander sur Internet et se faire livrer directement à domicile, même si on essaie de s'approvisionner dans les magasins locaux chaque fois que c'est possible parce que maman dit qu'il est important de soutenir la communauté. Je crois bien n'avoir jamais rencontré personne qui soit étranger à la ville.

Tout en roulant, je prends conscience de l'anxiété et de la nausée qui me tenaillent. On appelle ça le marasme. Nous, les gosses, on est avertis du début du Confinement tous les mois par un signal à la tombée de la nuit sur nos bracelets d'alerte, mais on pourrait aussi bien s'en passer. Nos corps sentent ce qui se passe, et ils n'aiment pas ça. Tout devient plus lourd. L'air se fait suffocant, comme si les adultes aspiraient toute l'énergie ambiante en Changeant.

Maman ne se rappelle pas avoir souffert du marasme quand elle était jeune, même après le Basculement, mais les vieux ont toujours tendance à croire que les choses allaient mieux avant. Même si la sensation de vertige, le mal de tête et les mauvais pressentiments s'effacent au petit matin, la plupart d'entre nous ont du mal à trouver le sommeil dans ces moments-là. Le manuel nous recommande de nous coucher de bonne heure lors du Confinement, après nous être occupés de nos corvées, mais aussi d'être prêts à sauter du lit en cas d'alerte, armés de nos fusils tranquillisants. Ça veut dire quoi « de bonne heure », de toute manière ? Cette nuit nous appartient.

Je me demande parfois ce qui se passerait si je pouvais rouler assez vite et assez longtemps pour échapper à la nuit tout autour de la Terre, toujours à quelques coups de pédale d'avance sur le crépuscule, sans jamais me faire rattraper. Derrière moi, les adultes seraient pris de convulsion les uns après les autres, leurs corps gonfleraient, transformés par la pleine lune jusqu'à ce qu'ils aient tous Changés, tandis que je filerais devant, léger et libre comme l'air.

Changer. C'est le terme officiel. Un mot banal et parfaitement anodin quand on pense au processus brutal et sanguinolent auquel il fait référence. Plus communément appelé par ici « avoir les dents qui poussent », « endosser une fourrure », « cracher sa boule de poils », « être en route pour le véto », et ainsi de suite. Mon expression favorite, c'est « gratter la litière ». Et ce qu'on obtient, une fois que les yeux ont grossi et que les poils ont poussé, ce sont de vrais fauves : les Changés. On les désigne généralement par leur surnom, à savoir les Éventreurs. Pour des raisons évidentes. Ce n'est pas par plaisir qu'on les enferme dans des cages.

Ils ont d'autres noms dans les autres langues, bien sûr, mais ils sont tous les mêmes partout dans le monde – et ce depuis le Basculement, il y a vingt-cinq ans. Depuis ce jour, chaque fois que c'est la pleine lune, du crépuscule jusqu'à l'aube, tous ceux qui ont plus de quatorze ans, ou parfois quinze, Changent. Enfin, presque tous.

Je ne vais pas vous ennuyer avec les détails techniques pour savoir comment déterminer précisément la nuit où ça va se produire – mais c'est en relation avec le « mois synodique », qui représente environ vingt-neuf jours et demi. Ça dépend du moment exact où la lune est la plus pleine. Disons simplement que les grosses têtes s'occupent des calculs et que la date s'ajoute automatiquement sur notre application calendrier. Le conseil local veille à ce que tout le monde soit au courant. Il paraît que dans le Nord, il y a certaines régions où les choses se compliquent. Le soleil y reste couché pendant des mois, et faute de crépuscule ou d'aube pour donner le signal du début et de la fin, le

Changement devient imprévisible, instable. On peut Changer pour vingt-quatre heures, parfois même une semaine, avant de se réveiller groggy, la bave aux lèvres. Ça craint.

– Hmm, ça cogne plus fort que d'habitude ce soir, tu ne trouves pas ? dis-je.

Elena hausse les épaules. Sans échapper complètement au marasme, elle en est souvent moins affectée que les autres – ce soir, elle n'a plus son air renfrogné habituel et elle se tient bien droite sur son vélo, évitant les nids-de-poule avec l'habileté d'un Éventreur de niveau soixante dans Joyeux Trappeurs en mode Extrême. Elle sourit, grisée par la vitesse et le vent sur son visage. C'est vrai qu'on n'est pas tous égaux face au marasme. Et puis, le Confinement est bien le seul soir où elle n'a pas besoin de s'inquiéter à propos de son père, alors elle en profite.

Juste avant d'arriver à Shady Oaks, mon vieux vélo déraille, comme ça arrive régulièrement. Comme aucun de nous n'arrive à remettre la chaîne en place, on termine le trajet à pied avant d'abandonner nos vélos sur la pelouse de la maison de retraite, au milieu des parterres de fleurs. Le terrain s'étend jusqu'à une rangée de sapins qui marque la lisière de la ville et le début de la forêt. Le bâtiment lui-même, de plain-pied, est une construction moderne tout en briques avec des buissons ornementaux le long des murs. Si on tend l'oreille, on peut entendre le grondement de la cascade derrière les arbres.

Quand on frappe à la porte de sa chambre, restée ouverte, Harold lève les yeux de ses cartes et son regard s'illumine.

– Ah, enfin ! Mes fidèles victimes !

Le petit chien d'Harold, Eddie, s'avance en trottinant pour me lécher la jambe. Je le gratouille entre les oreilles et il ferme les yeux un moment, en extase, avant de retourner se coucher aux pieds de son maître.

Harold est Immuable, ce qui est plutôt rare, comme vous vous en doutez. En fait, c'est le seul adulte dans tout Tremorglade qui ne Change pas, même s'il y en a d'autres disséminés un peu partout dans le monde. Ils ont généralement tendance à se réunir en petits comités pour organiser des soirées pizzas lors du Confinement, ce genre de choses. Quand je dis petits, c'est vraiment tout petits – d'après son site web, le Cercle des Immuables d'Hastaville compte uniquement quatre membres, au sein d'une population de cent mille âmes.

Mais ici, à Tremorglade, Harold n'a que nous pour lui tenir compagnie. On a fait connaissance il y a quelques années, quand il est tombé devant moi chez le marchand de fruits et légumes et que je l'ai conduit au centre de bien-être. On s'est tout de suite entendus : il est différent des autres adultes, et pas uniquement parce qu'il est Immuable. Il ne cache pas son mépris pour le maire Warren qui, non content de diriger les cérémonies officielles, supervise aussi l'organisation de la nuit du Confinement à Tremorglade – son conseil insiste pour placer les enfants de garde sous l'autorité d'un adulte et il nous rappelle constamment au respect scrupuleux du protocole.

Warren voudrait qu'Harold soit un peu plus responsable, qu'il fasse profiter la communauté de son Immuabilité. Alors il a essayé de l'engager comme policier municipal, avec pour mission de patrouiller dans les rues la nuit du Confinement pour s'assurer que les jeunes se comportent correctement. Harold lui a suggéré de s'occuper plutôt de son propre comportement pendant le reste du mois, quand il n'est pas Changé, parce que franchement l'administration de sa ville laisse beaucoup à désirer et qu'il ferait peut-être mieux de s'occuper de ça et de ficher la paix aux gosses.

Harold lève bien un sourcil circonspect devant l'état de mon T-shirt, mais il se contente de déclarer que ce soir, nous allons jouer à la pêche. On le regarde distribuer avec ses mains tremblotantes, couvertes de taches brunes, qui envoient les cartes plus ou moins dans la bonne direction – Elena et moi devons en intercepter quelques-unes avant qu'elles ne glissent de la table. On fait quelques parties, et comme toujours, c'est moi qui perds. Puis Harold pose à Elena la question que je n'ai pas osé formuler tout à l'heure.

– Alors, les recherches de travail de ton père, ça donne quelque chose ?

Je me crispe intérieurement. Je continue à fixer mes cartes mais je ne peux m'empêcher de retenir mon souffle. Lucas cherche du travail depuis la mort de sa femme Valeria, la mère d'Elena et de Pedro, il y a trois ans. Ce serait une bonne chose en soi, sauf qu'il cherche jusqu'à Colmea, où Valeria a grandi, et même à l'étranger. Partout sauf à Tremorglade, en fait. Il pense qu'Elena et lui ont besoin d'un nouveau départ. Elle-même est partagée à ce sujet, parce que ça voudrait dire quitter son meilleur ami – moi – mais d'un autre côté, elle n'est jamais allée nulle part et pense que ça pourrait être excitant. *Excitant* ? Dangereux, oui.

– *Nada*, répond Elena, et je peux respirer de nouveau.

J'avoue que je ne comprends pas. Elena et sa famille regardent les infos comme tout le monde. Ils *savent* à quoi ça ressemble dans le reste du pays. L'augmentation de la criminalité, l'épidémie de peste pourrissante, les accidents climatiques soudains qui balaient des communautés entières, laissant derrière eux des maisons en miettes et des cadavres par dizaines. Dans certaines villes, il paraît que les gens négligent le Confinement. C'est alors aux gamins de s'enfermer, pendant que les Éventreurs écument les rues en se battant entre eux, en s'attaquant au bétail – ou pire. Au petit matin, les corbeaux viennent festoyer sur les cadavres. J'ai vu un documentaire là-dessus et les images sont restées gravées sur ma rétine.

On vit littéralement dans le coin le plus sûr de la planète. Pourquoi vouloir en partir ?

– Tu as des trois, Elena ? demande Harold. Ça lui fait combien de candidatures en tout ?

– Non, pêche. Vingt-deux candidatures dans quinze villes différentes. (Elle soupire.) Il n'est pas loin à chaque fois, il a décroché plusieurs entretiens par vidéo, mais ils finissent toujours par donner le job à quelqu'un d'autre. Ça commence sérieusement à lui miner le moral.

C'est le moins qu'on puisse dire. Les nuits que Lucas passe à hurler pour réclamer de la chair humaine sont encore celles où il va le mieux. Le reste du temps, entre deux candidatures en ligne, il traîne toute la journée devant la télé. Parfois il éclate en sanglots, même devant des dessins animés. D'autres fois il se met en colère et casse des trucs. Il refuse de chercher du travail à Tremorglade. Heureusement, Pedro gagne un salaire correct en réparant des ordinateurs même s'il n'a que dix-neuf ans. Sinon, il n'y aurait aucune rentrée d'argent dans leur famille.

Il n'y a pas grand-chose qui échappe à Harold. Comme il discute avec tout le monde, il est au courant de tout ce qui se passe en ville, ce qui est à la fois bien et pas bien. Bien, parce que ça lui donne du recul et lui permet parfois de régler certains problèmes pour nous, et pas bien, parce qu'on ne peut rien lui cacher.

Je lui demande s'il a des as et il en fait glisser deux dans ma direction. Il m'en manque un dernier pour poser une prise.

– Tiens. Et ta mère, Sel, ça va ? Elle a suffisamment de boulot ?

Maman fait le ménage chez plusieurs personnes, mais aucune n'est particulièrement généreuse au moment de la payer. La seule raison pour laquelle je possède un ordinateur et un téléphone, c'est que Pedro les a trouvés dans un fond de poubelle et les a réparés pour moi – ils remontent pour ainsi dire à l'âge de pierre : ils rament comme pas permis, mais ça me permet au moins de jouer à Joyeux Trappeurs comme tout le monde et aussi d'accéder à FIN – *Friends International Network*, le réseau international des amis.

Je hausse les épaules.

– Ah ça, c'est sûr qu'elle ne chôme pas. Ça va, on se débrouille.

Je sais où il veut en venir. Maman m'a déjà dit de ne pas accepter d'argent de sa part – on n'est pas des mendiants. Mais il remet ça régulièrement sur le tapis.

Il gagnait très bien sa vie avant de prendre sa retraite – je ne sais plus dans quelle branche il travaillait, la finance je crois, en tout cas il a pu mettre pas mal d'argent de côté. C'est ce qui lui permet de vivre ici. Shady Oaks est un établissement de grand standing. Les pensionnaires y sont logés dans de belles suites et la salle commune donne sur un magnifique jardin. Enfin, quand je dis *les* pensionnaires... Il n'y a que six chambres en tout et pour l'instant seules deux d'entre elles sont occupées – il loge dans la Une et Dora dans la Quatre, en face de lui dans le couloir. Le loyer est trop élevé pour la plupart des gens, mais la compagnie qui gère l'établissement ne semble pas se préoccuper qu'il soit à moitié vide.

On dirait que l'argent d'Harold lui brûle les doigts. Il n'y a pratiquement personne en ville, adulte ou enfant, qu'il n'a pas grassement rémunéré au moins une fois pour effectuer des petits boulots pour lui, le plus souvent à des moments où ils avaient sérieusement besoin d'argent. Il a tendance à remarquer ce genre de chose.

Harold perçoit ma réticence et change de sujet. Il s'enfonce en arrière dans son fauteuil, contemplant ses cartes comme s'il lisait le menu d'un restaurant.

– J'ai un autre rendez-vous au centre de bien-être demain. (Il grimace.) Ils vont encore me palper et m'examiner sous toutes les coutures. Ces gars de Sequest, ils ne se fatiguent jamais. Je me demande bien pourquoi ils s'intéressent à ce point à ce qui se passe dans notre corps. Je trouve ça suspect, si vous voulez mon avis. Ils prennent beaucoup de libertés. Quelqu'un devrait fourrer son nez là-dedans. J'ai bien envie de retirer mon consentement.

Elena et moi levons les yeux au plafond. Ce n'est pas la première fois qu'on l'entend rouspéter comme ça. Surtout contre Sequest, l'organisation à but non lucratif qui s'attache à chercher un remède contre le *corpus pilori*, le virus responsable du Changement.

On trouve encore de vieux articles en ligne sur les premiers cas officiels. Ma mère dit qu'à l'origine il y en avait très peu, dans un pays lointain. Elle avait à peu près l'âge que j'ai maintenant. Et puis la maladie a commencé à se propager, beaucoup plus facilement et rapidement qu'on ne s'y attendait. Il faut dire que le *corpus pilori* n'est pas un virus ordinaire. Après vous avoir infesté, il reste généralement tapi dans l'organisme pendant un mois ou deux, le temps que vous contaminiez tout le monde autour de vous, puis il se manifeste par des symptômes assez spectaculaires. Très vite, ça a été la panique générale.

Les Éventreurs se sont multipliés un peu partout, et un tas de gamins se sont fait tuer avant qu'on organise le protocole des mises en cages. Cette période est restée dans l'histoire sous le nom de Basculement. Les gouvernements du monde entier tombaient les uns après les autres. Les dirigeants qui ont pris la suite n'ont pas connu plus de succès ; ils étaient tout aussi incapables de juguler la pandémie. Mais au milieu de ce chaos, un petit nombre de scientifiques indépendants se sont regroupés pour tenter de redresser la situation. Et ils ont fondé Sequest.

Lassés de l'incompétence, de l'impuissance et de la corruption des hommes politiques, ils ont commencé à déployer des mesures adaptées. Ils ont créé un réseau international des esprits scientifiques les plus brillants et mis leurs recherches en commun afin que toute découverte puisse être aussitôt diffusée dans le monde entier. Ils ont construit des centres de bien-être dans toutes les villes pour faire office de cliniques et de laboratoires de recherche, inventé les bracelets d'alarme et le système des gardes, et élaboré les principes qui sont à l'origine du protocole de la nuit du Confinement dans la plupart des pays. Tout cela dans le seul but d'agir au mieux pour les intérêts de l'humanité.

Pendant un moment, Tremorglade a cru pouvoir échapper aux Éventreurs en raison de son isolement.

Mais le *corpus pilori* est quand même arrivé jusqu'à nous.

La première personne contaminée a été une directrice de banque du nom d'Irène. Elle a surgi hors de son cottage, s'est jetée sur les poules de son voisin et a entamé un carnage. Les Tremorgladais avaient beau espérer ne jamais avoir à s'en servir, ils avaient préparé suffisamment de cages et de fusils tranquillisants pour ne pas être pris de court. Irène a vite été tranquillisée mais elle avait eu le temps de faire une victime – son voisin. Il était sorti de chez lui, alerté par le raffut dans son poulailler, et l'a payé de sa vie. La ville a fait ériger une statue à sa mémoire – qui le montre en pyjama, entouré de ses poules. Je me demande souvent si c'est vraiment comme ça qu'il aurait souhaité qu'on se souvienne de lui. Par la suite, certains ont raconté qu'Irène était discrètement passée voir sa sœur à Hastaville quelques semaines auparavant, mais elle l'a toujours farouchement nié.

Personne n'avait jamais rien vu de semblable. Les adultes contaminés ont transmis le virus à leurs enfants, y compris les bébés, qui sont nés avec.

Le truc, c'est que les bébés en question ont grandi et sont devenus... nous. Des enfants et des adolescents qui portent le virus en eux. Ça ne nous inquiète pas plus que ça, vu que nous n'avons jamais rien connu d'autre. La vie continue, comme on dit. Et quatre-vingt-seize pour cent des nuits se déroulent sans problème. Donc, oui, par certains côtés ce virus fait un peu peur mais le Changement est loin d'être aussi pénible que la puberté, à en croire Pedro. Je dois admettre que quand mon tour viendra, la camaraderie du Confinement me manquera. Avec un peu de chance, il me reste quand même un ou deux ans devant moi pour en profiter.

Et puis, il y a aussi des avantages. Sequest a pu s'appuyer sur les données recueillies dans ses centres de bien-être partout dans le monde pour découvrir des remèdes à toutes sortes de maladies – le cancer, les problèmes cardiaques, les champignons entre les doigts de pied et que sais-je encore. Des tonnes de nouveaux traitements qui n'auraient probablement jamais vu le jour sans le *corpus pilori*. Leurs antibiotiques à action rapide ont sauvé la vie de maman quand elle a fait une infection il y a quelques années, et je leur en serai éternellement reconnaissant. Ce n'est pas leur faute s'ils n'ont toujours pas découvert le seul remède qu'ils cherchaient au départ. Et je doute sérieusement qu'ils essaient de nous laver le cerveau comme Harold semble le croire.

Elena émet un claquement de langue désapprobateur.

– Tiens tes cartes plus près de toi, Harold, si tu ne veux pas que je t'écrabouille.

– Ooh, des menaces ? dit-il avec un grand sourire. Je tremble de peur, fillette. (Il manipule son appareil auditif, qui émet un petit grésillement.) Tu as des deux, Sel ?

– Tiens. (Je le regarde poser une nouvelle prise.) Qu'est-ce que tu reproches à Sequest, de toute manière ?

– Ce que je leur reproche ? s'exclame-t-il. Ils me volent mon sang ! Tous les mois ! Et ça n'inquiète personne !

Je secoue la tête en riant.

Harold continue :

– Qu'est-ce que la docteure Travis peut bien faire de mon sang, hein ? Je vais vous le dire. (Il se penche au-dessus de la table et poursuit dans un murmure.) Elle le boit.

Elena ricane et pose une nouvelle carte sur la table.

– Tu n'as peut-être pas tort là-dessus.

On préfère tous rester malades plutôt que d'aller voir la docteure Travis, avec ses mains glaciales et son intime conviction que tous les enfants font semblant d'être souffrants, même ceux qui ont trente-neuf de fièvre. Elle affiche un mépris tout particulier pour moi depuis la fois où je croyais souffrir d'une grave éruption cutanée, alors que j'avais simplement oublié un feutre rouge dans ma poche. N'empêche qu'on est obligés de la voir régulièrement à l'école pour des tests sanguins et d'autres trucs de ce genre. Je crois qu'elle adore me planter son aiguille dans le bras tous les mois, même si elle bougonne chaque fois contre mes veines « timides » qui refusent de coopérer. Ne comprend-elle donc pas ? Elles ne sont pas timides, elles sont terrorisées. Si elle se montrait plus gentille, je parie qu'elle pourrait me tirer des litres sans le moindre problème.

Nous autres enfants sommes testés très souvent, beaucoup plus que les adultes. C'est notre sang qui révèle si on est sur le point de Changer pour la première fois. Quand le graphique de vos constantes grimpe en flèche, vous avez intérêt à vous assurer que votre cage est prête et à vous organiser avec la personne chargée de vous garder. Le graphique d'Harold doit être plat comme une crêpe.

– Je comprends pourquoi notre sang les intéresse, lui dis-je. Le tien, par contre, c'est un mystère. Tu ne risques pas de Changer.

– Oui, reconnaît Elena. Mais c'est peut-être ça qui le rend d'autant plus important, justement. Comme base de référence pour les autres.

Harold lève un sourcil.

– Ooh, je suis une base de référence, maintenant ? Tu parles. Ce sont des savants fous qui se livrent à leurs expériences et voilà tout.

Il gagne aux cartes, comme d'habitude, mais partage avec nous les bonbons qui nous servent de mises – des lanières acidulées, aujourd'hui. Je les sens pétiller sur ma langue pendant qu'Elena et moi rentrons à pied en poussant nos vélos devant nous, juste après minuit. En principe, on n'est pas censés s'éloigner des personnes qu'on garde – ma mère, dans mon cas, et dans celui d'Elena, son père et son frère – mais la plupart d'entre nous interprètent cette règle avec une certaine... souplesse. C'est la seule nuit où on peut vraiment faire ce qu'on veut, après tout, et comme Harold estime que c'est injuste de nous confier une telle responsabilité, il ne risque pas de nous dénoncer. Encore une raison pour laquelle on s'entend bien avec lui. On partage la même haine envers les mouchards.

Malheureusement, tout le monde n'est pas comme lui et cette réalité se rappelle brusquement à nous au dernier virage, au moment de s'engager dans notre rue.

CHAPITRE 3

Ingrid Rossi se tient sous le lampadaire devant chez moi, les yeux levés vers les trois pigeons posés tout en haut. Ils roucoulent doucement, comme si sa présence les rendait nerveux. Je partage totalement ce qu'ils ressentent.

Elle nous remarque.

– Tiens, tiens, où vous étiez passés, les nazes ? Encore partis faire un tour sans respecter les règles, hein ?

Quelle hypocrisie. Ingrid vit à Juniper House, le foyer pour enfants. C'est juste à côté de Shady Oaks, raison pour laquelle on l'a désignée pour garder Dora. Encore une de ces décisions absurdes venues d'en haut qui montrent à quel point le bureau du maire est déconnecté de ses administrés. Je n'ai jamais peur de croiser Ingrid à Shady Oaks parce que, dès la tombée de la nuit, après avoir vérifié rapidement que la cage de Dora est bien fermée, elle file aussitôt – toujours en quête d'un mauvais coup. C'est Harold qui doit s'occuper d'activer le périmètre explosif autour de Shady Oaks, malgré son arthrite et bien que ce ne soit pas son job.

Deux autres silhouettes émergent de l'obscurité, comme deux ailerons de requins qui viendraient crever la surface liquide de la nuit – Fee et Loretta. À cette heure tardive, il n'y a plus personne d'autre dans le coin : les plus petits sont partis se coucher et les plus grands sont rentrés chez eux, où ils doivent être en train de jouer à Joyeux Trappeurs. Les autres résidents de Juniper craignent Ingrid comme la peste, si bien que ses seules amies sont ces deux gosses de riches en manque de sensations. Elles cherchent juste assez d'ennuis pour connaître le frisson du danger mais évitent soigneusement tout ce qui pourrait convaincre papa et maman de leur couper leur argent de poche.

Fee porte une robe d'un blanc immaculé qui met en valeur son teint hâlé – le genre de bronzage pour lequel il faut payer quand on habite Tremorglade et qu'on n'est qu'en avril. Tout est propre et soigné chez elle. Loretta a une peau noire parfaite et des cheveux coiffés avec art, retenus par une broche de prix qui scintille doucement au clair de lune. À côté d'elles, Elena et moi donnons l'impression de sortir de la décharge municipale.

Ingrid n'est peut-être pas aussi soignée, mais elle s'en fiche. Ses cheveux roux sont ramenés en queue-de-cheval rudimentaire, histoire de bien faire sentir qu'elle ne va pas perdre une seconde de son temps précieux à les brosser. Elle déteste tout le monde mais depuis quelques années, elle manifeste une hostilité particulière à mon égard – sans que je sache pourquoi. La seule explication que je vois c'est qu'un jour, elle s'est pris les pieds dans mon sac à la récré et s'est cassé une dent. Après ça, chaque fois qu'elle me voyait, elle me tombait dessus sans crier gare. Elle me bousculait, me donnait des coups de poing, des coups de pied. Ça lui a valu une ou deux exclusions temporaires. Amy et Bernice, les gérants du foyer, ont été avertis que si ce genre d'incident se reproduisait, elle se ferait renvoyer de l'école pour de bon.

Du coup, elle a cessé ses agressions physiques. Par contre elle s'est mise à faire circuler des bruits sur moi, à inventer toutes sortes de coups tordus que j'aurais soi-disant faits – à elle ou à d'autres. Rien que des mensonges, évidemment. Le pire c'est quand Hinky, le chat d'Amy et Bernice, a été retrouvé mort, probablement tué par un renard, et qu'Ingrid m'a accusé. Personne ne l'a crue, bien sûr, n'empêche que c'est pénible. Je ne ferais jamais un truc pareil. Je ne lui ai même jamais rien fait à *elle*. Je ne comprends pas du tout pourquoi elle m'a pris en grippe comme ça.

– Casse-toi, dit Elena, nullement intimidée par le fait qu'Ingrid mesure une tête de plus qu'elle et soit championne de taekwondo de Tremorglade. Va bassiner quelqu'un d'autre.

Ingrid adresse un geste désinvolte de la main à Fee et Loretta qui s'approchent lentement mais de manière indirecte, en restant à proximité de leur amie, comme deux lunes maussades en orbite autour d'une planète inhospitalière. Fee repousse ses cheveux blonds en arrière tandis que Loretta examine ses ongles rouge foncé avant de relever la tête avec un sourire narquois. Moi, je piétine – je voudrais bien m'enfuir mais j'ai l'impression d'être cloué au sol.

Ingrid m'examine froidement de haut en bas. Son regard bleu acier scrute chaque détail de mon apparence. Je remonte discrètement mon pantalon trempé de sueur tout en tenant mon vélo de l'autre main.

– Waouh. T'es vraiment une bombe ce soir, hein, Sel ? Tu t'es fait tout beau. Vous aviez un rencard tous les deux ou quoi ?

Fee et Loretta éclatent d'un petit rire perlé. Même leurs gloussements évoquent le fric.

D'un mouvement brusque, Ingrid épaule son arme et la braque sur moi. Ses yeux clairs se plissent derrière le viseur. Sa main gauche écarte une mèche auburn qui tombait sur son front, puis revient se placer sous le canon. Le X50 pèse son poids, même si ce n'est pas le plus lourd des fusils tranquillisants. Il faut bien ça pour assommer un Éventreur.

– Abandonner son poste pendant le Confinement est puni de mort.

De mort ? N'importe quoi. On n'est pas des barbares. Maman me priverait de sorties pour un moment, c'est sûr, et je devrais peut-être endurer un sermon du maire. Sans compter tous les adultes qui me lanceraient des regards de reproche, comme s'ils attendaient mieux de ma part. Ils comptent sur nous.

La désapprobation publique, c'est *ça* la punition qu'on encourt. Les adultes semblent considérer que ça marche.

Je me fige comme une statue. On ne pointe jamais un fusil tranquillisant sur une autre personne, même pas pour plaisanter. Surtout pas quand il est chargé. Le cran de sûreté est mis, mais le pouce d'Ingrid repose juste à côté. Je fixe le bout du canon en tâchant de me représenter la fléchette à l'intérieur.

– Pose ça, grogne Elena en s'interposant devant moi.

Je ne peux pas voir son expression mais elle semble avoir l'effet désiré. Ingrid baisse son arme et la remet en bandoulière en riant.

– C'est bon, je rigole ! Pourquoi tu prends tout de suite cet air outré ? Je sais manipuler une arme, moi, pas comme ton empoté de copain.

– Il n'est pas empoté.

– Il a quand même une fâcheuse tendance à blesser les gens autour de lui. Mais peut-être que tu as raison, ce n'est pas forcément de la maladresse. Ce qui voudrait dire qu'il le fait exprès. Se pourrait-il que le gentil Sel ne soit pas si gentil en fin de compte ? Pas si irréprochable ? Si seulement les gens te voyaient tel que tu es vraiment, tueur de chat. (Elle crache, et son crachat atterrit sur le bout de ma chaussure.) Tu sais quoi, je me dis que c'est mon devoir de citoyenne de montrer à tout le monde que tu n'es pas le *boy scout* que tu prétends être. Quelqu'un devrait te dénoncer à la police.

La police, chez nous, se résume essentiellement au sergent Derek Hale, même s'il a également deux adjoints à temps partiel pour l'aider. Non pas qu'il ait souvent besoin d'aide, sinon pour distribuer des amendes à ceux qui ne ramassent pas les crottes de leurs chiens ou passer à l'école de temps en temps pour nous sensibiliser à nos devoirs de Gardiens. Il prend ses ordres au quartier général à Hastaville et ne décide jamais rien tout seul – pour autant que je sache, quand il éternue il doit demander la permission de s'essuyer le nez. Ce qui ne l'empêche pas de se comporter comme un enquêteur de choc dans une série – il porte en permanence des lunettes de soleil, même le soir, jusqu'à ce qu'il commence à se cogner un peu partout. Comme c'est l'une des rares personnes ici à bénéficier d'une voiture, il roule dans son véhicule de patrouille avec la vitre baissée, mime un pistolet avec sa main quand il nous voit et mâche son chewing-gum la bouche ouverte. S'il était confronté un jour à un vrai crime, il s'étranglerait probablement avec sous l'effet de l'excitation.

Hale et son équipe sont tout aussi inutiles les nuits du Confinement, bien sûr, mais au moins ils ont une excuse. Et d'un commun accord, aucun de nous ne dénoncera jamais un autre gosse, quoi qu'il arrive. Mais Ingrid se moque complètement de ce genre de règle tacite. Quand elle finira par Changer à son tour, personne ne verra la différence. Elle est déjà une bête sauvage à temps plein.

Je hausse les épaules avec une indifférence affectée, feignant de m'intéresser aux pigeons sur leur lampadaire. Il y en a d'autres qui sont venus se poser sur les toits autour de nous, peut-être pour profiter du spectacle. Ils roucoulent nerveusement, en écho à la panique que je sens monter en moi. J'ai la gorge qui se noue et une sorte de bourdonnement dans les oreilles, comme si j'avais un moustique coincé à l'intérieur.

– Je n'ai rien fait de mal, dis-je d'une voix moins assurée que je l'aurais voulu. Et ce n'est pas moi qui ai tué Hinky. Je parie que c'était toi.

Je regrette aussitôt mes paroles. Le chat passait le plus clair de son temps lové dans la chambre d'Ingrid à Juniper. Elle lui achetait des sardines en guise de friandise avec son argent de poche.

– Alors toi, t'es gonflé, lâche-t-elle d'une voix sourde et menaçante.

Elle empoigne de nouveau son fusil tranquillisant et place son pouce directement sur le cran de sûreté. Une petite pression et il sera armé.

– Ingrid, arrête.

Même Elena a l'air de s'inquiéter maintenant.

Ingrid braque son arme tour à tour sur elle et sur moi, comme si elle hésitait à choisir sa proie. Fee et Loretta restent figées, les yeux écarquillés. Elles semblent un peu dépassées par la tournure des événements.

J'ai la gorge sèche et le cœur qui s'affole. À côté de moi, je sens Elena bander ses muscles, comme si elle se préparait à se jeter sur le fusil. Je voudrais l'en empêcher mais j'ai les bras mous comme de la gelée. J'essaie de crier, mais tout ce qui sort de ma bouche, c'est un piaillement étranglé. Un appel au secours pathétique. Le bourdonnement dans mes oreilles devient assourdissant.

On dit souvent que les miracles n'existent pas, mais parfois il n'y a pas d'autre explication.

Car il se produit soudain quelque chose d'incroyable.

Les pigeons commencent à s'abattre sur Ingrid les uns après les autres.

CHAPITRE 4

Elle ne voit pas le premier arriver. Il surgit de nulle part et l'atteint à la tempe comme un projectile. Elle manque de tomber à la renverse. Sa tête pivote et le volatile s'écroule sur le sol. Lentement, elle lève la main à sa tempe et regarde l'oiseau mort à ses pieds.

– Qu'est-ce que... ?

Puis le reste des oiseaux suivent. Ils tombent du ciel en grêle drue, rebondissent sur sa tête, puis sur ses bras quand elle les lève pour se protéger. Leurs corps fragiles s'écrasent sur le bitume avec un bruit sourd écœurant. Fee et Loretta se tiennent à quelques mètres, et il leur faut un moment pour réagir à ce qu'elles voient. Puis un pigeon s'écrase juste devant Fee, projetant une giclée de sang sur ses jambes bronzées et sa robe blanche, et cela les arrache enfin à leur stupeur. Elles poussent des glapissements, se prennent dans les bras, s'écartent d'un bond et finissent par s'enfuir au coin de la rue.

Incapable de bouger, je suis pris de nausées. J'écarte machinalement les mains pour tenter d'attraper quelques oiseaux mais c'est ridicule, complètement inutile.

Elena m'attrape sans ménagement par le T-shirt et me tire à l'abri sous le porche du voisin.

La grêle de pigeons s'abat principalement sur Ingrid, même si quelques oiseaux volettent par-ci par-là au-dessus de la rue. La tornade de plumes semble grossir – je sens un violent courant d'air sur ma joue, un oiseau me rate de justesse et fracasse la vitre derrière nous. Je reçois des gouttes de sang au coin de l'œil. On se baisse derrière la haie en se faisant le plus petit possible.

Je vois à peine Ingrid sous le tourbillon d'oiseaux. Elle s'est recroquevillée au pied du lampadaire tandis que les pigeons s'entassent sur elle.

Le processus paraît interminable mais il ne doit pas durer plus de quelques dizaines de secondes. Et brusquement, tout s'interrompt.

Le ciel est de nouveau vide. Silencieux. Puis on entend un gémissement léger venant d'Ingrid, comme de l'air qui s'échappe d'un ballon. Je me relève malgré moi, et Elena me retient par le bras. Quand je me retourne vers elle, ses yeux sont remplis d'horreur.

– Où tu vas comme ça ? souffle-t-elle.

Je dégage mon bras et m'avance d'un pas hésitant vers Ingrid, évitant les pigeons qui jonchent le sol, tout en m'efforçant de ne pas les voir. Quelques-uns bougent encore, même si la plupart sont inertes. Ingrid tremble de tout son corps. Elle se redresse en sursaut quand je pose la main sur son épaule, et ses gémissements s'arrêtent. Son visage et ses cheveux sont couverts d'une bouillie de sang et de plumes.

Je lui demande :

– Ça... ça va ?

Pendant un instant, elle me dévisage avec perplexité, comme si elle ne se rappelait plus qui je suis. Puis sa bouche se plisse en un rictus.

– Ne. Me. Touche. Pas.

– Je vais te raccompagner...

Elle me repousse violemment avec ses deux poings et je trébuche en arrière, butant sur des corps de pigeons.

– Je te *déteste*, crache-t-elle.

Puis elle le répète en boucle, de manière hystérique, pendant que je recule, abasourdi. Elle finit par s'essouffler et sa colère semble retomber un peu.

– Laisse-la, me conseille Elena en me rejoignant. Elle finira bien par rentrer au foyer. Tu veux venir chez moi un moment ?

Je vois bien qu'elle aurait envie de parler de ce qui vient d'arriver, mais pour l'instant je n'en ai pas la force. J'ai besoin de dormir.

– On parlera demain.

Je regarde mon amie rentrer chez elle à contrecœur. Ingrid est toujours prostrée au milieu de la rue. Ses gémissements me parviennent curieusement assourdis pendant que j'ouvre ma porte. Et quand je la referme derrière moi, je ne les entends plus du tout.

Je suis tiré du sommeil quelques heures plus tard par le signal de fin de Confinement qui grésille à mon poignet. Je m'autorise encore dix minutes de somnolence supplémentaires jusqu'à ce qu'un tintement m'avertisse que j'ai reçu un texto. Je cherche mon téléphone à tâtons sur ma table de chevet avant de finir par le retrouver sur le tapis. Le texto vient d'Elena.

Tu vas bien ? C'était quoi, ça ?

La scène d'apocalypse d'hier soir me revient en mémoire et achève brusquement de me réveiller.

Quand j'ouvre les rideaux, je les vois par la fenêtre. Je n'avais pas rêvé. Il y a des corps de pigeons partout dans mon jardin et dans la rue. Un chat rouquin est assis tranquillement au milieu du carnage, en train de se lécher les babines comme s'il venait de prendre son petit déjeuner. C'est sans doute le cas. Cette vision me retourne l'estomac. Pas question que je sorte avant le passage des gars de la voirie.

J'ai du mal à mettre de l'ordre dans mes pensées – les rouages de mon cerveau se grippent. Est-ce moi qui ai fait ça ? J'ai souhaité avoir du secours, c'est vrai. Je croyais qu'Ingrid allait me tuer. Ai-je *poussé* les pigeons à l'attaquer ? Détiendrai-je une sorte de... pouvoir ?

Cette idée ne ressemble pas à un rêve éveillé, plutôt à un cauchemar. Pauvres bêtes.

Et Ingrid. Le début de compassion que j'éprouve est immédiatement balayé par le souvenir de sa réaction à mon égard. Je le savais déjà avant, mais la nuit dernière j'ai vraiment ressenti la force de son aversion pour moi – une haine farouche, profonde.

Une chose est sûre, aucun de nous ne sera jamais président du fan-club de l'autre.

En me penchant par la fenêtre, je remarque un objet métallique dans l'arbre juste devant. Au début, je pense à un frisbee – un disque, à peine plus grand que ma main si je déplie les doigts –, mais ensuite je vois qu'il s'est pris dans les branches par plusieurs fils qui sortent de lui.

À croire que les pigeons ne sont pas les seules choses qui soient tombées du ciel hier soir.

En me penchant le plus loin possible, j'arrive à l'attraper et à le ramener à l'intérieur. C'est un drone – ses hélices sont cassées, mais il reste une demi-pale froissée sur le dessus. En principe ils ne s'écrasent jamais – ils ont des capteurs pour éviter ce genre d'accident.

Un autre souvenir me revient d'hier soir : ce bourdonnement insistant. Je croyais que c'était dans ma tête mais peut-être pas, en fin de compte.

Ce drone paraît différent des autres. Il n'a pas de compartiment pour transporter une cargaison, et sur le dessous, il comporte un tissu en mailles noires qui me rappelle un baffle. Je l'examine un moment, perplexe, puis mon téléphone sonne – c'est Harold.

– J'ai oublié de te rendre le moule à gâteau de ta mère, hier soir. Elle en aura besoin d'ici les prochains jours ? Je peux passer vous le rapporter.

– Non, t'inquiète. Elle en a plein.

Je suis toujours en train de contempler le drone que je tiens entre mes mains.

– Il y a quelque chose qui ne va pas ?

Je ris. Décidément, rien ne lui échappe. Je lui raconte la scène d'hier soir et lui décris ce que je viens de trouver.

– Je devrais peut-être le signaler, non ?

– Il n'y a pas d'urgence. Mais c'est vrai que c'est intrigant. Ce ne serait pas le domaine d'expertise de Pedro ?

Sa suggestion n'est pas mauvaise. Je lui dis que je dois libérer maman, puis je raccroche. Je laisse le drone sur mon lit. J'irai le montrer à Pedro plus tard.

Maman a l'air encore plus fatiguée que d'habitude quand je descends ouvrir sa cage. Elle a de gros cernes noirs sous les yeux. Et des taches de sang au coin de la bouche, qu'elle a manquées avec son mouchoir. Elle va avoir du nettoyage à faire.

La plupart des gens demandent à leur Gardien de laisser une clé hors de leur cage, juste à portée de bras, de manière à pouvoir se libérer eux-mêmes le matin venu, mais maman ne veut pas en entendre parler. Elle a insisté pour qu'on économise de quoi s'acheter une de ces grosses cages extra-fortes avec une serrure électronique, parce qu'elle a vu des publicités en ligne expliquant à quel point elles étaient plus sûres. On a dû acheter une batterie de secours, aussi, en cas de coupure de courant. Le système ne comporte même pas de télécommande que je pourrais lui laisser. Je suis obligé d'entrer le code à la main sur un clavier numérique.

À mon arrivée, elle est donc réveillée depuis un moment, assise tout habillée sur sa couverture, en train de lire tranquillement comme si elle se trouvait dans la salle d'attente du dentiste. Elle garde toujours un livre et des vêtements soigneusement pliés à portée de main, juste derrière les barreaux, pour être sûre de ne pas les déchirer ou les piétiner pendant la nuit.

Tout en tapant le code, j'essaie encore une fois de la convaincre d'acheter une télécommande pour la grille. Ce serait tellement plus pratique. Pour elle, je veux dire. Pas uniquement parce que ça me permettrait de traîner au lit un peu plus longtemps.

D'accord. Il y a peut-être un peu de ça aussi.

– Ce n'est pas comme si tu risquais d'entrer le code par accident, lui fais-je observer. Avec tes grosses pattes velues sans pouces opposables. (J'effectue une petite danse des pouces devant elle en guise de démonstration.) Tous les autres le font.

Mais pas moyen de la convaincre.

– Tu crois que je me préoccupe de ce que les autres peuvent faire ? demande-t-elle en passant la porte. On n'est jamais trop prudents, Ansel.

C'est la seule à m'appeler par mon prénom complet. À part elle, tout le monde m'appelle Sel, y compris à l'école. Quand elle est en colère, ça devient « Ansel Archer ».

Elle ne supporte pas l'idée qu'elle puisse blesser quelqu'un sous sa forme d'Éventreuse. Elle a toujours peur d'apprendre en se réveillant que ses griffes et ses crocs ont fait une victime.

J'esquisse un vague geste autour de ma bouche.

– Il t'en reste encore un peu au coin des lèvres. Ça te donne une sale tête, maman.

Elle s'essuie avec son mouchoir et me lance un regard noir, les yeux posés sur mes cheveux ébouriffés.

– Et toi, c'est quoi ton excuse ? Tes pouces opposables ne te permettent pas de tenir un peigne ?

Malgré sa fatigue elle prend un ton léger, moqueur, soulagée qu'il ne soit rien arrivé. Elle ne se rappelle rien des nuits où elle Change – personne ne s'en souvient jamais – et c'est seulement quand elle reprend ses esprits dans sa cage qu'elle peut être certaine que tout va bien. Elle m'a expliqué un jour que c'était comme si une énorme couverture lui tombait dessus et l'écrasait au sol. Après quoi elle se réveille au milieu d'une odeur de sang avec la bouche pâteuse, une mauvaise haleine et des picotements dans les doigts.

On ne parle pas de ses accès de violence, de ses grognements, ni de ses hurlements. Sur le coup de minuit, ils se mettent tous à hurler. Dans toute la rue, dans toute la ville. Peu importe combien de fois on l'a entendu, ça donne toujours le frisson. J'ai enregistré maman, une nuit, parce que je pensais qu'elle serait curieuse de s'entendre, mais elle a qualifié ça de miaulements et m'a demandé de l'effacer.

– Ça vient d'où, ça ?

Elle a remarqué les griffures sur ma main. Sa voix se serre. Je croise les bras pour faire disparaître la marque.

– Ce n'est rien, le couteau a glissé quand j'ai coupé ta viande.

Elle scrute mon visage d'un air anxieux.

– Vraiment ?

Je ricane et lève les yeux au plafond.

– Qu'est-ce que tu t'imagines ? Si tu m'avais mordu, tu ne crois pas que ce serait bien pire ? Tu as vu la taille de tes crocs ? Ah non, bien sûr. Bon, je prendrai une photo la prochaine fois pour te montrer.

– Sûrement pas.

Ça met un terme à ses questions.

Remontés au rez-de-chaussée, on s'assied à la table de la cuisine pour savourer nos roulés à la cannelle tout chauds. Maman les a préparés hier de manière à ce que je n'aie plus qu'à les mettre au four ce matin. Elle adore travailler la pâte et faire toutes sortes de pâtisseries, aussi bien des donuts que des croissants. Pour elle, c'est une forme d'art. Elle n'est jamais aussi heureuse que lorsqu'elle est en train de glacer une génoise ou de verser des grains de sucre sur une brioche.

J'essuie quelques miettes de roulé au coin de ma bouche tandis qu'on écoute les infos à la radio. J'apprends, à mon grand soulagement mais aussi avec une légère déception, que je ne suis pas quelqu'un qui murmure à l'oreille des pigeons en fin de compte.

Les dizaines d'oiseaux qui se sont abattus sur Ingrid ne répondaient pas à mon appel.

La radio nous révèle qu'un incident climatique inhabituel la nuit dernière a touché Tremorglade, Hastaville et Yojay – toute la vallée, en somme. Une sorte d'orage en altitude, une zone de haute pression atmosphérique qui a perturbé le sens de l'orientation des oiseaux. En principe, ça ne se produit jamais chez nous. C'est une chose qu'ils connaissent plutôt dans le Nord. J'espère que ça ne veut pas dire qu'il faut se préparer à subir le même temps épouvantable chez nous que chez eux.

– Alors ça ! s'exclame maman. Tu as vu quelque chose de ce genre hier soir ?

– Oui, un peu, dis-je en haussant les épaules.

Je ne veux pas entrer dans les détails de ce qui s'est passé parce qu'elle irait voir comment va Ingrid, et Ingrid lui raconterait que je me suis rendu à Shady Oaks. Maman aime bien Harold, d'ailleurs elle m'aide à garder un œil sur lui, même si elle n'apprécie pas trop qu'il essaie de nous donner de l'argent. Je ne lui ai pas dit non plus à quel point il déteste Sequest – elle participe régulièrement à des collectes de fonds pour eux, depuis qu'ils se sont si bien occupés d'elle. Et si elle apprenait qu'Elena et moi passons les Confinements à Shady Oaks, elle risquerait de décider qu'il exerce une mauvaise influence sur nous. Elle tient à ce que je reste à la maison ces nuits-là, conformément au protocole, au cas où il faudrait lui tirer dessus.

D'après moi, elle s'inquiète pour rien. Le système fonctionne très bien tout seul. Il n'y a quasiment plus d'évasions aujourd'hui. La dernière remonte à des années, quand le vieux cadenas rouillé de la cage de Mme Harris a fini par céder. Elle a vidé l'aquarium de poissons tropicaux, dévoré le chien de la famille et creusé trois gros sillons avec ses griffes dans la porte du salon avant que sa fille ne lui tire une fléchette tranquillisante à travers la fenêtre. Depuis, ils ont acheté une Impregnacage en titane équipée d'une serrure automatique à minuterie et d'une caméra de surveillance.

Tremorglade n'a pas connu d'autre incident sérieux, pas depuis le Basculement.

Alors d'accord, je me suis montré un peu imprudent la nuit dernière en passant le bras entre les barreaux. Mais en ce qui concerne le plus important – le verrouillage... je ne plaisante jamais avec ça. Notre cage est parfaitement sûre. Il y a aussi le fil tendu en travers du porche, qui libère instantanément les filets en graphène. Et au cas où maman parviendrait à s'en extirper, il resterait encore le périmètre explosif. C'est ce qu'on appelle des capsules étourdissantes, remplies d'une préparation spéciale – juste de quoi l'étourdir en lui laissant une méchante migraine, mais sans aucun risque de la tuer sous sa forme d'Éventreuse. C'est une formule testée et approuvée partout dans le monde. Tout cela largement signalé par des panneaux lumineux afin que les humains ne puissent pas le rater. Heureusement, les Éventreurs se moquent des panneaux.

Quand bien même maman réussirait *malgré tout* à s'échapper du périmètre, il y a toujours des enfants dans la rue, armés de fusils tranquillisants et le doigt sur la détente, qui se feraient un plaisir de s'occuper d'un parent en fuite même si ce n'est pas l'un des leurs.

Quoi qu'il en soit, j'ai renoncé depuis longtemps à la convaincre de cesser de s'inquiéter. Je me contente de profiter de ce petit moment de liberté qui s'offre à moi.

Ce qu'elle ne sait pas ne peut pas lui faire de mal, me dis-je parfois.

Comme ma capacité à contrôler les pigeons, voilà encore une supposition qui se révélera fausse.

CHAPITRE 5

Mai – La nuit du Confinement

Au Confinement suivant, Elena prétend être occupée, si bien que je vais retrouver Harold tout seul, légèrement vexé. Ce n'est pas comme si elle avait l'habitude de traîner avec quelqu'un d'autre – seulement Pedro, et il n'est pas disponible ce soir, occupé qu'il est à se débattre avec ses crocs et ses griffes. Et si elle en avait marre de moi et qu'elle voulait simplement passer la soirée à jouer à Joyeux Trappeurs, ou bien à causer sur FIN avec sa copine Trix qui vit au Rheitzland ? Je ne lui en veux pas d'être amie avec Trix – moi-même je suis très souvent en ligne avec mon copain Chad, et ça me manque quand on ne s'est plus parlé depuis un moment. Mais la nuit du Confinement est un moment spécial. Elle peut discuter avec Trix n'importe quand.

Je ne la comprends plus, ces derniers temps. On dirait qu'elle ne tient plus en place. Malgré l'incapacité de son père à trouver du boulot hors de Tremorglade, elle n'arrête pas de dire qu'elle a envie de changer d'air. L'autre jour, elle a voulu me persuader de partir avec elle en randonnée jusqu'à Hastaville. En randonnée ! Comme s'il n'y avait pas de grands panneaux d'avertissements à la lisière de la forêt pour décourager les promeneurs. Comme si elle avait complètement oublié ce qui est arrivé il y a trois ans à la famille de Remi Colletto.

Remi avait seize ans. Un garçon sportif, toujours en train de s'activer. Toute sa famille adorait l'aventure. Bref, un jour, ils se sont mis en tête d'aller faire du camping au mépris des recommandations. Que pouvait-il leur arriver ? D'ici, naturellement, il n'y avait pas trente-six directions possibles alors ils ont suivi la route pour s'enfoncer dans la forêt, sachant que la lune ne serait pas pleine avant deux bonnes semaines. Six personnes en tout, depuis papy Colletto jusqu'à la petite Wren encore en couche-culotte.

Aucun d'eux n'est jamais revenu. Ils se sont fait tuer et dévorer par un ours qui rôdait aux alentours de Yojay, où ils avaient apparemment dressé le camp pour la nuit. On n'a retrouvé que leurs vêtements lacérés, ensanglantés, avec de petits bouts de corps à l'intérieur. Les journaux ont parlé d'un événement tragique.

Harold y a vu un coup de Sequest, bien sûr.

De mon côté, je ne suis pas convaincu non plus que ce soit un ours qui les ait tués, mais j'ai une autre théorie. Les gens de Yojay ont une certaine réputation, si vous voyez ce que je veux dire. Parfois, ils sont pris de fringale.

La forêt n'est pas vraiment dangereuse en soi – tant qu'on reste à proximité de Tremorglade. Évidemment, on peut y croiser des animaux sauvages, des renards, des cerfs et même des loups, mais ils sont craintifs et ne s'approchent pas de la ville. Ils nous laissent tranquilles, et on fait pareil. Mais ça se complique à mesure qu'on s'éloigne.

Elena devait rigoler, avec son histoire de randonnée. Elle a plutôt intérêt.

Je rumine ça toute la soirée en jouant aux cartes avec Harold – encore plus mal que d'habitude.

– Tu n'as pas la tête au jeu ou quoi ? finit par me reprocher Harold.

– Désolé. Je suis un peu distrait aujourd'hui.

– Sûrement Sequest qui se livre à des expérimentations sur tes ondes cérébrales, dit-il.

Au moins, ça me fait sourire.

– Oui, sans doute.

Sauf que lui ne plaisante pas.

– Ils mijotent quelque chose, insiste-t-il. As-tu montré ce drone à Pedro ?

Pour la première fois, je me mets à douter de mon ami. Ses sempiternelles récriminations à l'égard de Sequest sont amusantes, mais j'espère qu'il n'est pas en train de tomber dans le conspirationnisme.

Je le vois grimacer.

– Ça va ? dis-je.

Il remet en place son appareil auditif.

– Simples maux de tête. (Pendant un instant, j'ai peur qu'il ne les attribue également à Sequest, mais il m'adresse un sourire fatigué.) C'est le marasme. En plus, je suis sorti aujourd'hui pour chercher deux, trois bricoles – je crois que j'en ai fait un peu trop.

– C'est de pire en pire, non ? Le marasme. (Elena trouve que non mais pour moi, c'est net. Les nausées, les maux de tête, la sensation de mal-être général.) Tu veux un antidouleur ?

– Non, ça va aller, ne t'inquiète pas.

– Et un de tes cocktails maison ?

Je soulève l'une des petites bouteilles contenues dans le carton qu'il vient de recevoir. Tous les mois, il prépare son propre punch sans alcool pour la fête qui se tient sur la place centrale avant la nuit du Confinement. Il commande toutes sortes de jus de fruits et de sodas sur Internet. La plupart de ses mixtures ont un goût de sirop pour la toux, mais elles sont néanmoins très appréciées. Il est mal vu de boire de l'alcool dans les vingt-quatre heures qui précèdent le Confinement – mieux vaut éviter d'être ivre quand on est censé s'enfermer sagement dans sa cage.

Il balaie ma suggestion d'un revers de main.

– Pas maintenant, merci. Allez... (Il indique les cartes que je tiens à la main.) À toi de jouer.

Je sélectionne un trois de pique et le pose sur la table avant de réaliser mon erreur. Je viens de me séparer d'un atout. Mais Harold ne semble pas s'en apercevoir – il fronce les sourcils, le regard perdu dans le vague.

– Ingrid était drôlement pressée ce soir. (Il secoue la tête.) Ça t'ennuie si on passe voir Dora un instant ? Je veux m'assurer qu'elle est bien enfermée. Je ne me le pardonnerais jamais s'il lui arrivait quelque chose.

Harold se montre très protecteur vis-à-vis de Dora, en dépit du fait qu'elle soit horriblement grossière envers lui, et incroyablement indiscrète. Il la surprend souvent en train de fouiner dans sa chambre. Mais il n'en fait pas toute une histoire. Elle est presque aussi désagréable qu'Ingrid, sauf qu'avec soixante-dix ans de plus, elle a beaucoup plus d'entraînement. En ça,

Ingrid est la Gardienne idéale pour elle. Elles sont parfaitement assorties toutes les deux.

Si vous avez le malheur de passer devant sa chambre alors que sa porte est ouverte et de jeter un coup d'œil à l'intérieur, Dora vous saute à la gorge avec autant de férocité qu'une Éventreuse. À croire qu'elle y garde des diamants et pas seulement quelques coussins brodés, des poupées à l'ancienne et une série de romans à l'eau de rose avec des infirmières militaires en couverture. Elle accepte de se laisser enfermer par Ingrid parce qu'elle n'a pas le choix, j'imagine. Mais à en croire Harold, elle n'arrête pas de lui crier dessus. Je comprends qu'Ingrid n'ait pas envie de s'attarder.

On ouvre la porte de Dora sans faire de bruit, comme si on avait peur de la réveiller, même si les Éventreurs ne dorment jamais. Elle se tient debout au centre de sa cage, osseuse, raide comme un piquet, et pousse un grognement menaçant. Elle nous a entendus arriver. Sa fourrure grisonnante se hérisse en touffes rebelles et les genoux de ses pattes arrière se touchent presque. J'entends des voix faibles, et je mets une seconde à en localiser la source – un haut-parleur posé sur une étagère. Elle a allumé un livre audio. Je l'écoute un instant pendant qu'Harold inspecte le cadenas. Deux personnages sont en train de se demander ce qu'ils deviendront à la naissance de leur bébé. J'ai du mal à me représenter Dora se préoccupant suffisamment de qui que ce soit pour s'intéresser à ce genre d'histoire. Je suppose qu'il ne faut pas se fier aux apparences.

Je me lasse rapidement de cet échange et, sans réfléchir, j'empoigne l'un des barreaux de la cage pour en éprouver la solidité. Dora se jette dessus aussitôt. Je m'écarte en sursaut et me cogne contre la table de chevet derrière moi.

– Attention à ses dents ! s'exclame Harold.

– Ça va. Je n'ai rien, dis-je pour le rassurer.

– Non, ses *dents*.

Il indique la table de chevet. Je me retourne et j'y vois un dentier rosâtre flotter dans un verre. J'attrape quelques mouchoirs en papier dans une boîte à proximité et j'essuie le liquide qui s'est renversé. Je ne sais pas pourquoi, mais la vue des fausses dents de Dora me fait de la peine : bien propres et bien rangées dans leur liquide nettoyant où elle les a posées avant que la tombée de la nuit ne la transforme en monstre.

Les vieux Éventreurs sont plus faibles que les jeunes, mais tout est relatif. Mieux vaut quand même éviter d'en laisser échapper un, sauf si vous tenez à ce que votre certificat de décès ne mentionne que vous avez été éviscéré par un pensionnaire. Sous la fourrure éparse ondulent des muscles redoutables, et la peau des Éventreurs est si coriace que même les moustiques ne parviennent pas à la percer. Voilà pourquoi les fléchettes de X50 sont si dures.

Harold se redresse, lentement, pour ne pas énerver davantage l'Éventreuse qui s'agite dans sa cage en feulant.

– OK, c'est bon. On y va, Dora. Pardon de t'avoir dérangée.

Il soupire et jette un dernier regard circulaire sur la chambre. Ses yeux s'arrêtent un instant sur les étagères et il fronce les sourcils, comme s'il avait la sensation qu'il manquait quelque chose. Puis il secoue la tête et nous retournons dans sa chambre pour reprendre notre partie.

Nous avons à peine distribué les cartes que...

Ping !

Mon bracelet d'alarme vibre à mon poignet et me fait sursauter. Eddie bondit sur ses pattes et se met à japper jusqu'à ce qu'Harold pose une main apaisante sur son dos.

– On dirait une alerte.

C'en est une. Une évasion. Nous n'en avons plus connu depuis si longtemps que j'avais oublié ce bruit. N'importe qui peut envoyer une alerte, mais le système les module en fonction du nombre de signalements qu'il reçoit pour le même incident, au cas improbable où quelqu'un s'assiérait sur son bracelet et enverrait une adresse sans le vouloir. Celle-ci clignote en rouge, ce qui veut dire qu'il y a eu de multiples rapports. C'est du sérieux.

À ma grande honte, j'avoue que ma première réaction est de prier pour que ce ne soit pas dans les parages parce que cela voudrait dire que c'est à moi d'intervenir.

Puis je lis le message d'alerte et j'éprouve une sensation de vertige, comme si je venais de basculer du haut d'une falaise.

Ce n'est pas du tout à proximité. C'est à l'autre bout de la ville.

15 Albermore Terrace.

Chez moi.

Harold remarque mon expression, la manière dont j'agrippe les bras de mon fauteuil pour me lever.

– Sel ?

– Maman, dis-je d'une voix rauque. C'est maman.

CHAPITRE 6

Je traverse la ville en un temps record, forçant sur les pédales avec une telle énergie que j'ai peur de les voir se décrocher. Je n'ai qu'une seule question en tête : *comment est-ce arrivé ?* Je me rappelle nettement avoir verrouillé la cage, vu la lumière rouge s'allumer, souhaité bonne nuit à maman et même tiré sur la grille pour vérifier qu'elle était bien fermée.

Peu importe. Dépêche-toi d'y aller.

Je pédale si vite que lorsque j'arrive enfin dans ma rue, j'ai la respiration sifflante et des taches floues qui dansent dans mon champ de vision. Je ne sais pas par quel miracle ma chaîne de vélo n'a pas sauté.

J'aperçois plusieurs enfants déployés près de chez moi, de dos, leurs armes pointées vers l'allée latérale où on garde les poubelles. Les deux plus proches – Asim et Rudy – se retournent brièvement quand ils entendent le grincement de mes roues, puis regardent devant eux de nouveau. Je laisse tomber mon vélo sur le sol et Asim m'indique l'allée.

– Par là. Elle a voulu se jeter sur Rudy mais elle a déclenché les capsules étourdissantes, s'est roussi le poil et a reculé là-dedans.

Pris de nausées, je jette un coup d'œil à Rudy. Il se tient à la limite de notre jardin, bien campé sur ses jambes comme on nous l'a appris. Son souffle rapide est la seule indication de ce qui vient de se passer.

Il faut que je la ramène dans sa cage avant qu'elle n'attaque quelqu'un d'autre. L'explosion de ces trois capsules a laissé un grand trou dans le périmètre par lequel elle pourrait s'enfuir.

Notre porte d'entrée est à moitié sortie de ses gonds. Je ne vois pas le filet de graphène, donc il a dû se déclencher, mais sans parvenir à l'arrêter.

Des bruits de ferraille sur le côté de la maison me rappellent que ce n'est pas le moment de m'interroger là-dessus. J'empoigne mon propre fusil tranquillisant. C'est moi qui suis responsable de ce bazar. C'est à moi de le régler.

– Le cran de sûreté, me souffle quelqu'un derrière moi.

Exact. Je le retire avec le pouce.

L'allée qui s'enfonce le long de notre maison se termine en cul-de-sac – la maison de Mika, notre voisine, comporte une extension qui l'obstrue complètement. Elle est plongée dans l'ombre quand je m'en approche. Si maman est bien là-dedans, elle se tient drôlement tranquille, chose inhabituelle pour une Éventreuse. Elle est peut-être blessée. Peut-être que les capsules étourdissantes l'ont...

Mon instinct m'avertit une milliseconde avant qu'un corps gigantesque ne jaillisse de l'ombre pour se jeter sur moi. Pris de panique, je trébuche en arrière et tire plusieurs fléchettes sans viser, par réflexe. Notre poubelle vole dans les airs et me retombe dessus juste avant l'Éventreuse, me coupant le souffle. Son couvercle s'écrase sur mon visage et fait obstacle entre nous ; j'entends les crocs de maman claquer de l'autre côté du plastique. J'ai très peu de temps pour réagir si je veux rester en vie.

Il y a un claquement sourd, un jappement de douleur, et presque aussitôt maman devient toute molle. La pression qu'elle exerçait sur moi s'allège quand elle glisse sur le côté et roule au milieu des sacs poubelle éventrés. Je me relève péniblement.

– Maman...

J'enfonce les doigts dans sa fourrure, étonné de la trouver aussi douce, et réalise que c'est la première fois que je la touche sous sa forme d'Éventreuse. Je sens sa peau tiède par-dessous – son flanc se soulève et retombe avec régularité sous ma paume. Elle est vivante, juste assommée.

– Tu n'as rien ?

Mika Dezaki arrive au pas de course, écartant sa frange qui lui tombe devant les yeux. Elle baisse son arme.

Je secoue la tête.

– Désolée de ne pas l'avoir eue avant qu'elle n'atteigne les capsules. Ça risque de lui faire un mal de chien demain.

Je suis la direction de son regard jusqu'à la patte arrière de maman. Sa fourrure est brûlée sur toute une section, et du sang suinte de la plaie.

J'arrive à peine à formuler deux mots, tant je suis essoufflé – et submergé par la honte. Qu'ai-je fait ?

– Merci, Mika. Je...

– Pas de souci.

Elle hausse les épaules, comme si elle avait simplement fait la vaisselle à ma place. Sans le tremblement dans sa voix et son regard hanté, on pourrait croire qu'elle va bien. Mais ce n'est pas le cas. Cette nuit reviendra longtemps dans ses cauchemars.

Qu'ai-je fait ? Et pas uniquement à ma mère, mais à mes amis. Mes voisins. Maintenant que c'est fini, ils sont tous là, rassemblés autour de nous.

– On ferait mieux de la rentrer à l'intérieur.

Rudy et Asim arrivent avec une bâche et la déplient à côté de maman.

Deux autres personnes s'éloignent le long de la maison pour récupérer les fléchettes que j'ai tirées – avec un peu de chance, elles seront plantées dans la palissade et non dispersées sur le sol, prêtes à piquer le premier qui aura la malchance de marcher dessus. Une équipe de nettoyage interviendra demain, mais mieux vaut retrouver ces fléchettes sans attendre. Je frémis en réalisant que j'aurais facilement pu tuer quelqu'un en tirant au hasard comme je l'ai fait sous l'effet de la panique.

Il faut nous mettre à huit pour rouler maman sur la bâche et la transporter avec précaution dans la maison, tête ballante et langue pendante, avant de la descendre dans la cave.

Une fois qu'elle est enfin dans la cage et qu'on a refermé la porte, on fait une pause pour reprendre notre souffle et je vois les autres l'observer à la dérobée.

Il faut dire qu'elle est magnifique. Elle a une fourrure gris argenté, dont chaque poil se termine par une touche noire, avec des reflets cuivrés sur les épaules et le long de l'échine. Ses paupières entrouvertes font apparaître ses yeux dorés. On a rarement l'occasion de voir un Éventreur au repos. D'habitude ils sont toujours en mouvement, avec des réflexes inhumains, débordant de violence. Mais là, sa masse énorme, ses pattes et sa nuque musclées, ses crocs scintillants... ils les regardent tous avec fascination. Les voir observer ma mère de cette manière, alors qu'elle est inconsciente, a quelque chose d'indécent. J'ouvre la bouche pour leur dire d'arrêter, mais je me reprends – je leur dois au moins cela. Ils ont fait leur travail, eux, alors que j'ai échoué à faire le mien.

J'espère sincèrement que sa plaie aura disparu au matin. Ça arrive parfois, mais le plus souvent les Éventreurs ne souffrent que de quelques écorchures récoltées à force de se jeter contre les barreaux. Celle-ci risque de durer au-delà du Changement et de nécessiter des soins.

Les autres enfants finissent par s'en aller et retourner chez eux, sauf Elena, que je n'avais pas vue arriver. Elle sort de la maison et me rapporte le filet en graphène, qu'elle a retrouvé sur un parterre de fleurs. Il y a un gros trou au milieu.

Je m'assieds par terre dans la cave, incapable de laisser maman toute seule dans cet état. Elena vient s'asseoir à côté de moi, passe son bras autour de mes épaules, et j'éclate en sanglots. Je tremble de tout mon corps, choqué par l'énormité de ce qui vient de se passer.

J'ai été stupide. Négligent. J'ai mis tout le monde en danger.

Personne ne m'a fait de reproches, on ne m'a accusé de rien, personne ne m'a demandé comment la porte de la cage avait pu s'ouvrir – la serrure fonctionnait très bien quand on l'a refermée derrière maman. Personne ne m'a demandé où j'étais ni ce que je fabriquais. Cela viendra demain, quand les adultes se réveilleront.

La seule réprobation que je dois affronter pour l'instant, c'est la mienne.

CHAPITRE 7

Mai – À 29 jours du prochain Confinement

Le lendemain, je reçois la visite du sergent Hale. On est samedi, ce qui veut dire que je n'aurais pas eu école de toute manière, Dieu merci. Je ne suis pas pressé d'y montrer ma tête.

Hale descend à la cave inspecter notre installation pour tenter de comprendre ce qui a pu se passer. Maman reste en haut, sur le sofa – sa jambe la fait vraiment souffrir. Elle a un gros pansement qu'elle devra faire changer deux fois par semaine au centre de bien-être pour éviter que sa plaie ne s'infecte. Elle insiste pour retourner travailler dès lundi.

Je crois qu'elle est en état de choc. À moins que ce ne soit un contrecoup des tranquillisants. Elle ne s'est pas mise en colère. Elle ne m'en veut même pas. C'est pire que ça – elle s'en veut à elle-même.

De retour au rez-de-chaussée, le sergent Hale soupire et sort son calepin. On attend sans rien dire, penauds, pendant qu'il écrit dedans, ignorant les coups de marteau et les bruits de visseuse qui proviennent de devant la maison où la mère de Mika nous installe une nouvelle porte.

Il suçote une de ses molaires.

– On dirait que tu as juste mal refermé la grille, Sel.

– Pourtant... je l'ai fait. J'en suis sûr. (J'ai entendu le déclic de la serrure. Je me revois clairement la verrouiller, comme je l'ai fait des centaines de fois.) Le voyant rouge s'est bien allumé.

– La serrure est peut-être défectueuse, plaide maman. C'est ma faute, c'est moi qui l'ai voulue. J'ai eu tort d'écouter ces pubs qui la présentaient comme ultra-sécurisée. Je vais racheter un gros cadenas immédiatement.

Ça me rend malade de l'entendre s'excuser comme ça.

Hale hausse les épaules.

– Pourquoi pas, deux précautions valent mieux qu'une. Mais au final, on en revient quand même à la responsabilité de ton Gardien.

Il m'adresse un regard lourd de signification.

– Et si quelqu'un l'avait laissée sortir exprès ? dis-je à voix haute à l'instant où cette idée me traverse l'esprit.

Le visage haineux d'Ingrid s'impose à moi.

Hale se raidit.

– C'est une accusation sérieuse. Qui d'autre connaît le code, à part ta mère et toi ?

Personne, à l'exception d'Elena, mais je ne vais sûrement pas lui dire ça.

Il prend mon silence pour une réponse.

– Que faisais-tu quand c'est arrivé, Sel ?

– Oh, je traînais avec des amis. Rien de spécial. J'étais à vélo. Pas... très loin.

C'est ce que j'ai raconté à maman. Je ne veux pas qu'Harold ait des ennuis. Ce n'est pas sa faute – il ne m'a jamais demandé de passer le voir pendant les Confinements ; c'est mon choix.

– Quels amis ? Elena, j'imagine ? demande Hale en tournant une page de son calepin.

– Non, réponds-je aussitôt, un peu plus fort que je ne l'aurais voulu.

Il m'adresse un regard surpris.

– Ah bon ? Pourtant vous êtes plutôt proches tous les deux, non ? Toujours fourrés ensemble, à ce qu'on m'a raconté.

– Non, je veux dire, oui, mais non, on n'était pas... pas hier soir. Elle avait autre chose à faire.

Je m'humecte les lèvres. Je ne sais pas pourquoi

j'ai l'impression de mentir alors que je dis la vérité. Que veut-il dire par *à ce qu'on m'a raconté* ? À qui a-t-il parlé ? Depuis quand Elena et moi sommes devenus un sujet de conversation ?

– Donc elle était occupée ? Sortie, elle aussi ? En train de faire quoi ?

Je hausse les épaules.

– Aucune idée. C'est à elle qu'il faudrait le demander.

Je regrette aussitôt ce que je viens de dire. Je voudrais bien pouvoir le ravaler. *Super boulot pour tenir ton amie en dehors de cette histoire, Sel*. Mais Hale insiste.

– Alors, tu étais avec qui ?

– Oh, juste... d'autres enfants de l'école, vous savez. Je ne me rappelle plus. Je n'en connaissais même pas la moitié.

Il laisse le silence se prolonger un moment, donnant à ce gros mensonge tout l'espace nécessaire pour qu'on puisse l'apprécier pour ce qu'il est. Même les bruits de marteau dans l'entrée s'interrompent quelques secondes. À l'école, tout le monde se connaît. Chacun d'entre nous sait tout de la vie des autres, que ça l'intéresse ou non – de leur histoire familiale à leurs petites manies ; en passant par leurs aliments préférés, leurs taches de naissance, leurs résultats scolaires et leurs goûts vestimentaires.

Hale griffonne longuement dans son calepin avec son crayon. Que peut-il noter qui prenne aussi longtemps ? Il le fait probablement dans le seul but de me mettre mal à l'aise.

Ça marche plutôt bien.

– Ingrid, dis-je dans un souffle. J'étais avec Ingrid Rossi.

Maman hausse les sourcils d'un air sceptique mais ne fait pas de commentaire.

Le crayon s'arrête un instant puis se remet à griffonner. Le nom d'Ingrid. Je me sens mortifié, honteux.

– Derek, dit maman, je suppose qu'il n'est pas nécessaire que ça aille plus loin, si ?

– J'ai bien peur de devoir faire un rapport, madame Archer, lui répond Hale avec une formalité qui la fait grimacer. Je l'enverrai au quartier général de la police à Hastaville, mais je doute qu'il y ait des suites, vu que c'est son premier délit et que personne d'autre n'a été blessé. Et puis franchement, ils ont d'autres soucis plus sérieux là-bas, comme vous le savez. Avec tous les meurtriers et les voleurs qui traînent chez eux. (Il croise mon regard, et je remarque pour la première fois qu'il a de grosses poches sous les yeux, comme s'il ne se reposait pas suffisamment.) Tu es un bon gamin. Je le sais. On a la vie facile par ici, on oublie vite à quel point c'est important de faire attention. J'espère que la nuit dernière t'aura fait prendre conscience que les gardes sont une question de vie ou de mort. On vous confie la boutique une fois par mois à vous, les mômes. Juste une nuit. Alors, à partir de maintenant, fais ton devoir, d'accord ? Tu pourrais peut-être t'inscrire au stage de formation des nouveaux Gardiens pour te rafraîchir la mémoire.

J'ai une grosse boule dans la gorge qui m'empêche de parler. Maman intervient et répond à ma place :

– Promis, comptez sur nous.

Sur *nous*.

– Tu as menti à propos d'Ingrid, hein ? me dit maman dès que Hale est parti.

– Elle était là ! protesté-je, un peu trop fort. En train de me chercher des poux dans la tête, comme d'habitude.

C'est à peine un mensonge – ce n'était pas exactement hier soir, c'est tout.

– Entre gosses, vous devriez vous serrer les coudes. Vous êtes tellement jeunes. Vous ne devriez pas être obligés de... (Elle s'interrompt, l'air profondément navrée.) Je sais que vous ne vous entendez pas très bien, elle et toi, mais essaie de faire un effort, Ansel.

Alors ça, c'est un peu fort. À l'exception d'Ingrid, *on se serre* les coudes entre gosses. La nuit dernière l'a bien montré.

– On ne s'entend pas très bien ? Elle n'arrête pas de me harceler, oui ! Tu n'en sais rien, parce que tu n'es jamais là pour le voir, mais je t'assure que c'est aussi simple que ça.

Son visage se ferme, et je me sens aussitôt pris de remords. Elle se tue au travail pour nous deux alors que je sais très bien qu'elle aimerait passer plus de temps avec moi. Et j'ai réussi à le lui reprocher ? À trouver un nouveau moyen de lui faire du mal ? Chaque fois que j'ouvre la bouche, j'aggrave encore un peu les choses.

– Je... je ne voulais pas dire ça.

Elle hoche la tête, puis s'allonge en arrière sur le sofa. Elle a besoin de repos, même si je vois mal comment elle va pouvoir dormir avec le raffut qu'il y a dans l'entrée. Je la laisse tranquille et je remonte à l'étage en me frottant les yeux. Ils sont rouges et tout irrités à force d'avoir pleuré la nuit dernière.

Je me couche un moment sur mon lit, le nez dans le mince espace de séparation entre le mur et le matelas pour observer l'énorme araignée qui y a fait son antre. Je trouve étonnamment réconfortant de la savoir là, tranquille, indifférente à ce que je peux faire ou non.

Je suppose qu'elle sort la nuit pour chasser ou je ne sais quoi. Elle n'a absolument pas besoin de moi – tout ce qu'elle demande, c'est que je m'abstienne de passer l'aspirateur sous mon lit, ce qui me va très bien.

Alors que j'envisage de passer la journée à me morfondre dans ma chambre, Elena m'envoie un texto avec sa politesse habituelle :

Ramène tes fesses.

Je m'exécute.

Nous sommes dans la chambre de Pedro, à contempler les pièces du drone qu'il a étalées sur le sol – le drone que j'ai trouvé dans mon arbre le mois dernier. Avec tout ce qui s'est passé, je l'avais complètement oublié. Il l'a entièrement démonté – avec ses vis, ses boulons, ses fils électriques et ses différents éléments de plastique et de métal qu'il a soigneusement séparés.

Je suis bien content que cette occasion se présente pour penser à autre chose qu'à mes multiples défauts.

– Donc c'était bien un haut-parleur ? Comment s'est-il retrouvé coincé devant la fenêtre de ma chambre ?

Je lève les yeux vers Pedro en quête d'une explication. Il est allongé sur le lit d'Elena, en train de jouer à Joyeux Trappeurs sur son téléphone. Il porte un nouveau T-shirt sur lequel on voit un Éventreur de bande dessinée avec des écouteurs sur les oreilles et les mots « La musique adoucit les morsures ». Il ne détache pas son regard de l'écran et c'est Elena qui répond pour lui, tout excitée :

– C'est ce qu'on aimerait bien savoir. J'ai procédé à quelques tests la nuit dernière, grâce à une appli que Pedro a téléchargée sur son téléphone. Et devine quoi, j'ai capté du son qui venait du ciel, toute la nuit !

– Quoi, au-dessus de chez moi ?

– Et au-dessus de la ville entière, j'ai l'impression.

Voilà donc ce qu'elle trafiquait hier soir au lieu de m'accompagner chez Harold. Je reste un peu vexé malgré tout, quoique pour une raison différente : elle aurait pu me dire ce qu'elle avait en tête. Mais je suis trop intrigué pour lui faire la tête.

– Je n'ai rien entendu. Ça ne devait pas être bien fort.

– C'est ça le plus bizarre. Le son était très fort, au contraire, sauf qu'on ne pouvait pas l'entendre.

Son visage rayonne littéralement. Elle semble immensément satisfaite d'elle-même.

– Ce... ça n'a aucun sens, protesté-je en croisant les bras.

– Et pourtant si ! insiste Elena. Explique-lui, Pedro.

Sans bouger du lit, Pedro consent enfin à lâcher un mot :

– Infrasons.

J'attends la suite, mais rien ne vient. Il continue de jouer avec ses pouces sur l'écran de son téléphone, à tenter de tranquilliser un Éventreur digital.

La plupart du temps, je suis bien content de ne pas être un adulte. Puis je pense à Pedro et je me dis que ça pourrait quand même être cool, à condition de lui ressembler.

Pendant longtemps, j'ai cru que ça tenait à ses fringues. Il sait toujours quoi porter et ce qui lui va bien. Il a un blouson en fausses plumes, par exemple, qui lui donne un air d'ange déchu. Mais quand il m'a permis de l'essayer un jour, on aurait dit que j'avais des pigeons morts sur le dos. Quand il traîne avec ses amis, ils ressemblent à un groupe de rock indépendant. La plupart d'entre eux ne font même pas attention à nous, mais Pedro a toujours un mot gentil pour sa petite sœur et ses amis.

Pour son dernier anniversaire, Elena lui a offert un T-shirt orné d'une photo de Fen Zhao – son actrice préférée. L'image est tirée de *Terreur épidémique*. On ne tourne plus beaucoup de films depuis le Basculement, alors quand il en sort un nouveau, tout le monde le regarde en streaming, encore et encore. Au point d'en connaître la plupart des scènes par cœur. Les vieux films ont moins de succès, parce qu'il n'y avait pas de Changement à l'époque. Il paraît que *Terreur épidémique* 2 sortira bientôt ; à mon avis, il y aura tellement de gens qui voudront le regarder en même temps que l'Internet de Tremorglade risque de disjoncter.

Pedro est un fan absolu de Fen Zhao – il a même envoyé son T-shirt à son agent pour lui demander de bien vouloir le signer, mais il ne l'a jamais récupéré, malgré l'enveloppe timbrée qu'il avait jointe à son colis. Il refuse d'en vouloir à Fen – il est certain que c'est de la faute de son agent. Même si je vois mal pourquoi ce dernier aurait gardé le T-shirt d'un fan. Il doit être plein aux as, avec l'argent que lui rapporte la présence de sa star au casting de ces blockbusters.

Finalement, Pedro s'arrache à son jeu et me jette un coup d'œil.

– Des infrasons – des ondes sonores inaudibles pour l'ouïe humaine. Les ultrasons représentent les hautes fréquences et les infrasons les basses fréquences. Elena a mesuré dix-huit hertz la nuit dernière. Au-dessous de ce qu'on peut percevoir. Mais à un volume très élevé.

– Dix-huit quoi ?

Je fronce les sourcils en contemplant les pièces du drone. Mes notions de physique sont plutôt vagues. Je me souviens vaguement que Mme Boateng nous avait fait un cours où il était question de tonnerre et de sifflet pour chiens, sauf qu'après l'examen j'ai pratiquement tout oublié.

– Hertz. C'est une unité de mesure, explique Elena.

– Si tu le dis.

Je m'assieds sur le lit à côté de Pedro et le regarde jouer. Je suis impressionné par sa capacité à être multitâche alors qu'il en est au niveau cinquante-huit.

– Et le plus intéressant, c'est que le son a commencé à la tombée de la nuit et s'est interrompu à l'aube, comme si quelqu'un avait actionné un interrupteur, dit Pedro.

– Mais... pour quoi faire ?

– Ça, c'est la grande question, mon pote. Et quelle que soit la réponse, il y a de fortes chances qu'elle ne nous plaise pas.

– Tu penses ?

– En tout cas, ça explique le comportement de tes pigeons.

– Comment ça ? (Puis je m'insurge.) Une minute, qu'est-ce que tu veux dire par *mes* pigeons ?

– Ils ont piqué sur Ingrid à un moment crucial, non ? Elena dit que tu t'es pris pour quelqu'un qui murmure à l'oreille des pigeons ou je ne sais quoi.

Je lance un regard noir à mon amie, qui hausse les épaules en toute innocence.

– Je n'ai jamais pensé ça.

Je maugrée :

– De toute façon, ils ont expliqué le phénomène à la radio. C'était la météo.

– Sûrement pas. (Il reste concentré sur son écran. Il en est à une étape difficile, où il doit déclencher la chute d'un filet au moment précis où un Éventreur passe dessous, sauf que l'adversaire est imprévisible et ne cesse de changer de direction.) On a effectué quelques recherches ce matin. Quand des nuées d'oiseaux se comportent de cette manière, ce n'est pas en raison de la météo. C'est parce qu'ils croient être attaqués par un prédateur.

– Comme un aigle, tu veux dire ?

– Ou bien un drone, qui aurait piqué brusquement et se serait écrasé dans l'arbre devant chez toi.

Je me représente la scène. Pauvres bêtes. Affolées au point de venir s'écraser au sol. Cela expliquerait au moins pourquoi personne d'autre à Tremorglade n'a connu de grêle de pigeons.

– En plus de ça, continue Pedro, ils ont dû être doublement terrifiés.

– À cause d'Ingrid ?

Il s'esclaffe.

– Mais non, espèce d'idiot. Il n'y a que sur toi qu'elle a cet effet-là. Je te parle des infrasons. Il s'avère que les pigeons peuvent les entendre, contrairement à nous. Eux et quelques autres espèces animales. Je suppose qu'ils ont cru se faire attaquer par un truc étrange qui émettait des infrasons et qu'ils ont paniqué.

– Tu es vraiment sûr que ce n'était pas la météo ? À la radio, ils ont dit que c'était arrivé aussi dans les vallées du Nord.

Il lâche un grognement agacé en voyant son jeu interrompu par un sondage publicitaire.

Quelle est ta chanson préférée ?

C'est le seul inconvénient de Joyeux Trappeurs : le jeu est truffé de pubs qui vous demandent de répondre à des questions stupides avant de vous laisser continuer. Il peut enfin m'accorder toute son attention.

– Ça ressemble à un phénomène météorologique pour toi ? D'accord, certaines conditions climatiques peuvent engendrer des infrasons. Mais tu as déjà entendu parler d'un orage qui se déclenche pile au coucher du soleil pour s'interrompre juste à l'aube, comme ça ?

Il illustre son propos d'un claquement de doigts.

– Je suppose que non. Hé, tape « Dans ton cul », lui suggéré-je en indiquant son écran.

Elena lève les yeux au plafond mais Pedro accepte d'entrer ma proposition. Son écran clignote et la refuse.

– Désolé, mon pote. Ce téléphone est trop intelligent pour ton humour juvénile. (Il tape le titre d'une chanson de Federal Agenda – *Moonlight Disco* – puis parvient finalement à piéger son Éventreur.) De toute manière, concernant ce qu'ils ont dit à la radio… Je ne sais pas trop. Il n'y a peut-être aucun rapport. Tes pigeons et ceux du Nord ont très bien pu péter les plombs pour des raisons différentes.

– Arrête de les appeler *mes* pigeons, dis-je en grommelant.

Elena, qui nous écoutait en piaffant d'impatience, intervient de nouveau.

– Je les ai vus, Sel. D'autres drones comme celui-ci. Avec le télescope de Pedro. Il y en avait partout. Suffisamment haut pour qu'on ne puisse pas les voir à l'œil nu depuis le sol, et sans lumières, contrairement aux drones de livraison.

Je remarque que la coque ventrale du drone est noire, comme s'il était conçu pour passer inaperçu la nuit.

– Eeeeet ce n'est pas tout, ajoute Pedro avant de vérifier son score et de lâcher son téléphone. Il n'y a pas que les pigeons qui sont affectés par ce genre de son. Les humains aussi, même si on ne les entend pas. Certains sont plus touchés que d'autres. Ça peut causer des maux de tête, des nausées, des sautes d'humeur, des sentiments d'appréhension sans raison. Ça ne te rappelle rien ?

J'en reste bouche bée.

– Le marasme du Confinement !

– Peut-être bien.

– Mais qui serait derrière ça ? dis-je en réfléchissant à toute vitesse.

Un grand sourire s'étale sur le visage de Pedro.

– Oh, ça, c'est la partie la plus facile. Montre-lui, Elena.

Elle s'accroupit pour retourner l'une des pièces en plastique du drone. Elle pose le doigt à côté d'un minuscule logo.

Sequest, Inc.

– Les théories conspirationnistes d'Harold ne sont peut-être pas aussi dingues que ça, en fin de compte.

CHAPITRE 8

Mai – À 27 jours du prochain Confinement

Le lundi suivant, Hale débarque à l'école pour un long discours de rappel général des responsabilités du Confinement. Je ne sais pas si c'était prévu de longue date ou si ce sont les événements de vendredi soir qui lui ont donné l'idée. Quoi qu'il en soit, c'est un moment très pénible. J'ai l'impression qu'il s'adresse directement à moi, même si c'est dur à dire à cause de ses lunettes de soleil.

– Certains d'entre vous ne prennent pas ça suffisamment au sérieux, gronde-t-il. Je vous rappelle que le protocole consiste à « activer les défenses, tout verrouiller, et *ouvrir l'œil* ». Pas à « traîner avec les copains ».

Je peux pratiquement sentir un vide se former autour de moi tandis que la salle entière évite de me regarder. À l'exception d'Ingrid, assise deux rangs devant moi, qui se retourne pour me lancer un regard meurtrier. J'imagine qu'elle a reçu la visite de Hale elle aussi, après ce que je lui ai raconté.

Bah – elle ne peut pas m'en vouloir davantage que je ne m'en veux moi-même.

Mais le pire reste à venir.

De retour en classe, Mme Boateng nous rappelle qu'aujourd'hui nous avons EPSSE – éducation personnelle, sociale, sanitaire et économique – et lance une vidéo. Tout le monde soupire en découvrant quel en est le sujet.

Votre corps face au Changement. Pitié... Franchement, ils s'imaginent qu'on a six ans ? Comme si on ne savait pas déjà tout ça. Je pourrais réciter le cours par cœur dans mon sommeil. Et pourtant, ils nous en remettent une couche.

L'écran noir s'éclaire et le présentateur apparaît. Il est juché sur un grand tabouret, dos à nous, et puis soudain, comme s'il nous avait entendus, il jette un coup d'œil à la caméra par-dessus son épaule, se retourne et nous adresse un grand sourire.

– Hé, bonjour à tous ! s'écrie-t-il. Je suis bien content de vous voir !

On soupire à l'unisson et on s'avachit sur nos sièges pour attendre la fin de ce calvaire.

Le présentateur nous explique d'une voix sirupeuse que nous sentirons le Changement arriver. Les tests sanguins nous préviendront de son approche, mais il y aura sans doute aussi des signes avant-coureurs. Une légère fièvre. Des picotements partout dans le corps. Une fascination pour la pleine lune, un besoin incontrôlable de hurler dans sa direction. Et une envie dévorante de viande crue.

Elena, qui est vegan, est convaincue que cela ne lui arrivera pas. Elle pense qu'elle aura plutôt une envie dévorante de chips tortillas trempées dans la fameuse sauce aux tomates et aux oignons de sa défunte mère. Valeria lui a montré comment préparer certains plats traditionnels colmeyains sans viande, si bien qu'elle peut cuisiner un véritable festin épicé avec à peu près n'importe quels légumes. Je n'ai jamais entendu parler d'une Éventreuse vegan, mais si quelqu'un est capable de réaliser ce tour de force, c'est bien elle.

J'ai treize ans, ce qui veut dire que j'ai probablement un ou deux ans devant moi avant de Changer. Cela peut aussi se produire plus tôt, mais j'en doute – petit et maigre comme je suis ; je ne fais même pas mon âge. Et avec mes bras fins comme des baguettes, dont les veines bleutées se devinent sous la peau, j'ai du mal à m'imaginer développer d'un seul coup une musculature herculéenne. Mon meilleur atout, ce sont mes cheveux. Épais, bruns, légèrement ondulés – de vrais cheveux de star de cinéma, d'après maman, comme ceux de mon père. J'espère qu'il en restera quelque chose dans mon apparence d'Éventreur. J'aurai peut-être une fourrure un peu plus touffue sur le sommet du crâne ? Je suis curieux de voir ça. Si je Change avant Elena, elle m'a promis de passer me voir cette nuit-là pour me prendre en photo.

– N'ayez pas peur, nous dit le présentateur de *Votre corps face au Changement* avec un sourire factice. C'est parfaitement normal. Il ne vous arrivera rien. Comme vous l'avez fait pour vos parents, vos proches prendront simplement quelques précautions pour vous garder en sécurité. Ils s'occuperont de vous et vous traiteront avec respect et dignité.

Quelques sourires désabusés accueillent cette promesse.

Pour certains proches, c'est souvent l'occasion de s'amuser un peu.

On en trouve plein d'exemples sur Internet, si on cherche sur notre moteur de recherche Seekle un site appelé Éventreurs en Folie. D'habitude, ce sont surtout des jeunes qui demandent à leur petit frère ou à leur petite sœur de les filmer, ou qui se filment eux-mêmes au moyen d'une caméra automatique. Après quoi ils publient la vidéo sur le site pour faire rire et récolter des likes. Il y a des prix décernés aux meilleurs Éventreurs :

le plus Furax, le plus Costaud, le plus Marrant, le plus Flamboyant, et ainsi de suite. Il y a ceux à qui on glisse une boîte de lait entre les barreaux, ceux à qui on fait gober des boulettes de viande... Tout cela noté sur un tableau des scores. Certains s'amusent aussi à voir quel genre d'objet non comestible ils peuvent ingurgiter. J'en ai même vu un qui s'était déguisé en Petit Chaperon rouge, avec une cape et tout, pour surgir de son costume au crépuscule et dévorer une carcasse de mouton habillée en grand-mère. Ça lui a valu un million de likes.

Maman considère que le Changement devrait rester une chose privée. Déjà qu'elle déteste montrer quand elle est triste, il n'est certainement pas question qu'elle se laisse filmer la bave aux lèvres, en train de se jeter contre les barreaux de sa cage. C'est une vision un peu datée de quelque chose qui fait désormais partie intégrante de la vie, mais les choses étaient différentes quand elle était gamine. Maman ne voudrait jamais se retrouver sur Éventreurs en Folie ; elle se sentirait tellement humiliée.

Sauf que, comme je me le rappelle avec une grimace douloureuse, je l'ai déjà humiliée.

Je jette un coup d'œil en direction d'Ingrid dans l'espoir de la voir mal à l'aise elle aussi, mais elle fixe tranquillement le mur à environ un mètre au-dessus de l'écran, à l'endroit où la devise de l'établissement est brodée sur une bannière : « Protéger votre avenir », dit-elle, au-dessus de l'image d'un cadenas et d'une cible. J'en reviens à contrecœur à la vidéo pour regarder la fin.

Le présentateur nous assure qu'il n'y a aucune raison de nous inquiéter, que Sequest est là pour nous aider et s'occuper de nous. La seule pensée qui me vient à ce stade, c'est : *D'accord, mais qu'est-ce qu'ils vous ont fait, ces pauvres pigeons ?*

Il nous présente une brève séquence d'un homme en train de Changer au ralenti. Au début, le type est enveloppé dans une couverture, mais celle-ci ne tarde pas à glisser quand son corps se met à éclater comme du pop-corn. L'image n'est même pas floutée sur les passages les plus écœurants, notamment quand les yeux se mettent à gonfler et à sortir de leurs orbites. De gros plans montrent les poils pousser sous la peau en plaques sombres, former des bosses, avant de fendre l'épiderme comme des lames de rasoir. Les muscles des mollets commencent à trembler, à palpiter, puis sont submergés par des vagues de chair ondulante qui frissonne et se craquelle comme de la gelée pendant un tremblement de terre. Le processus n'a rien de logique ou d'ordonné. Certaines parties se couvrent de poils avant les autres, puis les poils disparaissent temporairement quand l'expansion des chairs les rattrape : bouts d'os, ligaments, artères et organes internes poussent vers l'extérieur en un bouillonnement chaotique qui se réorganise peu à peu jusqu'à ce que chaque élément soit précisément à la bonne place. C'est-à-dire, à la bonne place pour un Éventreur.

Même Mme Boateng a l'air au bord de la nausée quand le générique de fin s'affiche à l'écran.

CHAPITRE 9

Mai – À 21 jours du prochain Confinement

– Je le savais ! s'exclame Harold.

On est assis tous les deux dans la salle commune de Shady Oaks, en train de boire du thé et de manger du gâteau au citron. À part nous, l'endroit est désert.

Pedro, Elena et moi avons beaucoup discuté de ce qu'il convient de faire du drone et des informations que nous avons. Ce qu'on voudrait vraiment savoir, c'est *pourquoi* Sequest diffuse des infrasons à plein volume au-dessus de la ville. La moindre des choses serait quand même de demander la permission aux gens, ce qu'ils n'ont pas fait. Ce qui veut dire que c'est un secret.

– Je crois qu'on devrait poser la question au maire, dis-je à Harold. Warren est peut-être au courant, et s'il ne l'est pas, je suis sûr qu'il aura très envie d'en savoir plus.

Harold prend un air dégoûté, comme chaque fois qu'on parle du maire.

– Non. Je n'ai aucune confiance en lui.

En venant s'installer à Shady Oaks, Harold a commis ce qu'il décrit comme une erreur fatale : la fenêtre de sa chambre donne directement sur la maison de son voisin – Warren. Ce qui veut dire que tous les matins, il doit supporter de voir le personnage le plus important de la ville sortir de chez lui, s'étirer sous son porche et ramasser son journal, vêtu en tout et pour tout d'un caleçon. Apparemment, ce n'est pas un délit – Harold s'est renseigné auprès du sergent Hale. Mais comme ce dernier est un ami du maire, il n'y a rien d'étonnant à ce qu'il dise ça. Même Tremorglade n'est pas à l'abri de la corruption des institutions.

– Warren est un fervent défenseur du système, déclare Harold avec mépris. Pas le genre à remettre quoi que ce soit en question. Et s'il est au courant de ce qui se passe, ça veut dire qu'il fait partie du problème. Non, il va falloir mener ta propre enquête. Discrètement.

– Comment veux-tu que je… ?

Un bruit métallique résonne dans le couloir, comme si quelqu'un avait fait tomber quelque chose dans la cuisine. C'est probablement Dora.

– Chut !

Il pose la main sur mon bras pour me faire taire, comme s'il redoutait une embuscade des forces spéciales et non une vieille grincheuse venue se préparer une tasse de thé.

On patiente plusieurs minutes en silence, pensant qu'elle va nous rejoindre dans la salle commune, mais ce n'est pas le cas. Puis on entend sa porte se refermer. Harold se détend.

– Cette histoire de drone, dit-il. (Il se mordille la lèvre.) Tu en as parlé à ta mère ?

Je grimace.

– Pas encore. Tu connais sa position vis-à-vis de Sequest, avec toutes les collectes de fonds auxquelles elle participe. Je ne veux pas l'inquiéter avant d'avoir des preuves.

Je m'attends à me faire rabrouer, mais il se contente de hocher la tête.

– Tu as sans doute raison. Mieux vaut rester discret. Gardons ça pour nous : toi, moi, Elena et Pedro.

– D'accord.

Mais Harold insiste.

– Je ne plaisante pas. D'après mon expérience, avec ce genre de grosse organisation, quand les gens commencent à poser des questions... les gros bonnets n'apprécient pas. Et parfois, ils deviennent méchants. Il faut protéger les personnes auxquelles on tient.

Il hoche la tête en direction de la cuisine, pour indiquer qu'il fait allusion à Dora. Je me retiens de sourire. Il prend tout ça vraiment au sérieux.

– D'accord, je te dis. Mais franchement, que veux-tu qu'ils nous fassent ?

Il se penche et me regarde droit dans les yeux.

– Ils prennent déjà ton sang, Sel. Ils ont suffisamment d'influence pour te faire tout ce qu'ils veulent. À toi, et à ta famille. Tiens, la serrure de la cage de ta mère, par exemple.

Je cligne des paupières, perplexe.

– Eh bien quoi ?

– Est-on vraiment sûrs qu'il s'agissait d'un accident ?

Je déglutis. Non, on n'en est pas sûrs. Mais mon principal suspect n'est pas Sequest.

– Même si ce n'est pas eux qui ont fait le coup, ils peuvent très bien s'en servir pour te discréditer. Pour que plus personne n'écoute ce que tu pourrais dire. J'ai vu ça dans un épisode de *Finances fatales*, un jour. Une grande compagnie pharmaceutique payait un flic corrompu pour faire accuser à tort un témoin à charge. Ces gens-là n'ont aucun scrupule.

Comme souvent, Harold va trop loin.

– *Finances fatales* n'est pas un documentaire, Harold, c'est une série. Et maman s'est échappée de sa cage avant qu'on ne découvre quoi que ce soit sur ce drone. Alors arrête un peu ta parano. Je sais que tu n'aimes pas Sequest, mais je doute qu'ils fassent quoi que ce soit d'illégal ou qu'ils nous infligent le marasme dans je ne sais quel but.

Harold ne m'écoute pas vraiment.

– Tu ne trouves pas que c'est commode ? Que les seules personnes à pouvoir s'en plaindre soient précisément celles qui ont le moins d'influence – les enfants ?

– Harold, ils n'ont aucune raison de vouloir nous rendre malades. C'est littéralement le contraire de leur objectif.

Il se redresse en soupirant.

– Si tu le dis. Et si on reprenait un peu de gâteau ?

Dans la cuisine déserte, je lui découpe une autre part du gâteau au citron que je lui ai apporté. Je l'ai fait moi-même, d'après la recette de maman. Harold a tenu à ce qu'on le laisse dans la cuisine au cas où Dora en voudrait, et il a eu raison, car je vois qu'il en manque une bonne part.

Une tape sèche sur l'épaule me fait sursauter, au point que je manque de renverser le gâteau sur le sol.

– Qu'est-ce que vous racontiez à propos d'infrasons ?

J'inspire profondément.

– Bonjour, Dora ! Vous avez aimé mon gâteau ?

– Au diable ton gâteau ! Tu ne serais pas en train de fourrer ton nez dans des histoires qui ne te regardent pas, dis-moi ?

Il semblerait qu'on a espionné notre conversation. Je la dévisage avec méfiance, réalisant subitement que je ne sais pratiquement rien d'elle. C'est peut-être une ex-professeure de physique ou quelque chose comme ça.

– Vous vous y connaissez un peu en infrasons, Dora ?

– Non, répond-elle sèchement. Et tu ne devrais pas t'y intéresser non plus. Ce n'est pas ton problème.

Cette fois, c'est plus fort que moi – je pouffe. Elle se renfrogne.

– D'accord, Dora, ça ne fait rien. Harold m'aidait simplement pour un devoir de physique. Je n'aurai qu'à chercher sur Seekle.

Ses yeux sombres brillent de colère.

– Je ne ferais pas ça si j'étais toi, me prévient-elle froidement. Laisse tomber Seekle et mêle-toi de tes affaires. Si tu ne veux pas qu'il t'arrive des bricoles.

À cet instant, Harold passe la tête par la porte de la cuisine.

– Ah ! Je commençais à me demander si tu ne m'avais pas oublié, Sel, mais je vois que tu as trouvé une compagnie plus agréable. Tu fais beaucoup de recherches sur Seekle ? Personnellement je trouve ça admirable, cette manière qu'ont les jeunes de prendre en main leur propre éducation. Tu n'es pas de mon avis, Dora ? L'Internet est vraiment une invention merveilleuse. Toutes ces informations accessibles d'un simple clic de souris... Dommage que ce soit trop compliqué pour moi.

Je souris intérieurement. Harold a beaucoup de mal avec son ordinateur. Le regarder s'en servir est une souffrance. Généralement, c'est moi qui effectue ses recherches pour lui et je lui imprime le résultat.

Dora, son assiette à la main, le bouscule pour sortir de la cuisine – sans oublier de me fusiller du regard.

– Oh, pardon, s'excuse-t-il avec embarras en se décalant.

On la regarde regagner sa chambre en traînant des pieds, emportant la part de gâteau que je venais de couper pour Harold. Le sourire de ce dernier s'estompe.

– La pauvre, dit-il. Elle m'inquiète de plus en plus ces derniers temps. Je me dis parfois qu'on devrait lui trouver un bouton d'appel d'urgence comme le mien.

Il touche le petit mécanisme en plastique qu'il porte au bout d'une cordelette autour du cou. Il oublie souvent son téléphone, alors maman et moi avons pensé que ce serait une bonne idée de lui offrir ça. Il suffit qu'il appuie sur le bouton pour qu'on reçoive une notification sur nos deux téléphones. Comme ça, on n'a plus qu'à passer vérifier qu'il va bien. Il m'appelle parfois son Gardien, pour plaisanter.

– Elle a l'air d'aller bien, dis-je.

– Si on veut. L'autre jour, en rentrant de balade, je l'ai encore retrouvée dans ma chambre. Avec un couteau à la main.

J'en reste bouche bée.

– Tu rigoles ?

– Oh, je ne crois pas qu'elle me voulait du mal, mais il faut avouer que je n'en menais pas large. Elle a prétendu l'avoir pris pour le ranger. Je lui ai suggéré de le mettre dans le tiroir de la cuisine et elle m'a écouté. (Il remarque mon expression sceptique.) Je ne crains rien, je t'assure. C'est pour elle que je m'inquiète.

– Mouais... Fais quand même attention à toi, d'accord ? Tu devrais peut-être fermer ta porte à clé.

En retournant avec lui vers la salle commune, je ne peux m'empêcher de me demander si sa paranoïa ne se tromperait pas de cible.

CHAPITRE 10

Après avoir été battu aux cartes à plates coutures par Harold, je retourne chez Elena et Pedro, impatient de leur faire part de mes réflexions.

Mais à l'instant où je m'engage dans notre rue, j'ai une sensation de déjà-vu. Ingrid se tient sous le lampadaire une fois de plus, au même endroit que la dernière fois. Adossée au poteau, elle fixe non pas des pigeons mais la maison de mes amis. Fee et Loretta sont là également, donnant l'impression de s'ennuyer. J'envisage de faire demi-tour et de traîner dans le quartier en attendant qu'elles soient parties, mais Fee me repère et dit quelque chose à Ingrid, qui se détache du lampadaire pour me barrer la route.

J'essaie de la contourner, mais Fee et Loretta me bloquent le passage. La rue est silencieuse autour de nous. Les oiseaux se comportent normalement, les traîtres, malgré la présence de ma némésis.

– Alors Sel, tu as appris à te servir d'une serrure ? lance Loretta en ricanant. Ou tu as besoin d'un manuel ?

Mon plan qui consistait à garder mon calme s'écroule comme un château de cartes. Je serre les poings.

– C'était vous, hein ? C'est l'une de vous qui a laissé sortir maman.

Loretta fronce le nez d'un air perplexe.

– Quoi ? Ne sois pas stupide. On ne tient pas à mourir.

Elle joue peut-être la comédie, mais mon instinct me souffle que sa réaction est sincère.

Ingrid la pousse du coude.

– Je suis là pour que tu me parles des pigeons, dit-elle. Qu'est-ce que tu leur as fait ?

Je ne m'attendais pas à ça. Décontenancé, je ne sais plus quoi faire de ma colère.

Je vois Loretta lever les yeux au ciel et se tourner vers Fee, qui secoue la tête.

– Ing, laisse tomber. On s'en fiche de ces piafs, non ?

Ingrid ne répond pas. Elle continue à me fixer d'un œil hostile.

Je lui adresse un sourire innocent :

– Tu n'as pas écouté les infos ? C'était à cause de la météo.

Fee pousse un gros soupir, histoire de rappeler qu'elle a autre chose à faire que m'écouter. Sans me quitter des yeux, Ingrid lance à ses amies :

– Vous pouvez y aller toutes les deux, je ne vous retiens pas.

Elles font une de ces têtes ! On dirait qu'Ingrid vient de retirer brusquement le tapis sous leurs pieds. Elle les a congédiées sans le moindre effort pour être polie. Elles restent pétrifiées une seconde, sous le choc, puis s'éloignent à contrecœur avec des regards maussades par-dessus leur épaule. J'ai l'impression qu'elles sont profondément vexées, mais Ingrid n'a pas l'air de s'en soucier.

– Ne me mens pas. Je vous ai entendus discuter après les cours, Elena et toi. Vous parliez d'un drone. Alors, tu m'expliques ?

Je suis choqué. Elle nous a espionnés ?

Au moment où j'ouvre la bouche pour exprimer mon indignation, j'entends un bruit derrière moi. La voiture de police de Hale arrive lentement et vient se garer le long du trottoir, gyrophare allumé. Il déclenche brièvement sa sirène, qui nous fait sursauter Ingrid et moi.

Il sort de sa voiture en mastiquant son chewing-gum et tourne ses verres-miroirs dans notre direction.

Pendant un instant, je me dis qu'il est là pour Ingrid – je suis peut-être l'homme-qui-murmure-à-l'oreille-de-la-police ? – mais il nous fait son petit numéro de pistolet avec les doigts avant de gravir les marches du perron d'Elena et de frapper à sa porte.

Lucas vient lui ouvrir, en bas de pyjama, les cheveux ébouriffés, comme s'il sortait du lit alors qu'on est au milieu de l'après-midi. Hale lui montre un document. Lucas l'examine d'un air ensommeillé puis s'écarte pour le laisser entrer. La porte se referme derrière eux. Je me tourne vers Ingrid, mais elle a disparu.

Je devrais attendre que Hale ressorte. Je ne devrais pas m'en mêler.

Mais je ne suis pas doué pour patienter. Je grimpe les marches à mon tour, je frappe à la porte et j'entre aussitôt.

– Vous ne pouvez pas tout emporter comme ça ! s'indigne Pedro.

Je ne l'avais encore jamais vu aussi agité. Il fait les cent pas en se passant les doigts dans les cheveux tandis que Hale remplit un carton sur son lit.

À l'intérieur du carton, j'aperçois non seulement les pièces du drone mais aussi le téléphone et le télescope de Pedro. On dirait que Hale est venu avec un mandat en bonne et due forme.

– Redis-moi où tu l'as trouvé ? demande Hale.

– Il s'est écrasé dans la rue, répond Elena.

Je lui adresse mentalement un grand merci pour ne pas m'impliquer. Elle sait que j'ai suffisamment d'ennuis comme ça.

– Hmm, hmm.

Il mastique son chewing-gum.

– Mais pourquoi vous prenez aussi *mes* affaires ? s'insurge Pedro. (Je vois bien qu'il s'efforce de ne pas s'emporter.) J'ai acheté ce téléphone avec mon argent. J'ai encore le ticket de caisse quelque part, si vous voulez. Le télescope est plus vieux, mais il est à moi aussi.

– Ce ne sera pas nécessaire. Écoutez, les enfants, dit Hale en soupirant. (J'ai l'impression qu'au départ il était plutôt content de lui mais que maintenant, il se sent davantage dans la peau du mauvais flic que du flic cool.) Ce drone est la propriété de Sequest. Vous entravez son activité légitime.

Elena s'esclaffe.

– Son activité légitime ? Vous savez ce qu'ils font avec ces drones ? Ils diffusent des infrasons à plein volume sur toute la ville. Vous pouvez me dire pourquoi ? Hein ?

Je grimace intérieurement en me rappelant le conseil d'Harold de rester discret.

Hale referme son carton et pose la main dessus.

– Je ne sais pas d'où vous sortez une idée pareille. Ce n'est qu'un drone de livraison comme les autres. Et il leur appartient.

– Mais pas mes affaires ! Qui vous les a demandées ?

Hale soupire de nouveau et jette un coup d'œil vers la porte. Il ne pense plus qu'à s'en aller.

– Le mandat vient du quartier général de la police à Hastaville. Je ne fais que suivre les instructions. En toute franchise, je ne sais pas pourquoi ils ont rajouté certaines de tes affaires sur la liste, Pedro. Je suis sûr qu'on te les rendra très vite.

Pedro lève les mains en l'air avec exaspération.

– Il y a plutôt intérêt !

Par la fenêtre, on le regarde ranger le carton dans le coffre de sa voiture et s'en aller.

– Comment la police d'Hastaville a-t-elle pu savoir que tu avais le drone ? dis-je. C'est ça que je ne comprends pas.

Je pense à Ingrid, tout à l'heure, qui a reconnu nous avoir entendus en parler. Aurait-elle mouchardé ? Mais les autres accueillent cette idée avec scepticisme.

– Je vois mal Ingrid rendre service à la police, observe Elena. Ces engins doivent être équipés d'une balise. Peut-être que Sequest a vérifié sa dernière position connue et leur a indiqué où chercher ?

– Possible. En tout cas, maintenant, on sait qu'ils ont quelque chose à cacher. Sinon pourquoi la police serait venue le récupérer et confisquer mes affaires au passage ?

Pedro a raison. La visite de Hale donne l'impression que Sequest cherche à escamoter des preuves.

Mais des preuves de quoi ?

CHAPITRE 11

Mai – À 20 jours du prochain Confinement

– On dirait que cet endroit a subi un bombardement. Ansel Archer ! Tu m'écoutes, au moins ? grommelle ma mère en contemplant ma chambre en désordre pendant que j'allume mon ordinateur.

– Je rangerai, promis. Dès que j'aurai fini mes devoirs.

Elle ramasse une chaussette sale sur l'appui de la fenêtre et l'agite sous mon nez avant de la laisser tomber sur mes genoux.

– D'accord. À condition que tu sois vraiment en train de faire tes devoirs et pas de bavarder avec Chad. Si tu es trop occupé pour ranger, tu es trop occupé pour bavarder, c'est compris ?

Je hausse les sourcils d'un air innocent.

– Bien sûr ! Je dois étudier la théorie des explosifs. Et puis, n'oublie pas qu'il y a cinq heures de décalage entre ici et chez Chad. Il doit être en classe en ce moment.

Je ne lui ai pas parlé du drone. Elle commence tout juste à aller mieux, après ce qui s'est passé – elle est moins pâle et moins triste. Je ne veux pas lui fournir un nouveau motif d'inquiétude, alors je me contente de lui promettre que je vais me concentrer à fond sur mes devoirs.

Rassurée, elle finit par me laisser en me prévenant qu'on dînera dans une heure.

J'ouvre une page pour faire mes devoirs, puis je clique sur FIN et constate que le voyant à côté du nom de Chad est en vert, parce qu'évidemment il est en ligne. On leur permet d'utiliser leur téléphone en cours dans son collège (c'est tellement injuste) et, franchement, il ne doit pas travailler très souvent parce que la moitié du temps il me répond dans la minute.

Pratiquement tout le monde est sur FIN – surtout les enfants, mais beaucoup d'adultes aussi. Le monde extérieur a beau partir en sucette, c'est agréable d'y compter quelques amis, et ce réseau est encore le meilleur moyen de les rencontrer. Le système est simple : lors de votre inscription, il vous met en contact avec un correspondant étranger dont les centres d'intérêt sont similaires aux vôtres. C'est comme ça qu'Elena discute avec Trix, du Rheitzland (elle ne connaît que quelques mots de rheitzch, mais Trix parle couramment l'anglais), et moi avec Chad, des Comtés-Tanniques-Unis de l'autre côté de l'océan. Aujourd'hui, je compte lui demander s'ils connaissent aussi le marasme chez eux. J'ai toujours cru que ça n'épargnait personne. Mais si nous sommes les seuls à le subir… ça voudra dire quelque chose.

Je clique sur son icône et je tape :

Salut ! J'ai un truc à te demander.

Puis je lance Joyeux Trappeurs dans une autre fenêtre en attendant sa réponse. Le labyrinthe du niveau vingt-et-un se charge et je commence à m'y déplacer pendant que deux Éventreurs de bas niveau apparaissent. J'ai neutralisé le premier et je suis sur le point de m'occuper du deuxième quand le jeu est interrompu par l'un de ces stupides sondages publicitaires.

Quelle est ta plus grande peur ?

Je pousse un grognement d'irritation…

Les pets silencieux

… et je clique pour reprendre ma partie. Mais l'image se fige de nouveau et la fenêtre du sondage réapparaît.

Quelle est ta plus grande peur ?

Je soupire. Malgré toutes nos tentatives, le système n'accepte pas les réponses farfelues. Il est trop malin pour ça. Il veut connaître nos préférences de manière à sélectionner les publicités qu'il nous soumet. Mais il n'est pas aussi malin qu'il le croit. Il ne peut pas nous obliger à dire la vérité.

Les araignées

Le sondage semble satisfait, cette fois, et je souris intérieurement – allez, je t'ai eu, j'*adore* les araignées – avant de me remettre à jouer. C'est toujours une petite victoire de parvenir à tromper l'algorithme, même si ça veut dire que dans les prochains jours je serai bombardé de pubs pour insecticides.

Deux minutes plus tard, je reviens sur FIN et je regarde le voyant de Chad clignoter, signe qu'il est en train de taper sa réponse.

Chad et moi discutons sur FIN depuis mon inscription sur le réseau il y a quelques années. On a un tas de choses en commun – il est fils unique, comme moi, et son père est mort peu après sa naissance, comme le mien. Sauf que son père est mort de la peste pourrissante, que nous n'avons pas chez nous. J'ai regardé ce que c'était sur Seekle et ça m'a l'air particulièrement horrible – une fois de plus, je suis bien content d'être né ici.

Je ne peux pas dire que mon père me manque puisque je ne l'ai jamais connu. Mais parfois, j'imagine à quoi il pourrait ressembler aujourd'hui et de quoi on pourrait parler. J'ai l'impression qu'il était moins flippé que maman, d'après ce qu'elle m'a raconté, mais je suppose que le fait d'élever un enfant toute seule n'aide pas à prendre les choses à la légère, et puis elle était peut-être différente à l'époque. Nous n'avons plus de proches encore en vie à Tremorglade – mes grands-parents sont morts assez jeunes. La tante de maman est toujours vivante, autant qu'on le sache, mais elle habite dans le Sud, de l'autre côté des montagnes, et maman a rapidement perdu contact avec elle après le Basculement. Elle a reçu quelques e-mails un peu froids, formels, puis plus rien. J'imagine que la vie n'est pas facile là-bas et que ma grand-tante se préoccupe avant tout de survivre. C'est la même chose pour tous mes amis – le Basculement a fait voler en éclats beaucoup de familles étendues. Les liens se distendent sans qu'on n'y puisse rien. Je suppose que c'est l'une des raisons pour lesquelles on forme une communauté aussi soudée ici, à Tremorglade.

Ça a été beaucoup plus dur pour Elena, qui a perdu sa mère Valeria il y a trois ans. Ce n'était pas soudain – l'état de sa mère s'est dégradé sur plusieurs mois. Le centre de bien-être n'a pas ménagé ses efforts ; la docteure Adebayo, en particulier, a fait tout son possible pour la sauver. Elle voulait même transporter sa patiente par hélicoptère dans un grand hôpital d'Hastaville où elle aurait pu bénéficier d'un traitement de pointe. Mais elle a été transférée brusquement au quartier général de Sequest pour y commencer je ne sais quel nouveau projet, et le transport aérien n'a jamais eu lieu. Valeria est morte peu de temps après. C'est là que Lucas, le père d'Elena, s'est mis en tête de déménager à tout prix.

J'ai l'impression de pouvoir tout dire à Chad. Il faut être prudent sur Internet – je sais bien que votre interlocuteur n'est pas toujours celui qu'il prétend – mais avec Chad ça va, je crois que je ne risque rien. FIN procède à des vérifications d'identité. Maman le connaît, et puis il n'y a aucune chance qu'on puisse se rencontrer un jour de toute manière.

Sa connexion n'est pas assez bonne pour qu'on puisse lancer un appel vidéo, mais Chad m'a envoyé un lien vers son blog, où il publie des trucs de temps en temps. Il a une chambre immense, trois fois plus grande que la mienne. Il vit dans un endroit du nom de Whipple Bay, qui a l'air magnifique. Alors qu'on a des montagnes, des forêts à perte de vue, et une alternance de soleil pâle et de crachin, ils ont des palmiers, des alligators, des plages et du beau temps en permanence. Apparemment mes grands-parents y ont passé leur lune de miel autrefois, à une époque plus heureuse – maman a encore une photo d'eux en train de sourire, une glace à la main, enlacés sur une chaise longue. On ne pourrait plus faire la même chose aujourd'hui ; personne ne vend plus de glace sur les plages, et quand on est dehors il vaut mieux éviter de s'arrêter trop longtemps.

Chad : Vas-y.

Les doigts sur le clavier, j'hésite. Je réalise que, ces derniers temps, je ne lui parle plus que de mes problèmes. Il faut dire qu'il se montre toujours disposé à m'écouter. Je voulais l'interroger sur le marasme, mais quand j'y pense, commencer par lui réclamer des infos en sachant que ça fait plus d'une semaine que je ne lui ai pas parlé n'est pas très sympa. L'amitié doit fonctionner dans les deux sens, alors je commence par prendre de ses nouvelles.

Sel : Comment ça va, toi ?

Chad : Nickel. J'ai cru un moment que j'étais sur le point de Changer, parce que j'avais de la fièvre, mais c'était seulement la grippe. Maman a quand même descendu notre deuxième cage du grenier et m'a fait passer la nuit dedans, au cas où.

Sel : Waouh. Elle rigole pas.

Chad : Ça, non. Oh, et hier, une bande atteinte de la fièvre froide s'est introduite dans notre centre de bien-être pour voler tous les médocs, ce qui fait qu'on n'a plus de tranquillisants, plus d'hypotenseurs pour papy, et même plus de paracétamol.

Sel : Sérieux ? Ça craint. Si seulement vous pouviez habiter ici à la place…

Chad : Oui, ce serait vraiment super !

Je me sens mal pour lui. Sa maison est peut-être beaucoup plus grande que la mienne, mais il y a sans arrêt des alertes pour l'obliger à rester confiné à cause des bandes de pillards atteints de la fièvre froide. C'est une maladie qui vous rend brûlant à l'intérieur, mais qui vous donne la peau si froide qu'elle produit des paillettes de givre ; et en plus elle vous rend agressif et vous pousse à voler. Je m'imagine mal vivre dans la peur en permanence comme ça. En tout cas, Chad ne se laisse jamais abattre bien longtemps.

Chad : Tu veux savoir le pire ? Bucky s'est faufilé dans le garde-manger pendant la nuit et il a englouti un gâteau entier. Ça l'a rendu malade et il a fait partout dans la maison. Ça empeste encore jusque dans ma chambre.

Je souris. Il n'y a que lui pour trouver ça pire qu'une attaque de pillards.

Sel : Tu veux dire Barney, non ? À moins que vous n'ayez un nouveau chien ?

Chad : Non, pas de nouveau chien. C'est toujours Barney. Fichu curetage septique.

Argh ! *correcteur automatique, bien sûr.

Enfin bref... c'était quoi ta question ?

Je prends une grande inspiration.

Sel : Est-ce que vous souffrez aussi du marasme pendant le Confinement ?

Chad : ???

Sel : Tu sais, quand on se sent un peu patraque toute la nuit. Moi ça me donne des maux de tête et des vertiges.

Chad : J'ai l'impression que tu nous couves un truc. Tu devrais peut-être prendre des vitamines ?

Sel : Non, c'est une sensation qui revient chaque fois à l'occasion du Confinement. Les gens n'ont pas ça chez toi ?

Chad : Jamais entendu parler de ça.

Mon pouls s'accélère. J'avais toujours cru, comme tout le monde est sujet au marasme à Tremorglade, que c'était la même chose partout ailleurs – mais apparemment, non. Et peut-être que la raison pour laquelle maman ne se rappelle pas en avoir souffert ne tient pas à son âge, mais simplement au fait que ça n'existait pas dans sa jeunesse. Je m'enfonce dans mon fauteuil.

Chad : C'est quoi exactement ?

Je le mets au courant.

Chad : Qu'est-ce que tu comptes faire ?

Sel : Je ne sais pas encore. Mais il va bien falloir trouver.

Chad : Fais attention à toi. Tu peux avoir confiance en eux ?

Sel : En qui ?

Chad : Eh bien… Elena, par exemple. Tu dis que c'est la seule personne à part toi qui connaissait le mot de passe de votre cage. Du coup, je me pose la question. Tu es vraiment sûr que c'est ton amie ?

Sel : Absolument. À 100 %.

J'essaie de ne pas me sentir vexé pour Elena. Ce n'est pas de la faute de Chad. Il ne la connaît pas.

Chad : En tout cas, ne fais pas de bêtises, d'accord ? Tu as déjà eu assez d'ennuis comme ça. Ne leur fournis pas un prétexte pour te rendre la vie impossible.

J'ai parfois l'impression que Chad s'inquiète pour moi encore plus que maman. Il y a régulièrement des échanges de coups de feu devant chez lui entre les flics et les bandes armées, mais à le lire, on pourrait croire que c'est moi qui suis en danger.

CHAPITRE 12

Mai – À 19 jours du prochain Confinement

Mme Boateng nous annonce que les cours normaux seront suspendus cette semaine parce que nous allons tous participer à une étude que notre académie organise dans l'ensemble de ses établissements.

Tout d'abord, on nous fait passer à tour de rôle dans une pièce où Mme Boateng nous montre des cartes imprimées avec des sortes de griffonnages dessus. Nous sommes censés dire ce qu'elles évoquent pour nous. Comme je n'ai aucune envie de faire un effort, je me contente de répondre que je n'y vois que des griffonnages, ce qui agace Mme Boateng au plus haut point. Apparemment, nous en recevrons d'autres à emporter chez nous dans deux semaines ; il faudra qu'on les étudie pendant la nuit du Confinement et qu'on rapporte les réponses le lendemain. L'école a encore trouvé le moyen de gâcher notre seule nuit de liberté.

L'exercice suivant est encore moins intéressant. Il s'agit d'un questionnaire. Tout le monde bougonne et soupire quand Mme Boateng distribue à chacun d'entre nous une liasse de vingt feuillets qu'elle nous demande de remplir en silence.

Les questions tournent toutes autour de notre soi-disant « bien-être » – il s'agit par exemple d'évaluer sur une échelle de un à dix notre humeur à différents moments du mois, de décrire ce qu'on fait pour se remonter le moral quand on va mal, ou comment nous envisageons la perspective de grandir. Je coche les cases dans une indifférence maussade, et pour me distraire j'invente les réponses les plus absurdes possibles.

Êtes-vous membre d'un club ou d'une association au sein de votre communauté ? Comment occupez-vous votre temps libre ? Que faites-vous la nuit du Confinement ?

Oui, je dirige une société secrète d'enfants qui vise à contrôler le monde. On se considère comme des êtres supérieurs et on se réunit en cachette dans une cave.

Je commence même à m'amuser quand je tombe sur une question concernant mon bien-être lors de la nuit du Confinement.

Quand la nuit tombe, vous sentez-vous a) joyeux b) triste c) nerveux d) effrayé e) excité f) fatigué g) nauséeux h) comme d'habitude. Cochez toutes les réponses correspondantes. Le cas échéant, détaillez les sensations inhabituelles qu'il vous arrive d'avoir le lendemain.

Je comprends alors avec un certain malaise que cette étude n'a rien à voir avec l'académie. Elle doit être commanditée par Sequest.

Je parcours rapidement les feuillets précédents en relisant les questions. Une tendance de fond en émerge. Ils cherchent à pointer précisément comment on vit la nuit du Confinement, aussi bien sur le plan physique que mental. Ils savent qu'on ne va pas bien. Ils veulent recueillir des données sur plusieurs mois concernant notre réaction aux infrasons, afin de... Afin de quoi, justement ?

Il ne s'agit pas d'une étude ordinaire. Il s'agit de collecter les résultats d'une expérimentation scientifique. Menée sur nous.

J'ai l'impression d'ouvrir enfin les yeux. On répond chaque année à un questionnaire dans le genre de celui-ci, mais sachant ce que je sais maintenant, je vois désormais la main de Sequest derrière chacun d'eux.

En EPS, on relève notre rythme cardiaque et notre cadence respiratoire avant et après un exercice violent et le coach note les résultats. Il prétend que c'est dans un but pédagogique, pour nous apprendre à mieux connaître les réactions de notre corps face à un besoin accru d'énergie. Mais j'observe qu'il garde soigneusement le formulaire qu'il a rempli. Je parie qu'il compte l'envoyer à Sequest.

Plus j'y réfléchis, plus je me rappelle certains détails troublants. Comme cette soirée techno au collège où ils avaient utilisé une lumière stroboscopique avant d'examiner nos yeux à la sortie. Ou bien la fois où on nous a fait traverser plusieurs classes successives qui sentaient toutes une odeur différente. Je ne me souviens même plus quelle explication on nous avait donnée. Seulement que l'une des salles sentait les égouts et qu'un gamin du nom de Justin a tourné de l'œil, s'est cogné la tête contre un pupitre et a eu droit à plusieurs points de suture.

Trix, l'amie d'Elena sur FIN, n'a jamais entendu parler du marasme non plus. Ça ne m'étonne même pas. Si on me disait que Sequest ressuscite des pigeons morts après avoir prélevé leurs organes pour les transplanter chez des humains, je serais prêt à le croire également. Au point où j'en suis.

À Tremorglade, on sert tous de cobayes à Sequest. Le pire, c'est qu'ils bénéficient forcément de complices au sein de notre communauté. Y compris au collège. Comment savoir qui est dans le coup ?

Il est temps de mettre maman au courant. Elle mérite de savoir ce qu'on nous fait subir pendant que les adultes Changent. Je ne lui dis pas qu'Harold nous a encouragés – elle l'aime bien, mais elle le considère comme un vieil excentrique ; elle m'a conseillé un jour de ne pas prendre tout ce qu'il raconte au pied de la lettre. Je lui parle des drones à infrasons, de Hale qui a confisqué les affaires de Pedro, des drôles de questions qu'on nous a posées au collège.

Elle ne réagit pas du tout comme je m'y attendais.

– D'où sors-tu toutes ces bêtises ? me reproche-t-elle. Ça ne te ressemble pas de tomber dans le conspirationnisme comme ça. Des radiations diffusées depuis le ciel ? Ça vient de toi ou de quelqu'un d'autre ?

– Non ! Tu ne m'écoutes pas, maman. Des infrasons, pas des radiations.

– Oh, je t'écoute, tu peux me croire. Tu aurais dû signaler ce drone, tu ne l'as pas fait, et maintenant tes amis sont dans le pétrin. C'est du vol.

– Et le questionnaire, alors ? Tu ne trouves pas que c'est une sacrée coïncidence... ?

Elle croise les bras sur sa poitrine.

– Laisse-moi résumer la situation : on vous a fait passer des tests au collège, tu t'es planté en beauté – oui, Mme Boateng m'a parlé de tes réponses complètement idiotes – et maintenant tu essaies de te justifier en inventant n'importe quoi à propos de Sequest ? Tu sais que sans eux, je serais morte à l'heure qu'il est ?

– Je sais, mais...

– Tu ne peux pas accuser les gens comme ça sans avoir le moindre début de preuve.

Je me retiens de rétorquer que si nous n'avons plus de preuve, c'est parce que la police l'a saisie, ce qui veut dire que Hale est probablement dans le coup. Je n'ai pas l'impression qu'elle ait envie d'entendre ça.

– Elle a raison, tu sais, observe Pedro le lendemain au café, après les cours. (Il nous a offert un chocolat chaud à Elena et moi.) À propos des preuves. Il nous faut du solide avant de pouvoir accuser Sequest.

Il consulte le téléphone bon marché qu'il s'est acheté en attendant de récupérer ses affaires. Hale ne nous a pas dit quand il les lui rendrait. Apparemment, elles sont toujours au quartier général d'Hastaville – entre les mains de la police scientifique. Comme si son téléphone et son télescope provenaient d'une scène de crime ou je ne sais quoi. J'ai peur qu'il se fasse accuser à tort comme dans *Finances fatales*, mais ça ne semble pas l'inquiéter. Il veut juste récupérer ce qui lui appartient. Il a téléchargé une appli spéciale sur son nouveau téléphone, si bien qu'on pourra au moins réenregistrer les infrasons. En matière de preuves, ce n'est pas grand-chose, mais c'est toujours mieux que rien.

– J'ai pensé à un truc, nous dit-il. Et s'ils n'essayaient *pas* de nous rendre malades avec leurs infrasons ? Si le marasme n'était qu'un effet secondaire qu'ils cherchent à étudier ?

On envisage cette supposition en silence. Elena prend une gorgée de chocolat chaud puis s'essuie la bouche d'un revers de bras. Pedro lui tend une serviette en papier.

– On sait quel effet ça a sur les humains. Mais si ce n'était pas dirigé contre nous ?

Je m'exclame :

– Contre les pigeons !

Pedro sourit.

– Mais non, idiot. Réfléchis un peu.

Elena tape du poing sur la table.

– Les Éventreurs. On ne sait pas ce que ça fait sur *eux*.

Je rougis.

– Oh. Sauf qu'ils auront du mal à nous décrire ce qu'ils ressentent, non ?

Pedro gratte son menton râpeux d'un air pensif.

– Exact. Mais les gens de Sequest ne sont pas les seuls à pouvoir se livrer à des expériences.

Je n'aime pas la tournure que prend cette conversation. D'après moi, les expériences sur des Éventreurs devraient être réservées aux professionnels. À des professionnels armés.

Mais Pedro a cette lueur dans le regard que je retrouve aussi chez Elena quand rien ne pourrait la faire changer d'avis.

– Au prochain Confinement, c'est moi qui serai votre cobaye.

CHAPITRE 13

Juin – La nuit du Confinement

Je propose à maman de l'enfermer de bonne heure ce soir, de manière à ce que nous ayons tout le temps de vérifier la solidité du dispositif. Elle accepte sans se faire prier. Elle me regarde installer la grosse barre de renforcement qu'on a achetée, puis donne une bonne secousse à la grille et teste chaque barreau de sa cage un à un avant de se déclarer satisfaite.

Elle se mordille la lèvre.

– Tu resteras bien là toute la nuit, hein ?

– Évidemment, dis-je, avec la sensation que le mot *menteur* clignote en grosses lettres sur mon front.

Je ne compte pas aller très loin, juste de l'autre côté de la rue chez Elena, mais j'hésite même à faire ça maintenant. J'ai tout revérifié cent fois et demandé à Mika de jeter un coup d'œil sur notre jardin quand elle fera sa ronde. Mais quand même.

Elle hoche la tête.

– Bien. Tu me promets d'éviter les ennuis, cette fois ?

Je voudrais bien lui expliquer que c'est plutôt aux ennuis qu'il faudrait demander de m'éviter. Mais je me contente d'acquiescer.

– Bon appétit.

On baisse tous les deux les yeux sur le repas qui l'attend dans une flaque de sang à ses pieds. Il n'a rien de très ragoûtant. Je l'ai posé là en avance pour ne pas avoir besoin de m'approcher de la cage une fois qu'elle aura Changé. Ce qui paraît un peu ironique, quand on pense à ce que nous avons prévu de faire cette nuit.

J'inspecte le jardin une dernière fois, vérifie la tension des câbles et le voyant des capsules étourdissantes, puis je décroche et raccroche notre nouveau filet en graphène pour m'assurer qu'il n'est pas coincé. Depuis la maison voisine, Mika m'adresse un hochement de tête amical en bouclant ses propres préparatifs.

Un *ping* discret provenant de mon bracelet me signale la tombée de la nuit, et la sensation familière de lourdeur s'empare de moi.

Je me rends chez Elena, posant soigneusement mon fusil tranquillisant contre le chambranle de sa porte pour ne pas l'oublier. Notre expérience nécessite que Pedro soit pleinement conscient. J'entends leur père s'agiter dans sa cage à proximité, mais je l'ignore et monte l'escalier quatre à quatre pour retrouver Elena dans la chambre de son frère. Elle est en train de chanter, d'une belle voix claire, mais s'interrompt en me voyant, et les grognements de Pedro prennent le relais.

Je l'aide à traîner l'escabeau devant le placard du palier, à côté de la cage de Pedro. Puis Elena attrape une paire d'écouteurs spéciaux. C'est Pedro qui les a bricolés la semaine dernière à partir de pièces détachées commandées sur Internet. Ces écouteurs ne se contentent pas d'étouffer les sons, ils *annulent* carrément les ondes sonores. Et en principe, ils devraient fonctionner particulièrement bien avec les infrasons que diffusent les drones.

Pedro semble vraiment enragé, à mordre les barreaux de sa cage, l'écume aux lèvres, le museau froncé, les babines retroussées sur ses crocs redoutables.

Rien qu'à penser à ce qui nous attend, j'en ai la gorge sèche.

Elena agite la main devant mon visage pour me ramener à la réalité.

– Hé ! On se réveille. Tu as apporté la viande ?

Je lui montre mon sac de courses qui contient un gigot d'agneau. Elle jette un coup d'œil à l'intérieur et fait la moue.

– C'est tout ? Il n'y a pas grand-chose.

Je hausse les épaules.

– C'est tout ce qui restait chez le boucher à l'heure où je suis passé. Avec un peu de chance, il s'en coincera un morceau entre les dents et perdra du temps à le retirer.

– C'est sûr que s'il essaie d'utiliser du fil dentaire, ça risque de l'occuper un moment. (Elle soupire.) Tiens, mets ça.

Elle me donne les écouteurs, que je dispose soigneusement sur mes oreilles avant de les allumer.

Les hurlements de Pedro s'estompent aussitôt. Pas complètement, néanmoins. J'ajuste les écouteurs en tâchant de trouver la position optimale pendant qu'il s'attaque aux barreaux et tourne en rond dans sa cage. De temps en temps, il passe lentement sa langue sur ses crocs. Comme n'importe quel Éventreur, il n'attend qu'une occasion pour m'arracher la tête.

Je serre les écouteurs au maximum. Les hurlements sont moins assourdissants mais je continue de les entendre. Je m'affaisse un peu, déçu.

– Je croyais que ces trucs étaient censés... commencé-je à dire.

Puis je m'interromps. Même si le raffut causé par Pedro reste parfaitement audible, il y a quelque chose que je ne perçois plus. C'est comme si j'avais soudain la tête claire – la même sensation que j'éprouve quand je suis debout à l'aube un lendemain de Confinement. Une pression en moins, un regain inexplicable d'optimisme. Le marasme a disparu.

– Hé ! dis-je avec un grand sourire. C'est trop cool !

Elena sourit avec fierté.

– Ton frère est un génie ! lui dis-je joyeusement. On devrait demander à Pedro de fabriquer des écouteurs comme ça pour tout le monde ! Il se ferait une fortune !

Elle me retire les écouteurs et les pose autour de son cou.

– Allez, au travail maintenant.

Je lance l'enregistrement sur le téléphone de Pedro et le positionne contre le mur au fond de la pièce en m'assurant que la cage est bien dans le cadre.

Elena grimpe sur l'escabeau. Pedro saute en l'air pour tenter de l'atteindre ; ses crocs claquent dans le vide tandis qu'il s'efforce vainement de se cramponner aux barreaux du haut.

– Vas-y, Sel. Montre-lui la viande.

Je sors maladroitement le gigot du sac. Pedro m'ignore – il continue d'essayer d'atteindre sa sœur.

– Agite-le sous son nez pour attirer son attention, me dit-elle.

Je me rapproche de la cage et, tenant le gigot par le bout d'os qui dépasse, l'agite au ras des barreaux.

– Plus haut, m'intime-t-elle. Je dois pouvoir atteindre sa tête.

Elle décroche les écouteurs qu'elle portait autour du cou.

Le plan m'avait paru rationnel quand Pedro nous l'a expliqué, mais là...

– Elena, je ne suis pas sûr qu'ils seront assez grands. Il a vraiment une tête énorme.

– Fais ce que je te dis, Sel ! Arrête de discuter.

J'empoigne fermement le gigot avec mes deux mains. Il faut qu'il tente de me l'arracher assez longtemps pour qu'Elena puisse glisser ses bras entre les barreaux et lui poser les écouteurs sur les oreilles.

Je cogne le gigot contre la cage, et il se tourne vers moi une fraction de seconde avant de se jeter de nouveau vers sa sœur. Je recommence, encore et encore, sans résultat. La viande s'écrase contre les barreaux avec un bruit mouillé.

Et puis, d'un seul coup, il plante ses crocs dans le gigot et je le sens m'échapper des doigts.

– Sel !

Je le regarde, accroupi sur le sol de sa cage, en train de déchiqueter la viande à belles dents – largement hors de portée d'Elena.

– Oups.

Elle me dévisage un moment d'un air furibond puis prend une décision. Elle saute de l'escabeau, me pousse hors de son chemin et s'avance vers la grille. Elle sort une clé de sa poche et l'insère dans la serrure.

– Qu'est-ce que tu... ?

Elle ne compte quand même pas entrer dans la cage ? Elle va se faire tuer.

Je jette un coup d'œil incrédule au gigot. Il ne durera pas longtemps. Pedro en a déjà dévoré les deux tiers et il attaque le dernier bout, dos à la porte. Elena ne réussira jamais à lui mettre les écouteurs avant qu'il n'ait fini. Et de toute manière, il préférera s'attaquer à elle que de ronger la fin de son os.

Mais elle a déjà déverrouillé la grille et s'est glissée à l'intérieur. J'ouvre la bouche pour lui crier de revenir puis m'interromps juste à temps – je ne veux surtout pas qu'il se retourne.

Elle arrive derrière lui à l'instant où il engloutit la dernière bouchée, et saute sur son dos pour lui mettre les écouteurs. Il se relève brusquement, soulevant Elena avec lui, et j'assiste sans pouvoir rien faire à la suite inévitable. Elle s'accroche d'une main à son pelage hirsute, tenant les écouteurs de l'autre, mais ces derniers lui échappent des doigts et rebondissent sur le sol. Pedro tourne rageusement la tête, rate Elena de quelques centimètres et se met à ruer et à se cabrer dans tous les sens pour tenter de lui faire lâcher prise. Elle ne tiendra jamais plus de quelques secondes.

Je cherche frénétiquement du regard le fusil tranquillisant d'Elena, me maudissant d'avoir laissé le mien en bas. Si je descends le chercher, elle sera morte avant que je remonte.

Les écouteurs traînent sur le sol près de la porte de la cage. Je les ramasse sans réfléchir. Ils sont fragiles et probablement inutiles dans cette situation, mais nous n'avons rien d'autre. Une colère désespérée, entêtée, s'empare de moi. Si Pedro doit nous dévorer, il le fera avec ces écouteurs sur les oreilles !

Alors que je pénètre dans la cage, Pedro pousse un hurlement de triomphe en projetant violemment Elena contre l'une des parois. Elle rebondit contre les barreaux et glisse au sol, où elle reste inanimée.

La suite semble se dérouler au ralenti. Je vois tout dans les moindres détails. Les poils argentés qui se hérissent sur l'échine de Pedro, la courbure de sa nuque quand il se penche sur Elena.

Je me jette sur lui par derrière. Je vois sa mâchoire se refermer sur l'épaule de sa sœur, je vois ses crocs transpercer son T-shirt, le sang gicler. Elle pousse un cri de douleur et de frayeur. J'atterris sur le dos de Pedro et, avec mes dernières forces, lui enfonce les écouteurs sur les oreilles.

Il cesse de bouger.

Je reste affalé comme ça, à moitié sur lui, pantelant.

Pendant un instant béni, j'ai l'impression que ça marche.

Puis il se débarrasse de moi d'un haussement d'épaules irrité et je retombe sur le dos au seuil de la cage. Il tourne vers Elena sa gueule ensanglantée.

Serrant les dents, je me relève tant bien que mal, prêt à lui sauter dessus de nouveau, quand je réalise qu'il n'essaie plus de l'attaquer. On dirait qu'il... attend. Une goutte de salive s'écrase au sol à côté de la tête d'Elena. Pedro respire fortement, je vois ses flancs se soulever et retomber, mais sinon il est parfaitement immobile.

Puis, très lentement, il recule son arrière-train et s'allonge presque avec douceur à côté d'Elena.

Il ne s'évanouit pas. Mais il n'essaie pas de se relever.

La tache de sang s'élargit sur le T-shirt d'Elena. Celle-ci ne bouge plus.

– Elena ! dis-je dans un souffle.

Elle redresse la tête, légèrement, et je respire de nouveau. Elle le surveille. Au bout de quelques secondes, elle allonge les jambes en grimaçant. Puis elle se repousse en arrière, sans le quitter des yeux un seul instant. Lui aussi la surveille, langue pendante, sur le qui-vive mais immobile.

Elle atteint le bord de la cage. Avec une lenteur presque insupportable, sans oser prononcer un mot, je l'aide à passer le seuil. À la seconde où on se retrouve dehors, je referme la grille d'un coup de pied et la verrouille d'une main tremblante. Après plusieurs tentatives, la clé tourne dans la serrure.

Aucun de nous ne prononce un mot. On observe Pedro avec fascination.

Malgré son apparence d'Éventreur, son comportement me fait plutôt penser à Gunther, le vieux mastiff de notre maraîcher, qui reste couché toute la journée sur le plancher de sa boutique en regardant le temps passer.

On reste comme ça pendant une éternité. La blessure d'Elena doit être douloureuse mais au moins elle ne saigne plus – on dirait que j'ai arrêté Pedro avant qu'il ne puisse la mordre trop gravement. Ce dernier renifle et lèche la flaque de sang sur le sol de la cage.

Puis il pousse un gros soupir de satisfaction, repose son museau sur ses pattes et s'endort.

CHAPITRE 14

Juin – À 30 jours du prochain Confinement

La vidéo de Pedro montre tout. Vraiment tout. Maman sera furieuse quand elle la verra, mais si elle regarde jusqu'au bout elle comprendra. Il s'agit d'une preuve, qui soulève des questions auxquelles Sequest sera bien obligée de répondre. En plus de ça – et c'est un bénéfice non négligeable – elle me fait passer pour un héros. Ainsi qu'Elena, évidemment.

Il n'y a pas cours aujourd'hui : c'est une journée consacrée à la formation continue des enseignants et des personnels, pour la plus grande joie des élèves qui ont mieux à faire. Ce matin, Elena s'est rendue au centre de bien-être dès l'ouverture pour se faire poser des points de suture. Elle a raconté à Pete, l'infirmier, qu'elle s'était fait mordre par un chien errant. Elle a réussi à garder le silence sur les événements de la nuit, si bien que quand elle nous rejoint au café où on l'attend, Pedro et moi, elle brûle d'impatience d'en parler.

Je sais qu'Harold m'a recommandé la discrétion à propos de notre enquête. Mais je crois qu'il est temps de commencer à faire du bruit. Ce qu'on a découvert pourrait tout changer.

Notre première étape est Tremorgossip, le site web communautaire de Tremorglade. Il ne propose le plus souvent que des infos locales, des avis à la population et des commentaires de citoyens qui viennent se plaindre des nids-de-poule, mais Pedro y télécharge notre vidéo explosive, les relevés d'infrasons de son appli, ainsi qu'un rapport que nous avons passé la matinée entière à rédiger et qui décrit précisément tout ce que nous avons fait et pourquoi.

Pendant que Pedro envoie le même dossier par e-mail aux deux plus grands journaux nationaux, le *National Times* et le *Sentinel*, Elena et moi nous chargeons d'en remettre une copie au centre de bien-être afin qu'il le fasse remonter à Sequest. Ses dirigeants croient pouvoir nous ignorer, mais nous allons les regarder bien en face, les confronter à la vérité et exiger des explications.

Pedro dit qu'il se sentait en pleine forme en se réveillant ce matin. Il ne se rappelle rien de la nuit dernière, évidemment – il n'y a rien de nouveau de ce côté-là. Il a dormi un peu, d'après Elena, qui m'a renvoyé chez moi quand elle m'a vu commencer à dodeliner de la tête. Il s'est réveillé à minuit et s'est mis à hurler de concert avec les autres Éventreurs. Elle n'a pas osé tenter de pénétrer encore une fois dans sa cage, mais elle croit qu'elle aurait pu le faire. Il ne montrait plus aucune trace de l'agressivité habituelle des Éventreurs. La conclusion est limpide : ce sont les infrasons qui les font enrager, ou les effraient, ou les deux. Mais pourquoi diable voudrait-on déclencher ça chez eux ?

Il n'y a personne à la réception du centre de bien-être quand on s'y présente, alors on s'assied sur les sièges en plastique pour patienter. Mon téléphone émet un *bip*. C'est Chad.

Chad : Salut Ansel ! Ça va ? Tu as vu que la bande-annonce de *Terreur épidémique 2* sort le mois prochain ? J'ai TROP hâte !

Sel : Salut. Oui, j'ai vu ça. Je suis un peu occupé, là. On se parle plus tard.

Je souris intérieurement. Quand je lui raconterai ce qui se passe, il sera littéralement soufflé. Encore plus que par la bande-annonce de *Terreur épidémique* 2.

La docteure Travis arrive à la réception en faisant claquer ses talons hauts, nous ignore complètement et se met à remplir un formulaire. Elena et moi échangeons un regard, tâchant de rassembler assez de courage pour l'interrompre, quand elle nous lance un « Oui ? » sans même lever la tête, sur un ton qui suggère que nous avons plutôt intérêt à ne pas la déranger pour rien.

– Docteure Travis, commence Elena d'une voix polie mais ferme, s'avançant jusqu'au bureau pour y poser notre rapport. On aimerait vous demander d'envoyer ça au quartier général de Sequest à Hastaville, s'il vous plaît. On s'est livrés à une petite expérience et on a fait des découvertes très intéressantes.

– Hmm, fait-elle sans détacher les yeux de son formulaire.

– On a réussi à calmer un Éventreur ! dis-je. Complètement.

Ça pique sa curiosité.

– Vous dites que vous avez calmé un *Changé* ?

Elle ne peut pas s'empêcher de corriger ma terminologie.

Elena hoche la tête.

– Mon frère.

– Cela n'aurait pas un rapport avec les points de suture que mon collègue t'a posés ce matin ? Ta... morsure de chien ?

Elena hésite.

– Non. Ça n'a rien à voir.

– Tu m'en diras tant. Et comment avez-vous réussi ?

Le scepticisme soulève ses sourcils étonnamment haut sur son front.

– En lui mettant un casque antibruit sur la tête. Ça n'a pas été de tout repos.

S'ensuit un bref silence. Les sourcils de la docteure reprennent leur position normale. Elle soupire.

– D'accord.

– Non, je vous assure, insiste Elena en martelant notre rapport avec le doigt. Vous devriez le lire. Ça explique aussi pourquoi on pense que ça fonctionne. Mais après, il faut vraiment que vous l'envoyiez à Sequest. Notre vidéo passera bientôt en boucle aux infos. Vous voulez la voir ?

La docteure Travis se remet à remplir son formulaire. La pointe de son stylo gratte délicatement le papier.

– Je n'ai pas le temps de regarder des vidéos d'Éventreurs en Folie, merci. Laissez-moi votre lettre ici.

Elle indique avec son crayon une pile de courrier en attente sur son bureau.

– Ce n'est pas pour Éventreurs en Folie, c'est important ! protesté-je. Sincèrement.

Sa bouche se pince en un pli impatient et elle me regarde droit dans les yeux.

– Plus important que de commander les médicaments pour le cœur de M. Bates ? Ou les antibiotiques de Mme Juror ? Plus important que de réclamer des examens pour savoir si un de mes patients souffre du diabète ?

J'hésite.

– Euh... oui ?

Elle ramasse le rapport et le pose elle-même au sommet de sa pile.

– J'ai hâte de lire ça. Maintenant, à moins que vous n'ayez quelque chose de cassé ou que vous ne soyez en train de saigner à mort, je vous suggère de filer.

– Tu penses qu'elle l'enverra à Sequest ? demandé-je à Elena en sortant du centre de bien-être.

– Je crois. Mais même si elle ne le fait pas, ils seront bien obligés de réagir tôt ou tard à cause de la pression médiatique.

Au moment de tourner dans la rue, je repère quelque chose du coin de l'œil. Je pousse Elena du coude, et elle suit la direction de mon regard.

– Ah. Ingrid...

– Je suis sûr qu'elle vient de sortir du centre de bien-être, dis-je.

– Je ne l'ai pas vue à l'intérieur.

– Moi non plus. Mais la salle d'attente donne juste derrière. Peut-être qu'elle s'y trouvait depuis le début.

– Et alors ? On s'en fiche.

– Peut-être bien. N'empêche que je ne comprends pas pourquoi elle me suit partout.

Elena ricane.

– Ça fait un moment que je ne l'ai pas vue avec Fee et Loretta. Elle est peut-être à la recherche de nouveaux amis ?

On presse le pas, et quand on arrive devant chez nous j'ai l'impression qu'on l'a semée.

Harold est très excité quand je l'appelle pour lui raconter ce qui s'est passé. Mais il observe un silence horrifié quand je lui parle du rapport qu'on a envoyé à la presse et remis au centre de bien-être. J'entends de la panique dans sa voix.

– Oh, Sel, je t'avais bien dit d'être prudent. Tu ne peux pas récupérer ça avant que ça n'aille trop loin ? Il est trop tôt pour rendre l'affaire publique. Il reste trop de questions sans réponse. C'était peut-être un coup de chance. Et si ce sont ces fichus drones qui rendent les Éventreurs agressifs à Tremorglade, pourquoi sont-ils tout aussi agressifs partout ailleurs dans le monde ?

Je n'avais pas réfléchi à cela. Un soupçon de doute s'insinue dans mon esprit. Mais l'effet des écouteurs sur Pedro est indiscutable, et tout le monde le verra bien.

– Eh bien... peut-être que c'est juste pire ailleurs que chez nous, pour les Éventreurs comme pour tout le reste.

Il y a un silence au bout de la ligne.

– Ou peut-être que Sequest fait la même chose dans des tas d'endroits. On a peut-être mis à jour un scandale international ! Ne t'inquiète pas, lui dis-je pour le rassurer. On sait ce qu'on fait.

Je me sens plein de confiance et d'optimisme.

Mais ça ne dure pas.

Le lendemain, on se rend sur Tremorgossip pour lire les commentaires que notre message n'aura pas manqué de susciter, mais en guise de page d'accueil on tombe sur un message d'erreur. Comme par hasard, le site a planté.

Pedro vérifie les e-mails qu'il a adressés aux journaux et les trouve bien dans sa boîte de messages envoyés. Mais ensuite, il pousse une sorte de grognement surpris. On se penche par-dessus son épaule pour regarder l'écran de son téléphone.

– Je ne comprends pas. C'est impossible, dit-il, le front barré d'un pli perplexe. Je leur avais envoyé un lien vers la vidéo – je l'ai mise en ligne sur le site de partage que j'utilise d'habitude. Mais maintenant, il n'y a plus rien au bout du lien.

Je lui suggère :

– Remets la vidéo en ligne. Sur un autre site.

– Je viens de le faire. Ou en tout cas, j'ai essayé. J'ai choisi un autre site de partage, mais quand j'ai cliqué sur le bouton d'entrée le site a téléchargé un virus sur mon téléphone. Je n'ai même plus la vidéo. Tout a été effacé…

Il fait un geste impuissant devant l'écran qu'il a sous les yeux.

Je commence à avoir un mauvais pressentiment à propos de cette histoire, quand quelqu'un frappe à la porte.

Pedro va ouvrir et revient accompagné du sergent Hale qui tient un carton entre ses mains. Elena et moi retenons notre souffle. Est-il là pour nous arrêter ?

– Alors les enfants, qu'est-ce que vous faites de beau ?

On reste pétrifiés comme des statues. Il nous adresse un regard intrigué avant de hausser les épaules.

– D'accord. Tiens, Pedro, je t'ai rapporté tes affaires. Tu vois ? Je t'avais dit que ce ne serait pas long.

Voyant que Pedro ne fait pas un geste pour saisir le carton mais reste planté là sans bouger, Hale le dépose sur la commode.

– Tout y est, y compris ton téléphone.

– Alors Sequest n'a pas... Vous n'êtes pas venus nous arrêter ?

Hale s'esclaffe.

– Il n'y a pas de poursuites pour l'instant. Pourquoi je vous arrêterais ? Vous avez retenu la leçon, non ?

Il sourit.

En partant, il nous lance un clin d'œil amical qui me glace le sang.

Seraient-ils en train de... s'amuser avec nous ?

CHAPITRE 15

Juillet – La nuit du Confinement

Un nouveau Confinement arrive sans que rien n'ait changé. Il n'y a pas eu d'articles dans les journaux, aucune nouvelle du centre de bien-être concernant notre rapport. Tremorgossip est toujours en maintenance. Les pièces commandées par Pedro pour fabriquer d'autres casques antibruit ne sont toujours pas arrivées, bien qu'il les ait achetées le lendemain du dernier Confinement. Son colis s'est égaré pendant le transport. Tout semble se liguer contre nous. Pedro a passé une journée entière à modifier tous ses mots de passe, à effacer et réinstaller son téléphone, en allant jusqu'à le démonter pour s'assurer qu'on ne l'avait pas trafiqué.

La paranoïa commence à me gagner moi aussi. On dirait que mes camarades de collège prennent leurs distances avec moi. J'ai vaguement essayé de leur parler de notre découverte, mais ils se sont montrés étonnamment indifférents. Je ne dirais pas qu'ils m'évitent, juste qu'ils… se méfient. Comme si je risquais de les contaminer. J'ai l'impression qu'on parle de moi dans les couloirs, et pas pour dire du bien.

Harold nous a conseillé de nous faire oublier pendant un moment. On ne s'avoue pas vaincus, mais il y a quand même de quoi flipper.

Aucun de nous n'a envie de se rendre à la fête des Hurleurs mais Harold nous a convaincus de venir, en disant que ça nous dériderait un peu. On n'a rien de mieux à faire de toute façon, et mieux vaut nous comporter comme si tout allait bien.

Au début, la fête des Hurleurs se déroule comme d'habitude.

Le soleil a percé les nuages et la pluie qui s'évapore fait fumer les trottoirs mouillés. L'air est frais, léger, jusqu'à ce qu'on allume le barbecue et que la brise se mette à charrier des odeurs de maïs et de grillades. La météo annonce encore de la pluie pour ce soir, mais pour l'instant il fait un temps magnifique.

La place centrale se trouve près de notre rue, loin de la forêt. Le sol s'élève en pente douce vers la montagne derrière nous. D'ici, on voit tout Tremorglade s'étaler devant nous, et au-delà, les arbres qui s'étendent jusqu'à l'horizon. Des oiseaux tournent paresseusement au-dessus de nos têtes, à l'affût des chips et des miettes de pain tombées par terre. Je les suis du regard en espérant qu'aucun ne viendra s'écraser à nos pieds ce soir.

On a toujours la sensation de se faire un peu avoir quand le Confinement tombe le week-end ou un jour férié comme aujourd'hui. Quand il y a école, on nous donne notre après-midi pour nous préparer et assister à la fête des Hurleurs. Notre présence à la fête n'est pas obligatoire, bien sûr – on ne vit pas sous une dictature – mais nous sommes fortement encouragés à venir. Pour renforcer les liens au sein de la communauté et tout ça. Et puis, c'est l'occasion de s'empiffrer gratis.

Assis sur une chaise pliante à côté de l'une des tables à tréteaux, Harold s'occupe de servir les boissons : thé, café ainsi que son punch maison. Elena et moi sommes postés à notre endroit habituel, près des chips et du pop-corn, pour leur faire un sort pendant que le maire Warren nous sert son discours traditionnel sur le Confinement et le privilège que ça représente pour nous, les enfants, de se voir confier une telle responsabilité. Sans blague.

Elena mastique son pop-corn avec nervosité sans faire de commentaires. Apparemment, son père a essuyé un nouveau refus à l'embauche aujourd'hui. Il ne participe jamais à la fête des Hurleurs de toute manière, ce qui n'est pas plus mal. Je cherche Pedro dans la foule mais ne le trouve pas, même si j'aperçois certains de ses amis en train de discuter et de rire entre eux.

Maman est déjà rentrée à la maison, même si l'après-midi commence à peine. Comme toujours, elle est venue avec moi et n'est restée que le temps de prendre un verre, d'échanger deux, trois mots avec quelques personnes, puis a pris congé le plus vite possible en prétextant la fatigue. Elle adore Tremorglade, ses habitants, le fait que tout le monde veuille s'amuser avant que les adultes ne deviennent hirsutes – simplement, elle n'a pas le cœur à faire la fête.

Le maire Warren se déplace de groupe en groupe, caressant sa moustache comme s'il avait peur qu'elle ne s'envole. Je me demande s'il est au courant pour notre vidéo, si c'est lui qui a pris des mesures pour nous empêcher de la mettre en ligne. Le conseil municipal est responsable de l'Internet local, de l'entretien des câbles et de tout le reste. J'imagine qu'il n'aurait qu'un mot à dire pour pirater le compte de quelqu'un.

Mais ce n'est pas de lui que nous devons avoir peur aujourd'hui.

– Souris, murmure Elena dans son verre en regardant par-dessus le bord. Il arrive.

Le sergent Hale s'avance vers nous en roulant des mécaniques, un chewing-gum en bouche, les pouces dans son ceinturon. Il nous adresse un hochement de tête en s'arrêtant devant nous. S'ensuit alors un silence gêné.

Quelqu'un a posté une vidéo de lui sur Éventreurs en Folie après le dernier Confinement et elle a circulé auprès de tous les enfants de Tremorglade. On sait tous que c'est un coup de Justin, qui s'occupe de sa garde puisqu'il n'a pas d'enfant, mais Hale ne se doute de rien et cherche désespérément le coupable. Je suppose qu'il hésite à nous en parler au cas où nous n'aurions pas encore vu la vidéo. Je crois qu'il n'y a pas un seul enfant dans Tremorglade qui ne l'a pas regardée au moins cent fois. Elle a remporté le trophée d'Éventreur du mois. Elle doit compter un million de vues à travers le monde à l'heure qu'il est. D'après Chad, elle a très largement contribué à la popularité de notre ville.

La vidéo débute au cri de « Appelez la police ! » suivi d'un roulement de tambour dramatique. Puis on découvre Hale l'Éventreur dans sa cage, en train de s'agiter sous l'œil de la caméra. Chose incroyable, il porte son chapeau de policier – l'auteur de la vidéo a dû le lui lancer sur la tête juste avant de commencer à filmer. Le chapeau glisse presque immédiatement, bien sûr, mais ça représente quand même un sacré tour de force. Et le meilleur reste à venir.

La vidéo a été éditée pour y inclure son discours à la réunion scolaire sous forme de rap, de manière à donner l'impression que c'est l'Éventreur qui parle. C'est vraiment bien fait. *Soyez calmes, méthodiques et responsables*, semble-t-il scander pendant qu'il tend ses pattes griffues entre les barreaux pour tenter de saisir la caméra, les crocs barbouillés de sang, ou qu'il se jette tête la première contre la porte de sa cage, roulant ses yeux jaunes en arrière. *Certains d'entre vous ne prennent pas ça suffisamment au sérieux-sérieux-sérieux*, martèle-t-il. Puis il y un bref passage instrumental, au cours duquel il lève la patte pour pisser contre le mur.

– Salut les mômes, dit-il à présent. Alors, qu'est-ce que vous avez prévu pour ce soir ?

– Oh, vous savez, dis-je. Nos devoirs, quelques corvées, nettoyer la salle de bains… la routine, quoi.

Elena sourit.

– Moi, j'ai des révisions qui m'attendent concernant les explosifs. J'ai hâte de m'y mettre.

L'expression de Hale reste indéchiffrable derrière ses verres-miroirs. Je regarde son chewing-gum faire des va-et-vient entre sa langue et son palais. Je sens un début de fou rire me gagner ; je n'arrête pas de repenser à la vidéo.

Il finit par hocher la tête.

– Bien. Je suis sûr que tu as tiré la leçon de ton erreur, Sel. Mais il y en a encore qui ne montrent pas beaucoup de respect pour le Confinement. Si jamais tu en vois certains qui se comportent... mal, je peux compter sur toi pour m'en parler ?

Difficile de savoir s'il fait allusion à notre vidéo de Pedro ou à la sienne qui s'est retrouvée sur Éventreurs en Folie. J'ignore comment, mais Justin a réussi à convaincre Hale que ce n'était pas lui qui l'avait filmé. Que c'était une personne inconnue qui avait dû s'introduire chez lui en crochetant la serrure, filmer sa vidéo, puis repartir comme elle était venue sans laisser de traces.

Comme je le disais, Hale n'est pas vraiment un enquêteur de choc.

– À quel genre de mauvais comportement pensez-vous ? lui demande Elena avec de grands yeux innocents.

Il continue de mastiquer son chewing-gum, puis hausse les épaules.

– Oh, des bêtises. Des actes irrespectueux.

– On n'est jamais irrespectueux. Il faut protéger notre avenir, pas vrai ? dis-je en citant la devise du collège.

– Oui, on prend ça très au sérieux-sérieux-sérieux, ajoute Elena en le voyant se diriger vers un autre groupe.

Cette fois-ci, c'est plus fort que moi – je ne peux retenir une sorte de rire étranglé. Je le masque par une quinte de toux tellement exagérée que plusieurs personnes se retournent pour voir ce qui m'arrive.

Hale marque le pas un bref instant, et je crois voir ses oreilles rougir, mais il continue de s'éloigner comme s'il n'avait rien entendu.

On part tous les deux dans un grand fou rire communicatif. Elena s'interrompt juste le temps de boire une gorgée de punch, avant de croiser mon regard et de se remettre à rire de plus belle, au point que sa boisson lui ressort par les narines. Puis son visage passe de l'hilarité à l'horreur quand quelque chose retient son attention derrière moi.

– Oh non. Papa...

Je suis son regard. Lucas débouche sur la place. Il s'enfonce dans la foule en rugissant :

– Warren ! Où te caches-tu, espèce de vieille canaille ?

Un silence gêné s'abat sur la place. Le maire Warren regarde autour de lui comme si le père d'Elena s'adressait à une autre vieille canaille du nom de Warren.

– Tu ne t'en sortiras pas, cette fois ! tonne Lucas en jouant des coudes à travers la foule en direction du maire. Je sais que c'est toi. C'est forcément toi ! Espèce de sale petit…

S'ensuit une bordée de jurons.

– Papa, non, murmure Elena sur un ton mortifié, si bas que je suis le seul à l'entendre.

Le maire Warren recule.

– Bon sang, Lucas. Quelle mouche t'a encore piqué ?

– Ne prends pas tes grands airs avec moi. Pourquoi est-ce que tu me fais ça ?

J'aperçois Pedro qui s'empresse de rejoindre son père, hors d'haleine, comme s'il avait couru. Il pose une main apaisante sur le bras de Lucas.

– Papa, arrête.

Mais son père ne le remarque même pas. Il martèle le torse du maire avec son index.

– Tu as bousillé mes chances. C'est toi qui as dit à tout le monde de ne pas m'embaucher, hein ? Toute l'année. À chaque candidature. Tu as fait en sorte qu'on me dise non à chaque fois.

Le maire Warren est trop abasourdi pour penser à caresser sa moustache. Elle en frémit d'indignation.

– Enfin, Lucas, pourquoi ferais-je une chose pareille ?

– Aucune idée. Mais c'est toi le responsable de ce trou à rats. Alors si ce n'est pas toi qui tires les ficelles, qui est-ce ?

Pedro essaie d'entraîner son père. Ses traits habituellement placides sont déformés par la panique.

– Arrête, papa, s'il te plaît. Pas ici.

À ce moment, quelqu'un s'interpose entre Lucas et Warren. Harold arrive à peine à l'épaule de Lucas, et c'est uniquement lorsqu'il prend la parole que ce dernier s'aperçoit de sa présence.

– Tu dois te calmer, lui conseille Harold. Tu fais honte à tes enfants.

Lucas baisse les yeux vers lui et semble retrouver un peu ses esprits.

Le maire Warren saute sur l'occasion.

– Oui, rentre chez toi. Tu devrais mieux prendre soin de toi. Sans vouloir te vexer, ce n'est pas étonnant que tu échoues à tous tes entretiens. (Il fait un geste vague en direction de Lucas.) Enferme-toi de bonne heure, tâche de te reposer.

– Ça te ferait plaisir, hein ?

Lucas semble enfin réaliser que son esclandre ne mène à rien. Il toise Warren avec dégoût, puis s'éloigne en lançant par-dessus son épaule :

– J'ai bien envie d'essayer quelque chose de nouveau. Et si je restais dehors cette nuit, histoire de m'amuser un peu ? Pourquoi pas, puisque je suis coincé ici ? Qu'est-ce que tu dirais de ça ?

Il s'en va sans attendre de réponse, ce qui n'est pas plus mal, car tout le monde est trop choqué pour répliquer quoi que ce soit.

Après quelques secondes d'hésitation, les premiers murmures s'élèvent et bientôt toute la place ne parle plus que de l'incident. Le maire s'éloigne en bougonnant.

Harold se tourne vers Elena.

– Tu veux un coup de main pour enfermer ton père, ce soir ? Je ne voudrais pas qu'il...

Elle secoue la tête.

– Il n'est pas si bête, ne t'inquiète pas. Tu ne vas pas retraverser toute la ville. Sel sera juste à côté en cas de problème. (Elle remarque son frère, le regard perdu dans le vide.) Ça va, frérot ? On dirait que tu as vu un fantôme. Qu'est-ce qui t'arrive ?

Elle regarde derrière elle puis baisse la voix :

– Ne me dis pas qu'il y a du vrai dans cette histoire. C'est juste papa qui est parano, hein ?

Pedro ne répond pas immédiatement. Il donne l'impression d'être sous le choc.

– Hé ! dit Elena en claquant des doigts sous son nez. Tu commences à me faire peur. Qu'y a-t-il ?

– Je ne... (Il s'interrompt et jette un regard autour de lui comme s'il venait de débarquer d'une autre planète.) Il y a un problème avec Internet.

Elena le dévisage d'un air perplexe.

– Quel rapport avec ce qui vient de se passer ?

Je vérifie sur mon téléphone.

– Tremorgossip est toujours en maintenance. Mais j'ai consulté Éventreurs en Folie une dizaine de fois aujourd'hui, et ça marchait très bien.

– Ça vient peut-être de ton téléphone. Ils l'ont peut-être trafiqué, murmure Elena à son frère. Tu es sûr de l'avoir complètement réinitialisé ?

Mais Pedro ne l'écoute pas.

– Tiens, dit Harold en lui tendant un verre de punch que Pedro boit cul sec. Elena, Sel, je crois que vous feriez mieux de rester chez vous cette nuit. Avec vos fusils tranquillisants sous la main. Juste au cas où.

On acquiesce de la tête.

– Tu mettras quand même ce casque sur ta tête avant d'aller à la litière ce soir, hein ? dis-je à Pedro en indiquant les écouteurs accrochés autour son cou.

C'est la seule et unique paire en sa possession et il les emmène partout désormais. Il y a de bonnes chances qu'ils soient détruits quand sa tête se déformera en doublant de volume, mais ça vaut la peine d'essayer. Aucun de nous n'a envie de courir les mêmes risques que le mois dernier.

Il hoche la tête et porte son verre à ses lèvres pour reprendre une gorgée. Il ne remarque même pas qu'il est vide. Ses amis l'ont vu, mais aucun ne s'approche pour discuter avec lui. Maintenant que j'y pense, ça fait un moment que je ne le vois plus traîner avec eux. J'espère que toute cette histoire n'est pas en train de ruiner sa vie sociale.

La foule a déjà commencé à se disperser. J'aperçois Ingrid dans son coin, seule, qui jette des regards furtifs dans notre direction. Mais elle est beaucoup trop loin pour entendre notre conversation. De nouveau, je me dis qu'elle est toujours toute seule ces derniers jours. J'imagine que les précédentes péripéties ont fait fuir Fee et Loretta.

À cet instant, le téléphone de Pedro se met à vibrer. Il baisse les yeux sur l'écran et pousse un soupir.

– Que se passe-t-il ? demande Harold en le débarrassant de son verre vide.

– Je dois filer. On se verra tout à l'heure dans ma cage. Il faut qu'on parle.

On le regarde s'éloigner dans la foule. Au moment où il passe devant Ingrid, elle le retient par le bras et lui dit quelque chose. Ils échangent quelques mots, puis il s'en va. Ingrid le suit du regard jusqu'à ce qu'il soit hors de vue.

Elena se rembrunit.

– Qu'est-ce qu'elle manigance encore ?

– J'espère qu'elle n'est pas en train d'essayer de lui retourner le cerveau, dis-je. Il ne devrait même pas lui adresser la parole.

– Ne t'en fais pas pour lui, m'assure-t-elle. Il en mange deux comme elle au petit déjeuner.

Maman rentre dans sa cage, enveloppée dans une couverture.

Je verrouille la serrure sous ses yeux, puis fais coulisser la barre de sécurité. Ça semble la rassurer.

– Et voilà. Ce n'est pas ce soir que tu te sauveras.

Mon téléphone vibre. C'est Elena.

Besoin d'un coup de main, ça urge

Mon taux d'adrénaline s'envole. Son père refuserait-il le Confinement comme il a menacé de le faire ?

– Tout va bien, Ansel ?

On dirait que maman a perçu mon changement d'humeur.

– Oui, tout roule. Euh, maman, si ça ne t'ennuie pas je vais quand même passer voir Elena une seconde. On a décidé que chacun vérifierait le dispositif de l'autre maintenant, par mesure de sécurité. Mais je reviens tout de suite après et je resterai là-haut toute la nuit, promis.

Elle hoche la tête et m'adresse un mince sourire.

– D'accord. À demain matin.

J'attrape mon fusil tranquillisant en haut de l'escalier et passe la bandoulière autour de mon épaule. Le fil de détente a l'air correctement tendu quand je l'enjambe pour sortir. Les enseignes au néon se balancent dans la brise.

J'entre directement chez Elena en l'appelant par son nom. Je pousse la porte de la chambre de son père, craignant de l'y trouver debout devant une cage vide. Mais elle n'est pas là. Son père si, par contre. Il est allongé sur un banc derrière les barreaux, les yeux rivés au plafond, sous une couverture élimée. Il tourne la tête vers moi et me lance un regard flou.

– Oh, fais-je, moitié surpris et moitié soulagé. Je... bonsoir, monsieur.

Il ne se donne pas la peine de répondre et ramène son attention sur le plafond.

J'inspecte discrètement les serrures, mine de rien – toutes verrouillées – puis je ressors dans le couloir. C'est là que je tombe sur Elena.

– Il est là, dis-je bien inutilement, indiquant la chambre avec mon pouce.

Elena grimace.

– C'est Pedro qui m'inquiète. Il n'est pas encore rentré.

CHAPITRE 16

Il reste une demi-heure avant le coucher du soleil. Une demi-heure pour le trouver.

Il peut encore arriver, bien sûr. Mais il y a un protocole à suivre. À contrecœur, Elena active l'alerte jaune sur son bracelet afin que tout le monde ouvre l'œil, puis on attrape nos X50 en prenant soin de vérifier que les fléchettes sont pleines.

Alors qu'on descend l'escalier quatre à quatre, Lucas nous lance depuis sa chambre :

– Où vous allez comme ça ?

Elena ne lui a rien dit, mais de toute évidence il a perçu notre panique, assez pour s'arracher à sa torpeur. On ne s'arrête pas pour lui répondre. Il ne pourrait pas nous aider, de toute manière.

On n'a aucune idée de l'endroit où peut se trouver Pedro. Elena a beau l'appeler sans arrêt, il ne répond pas au téléphone. Aucun de ses amis ne l'a vu. On décide alors de se séparer – je pars au nord-ouest et Elena entame un circuit vers le nord-est. Harold a sans doute reçu l'alerte et doit savoir ce qui se passe, mais il restera à Shady Oaks avec Dora – vu qu'Ingrid a déjà dû filer sans demander son reste, comme d'habitude.

Le soleil est bas sur l'horizon. Beaucoup d'enfants sont dans la rue à cette heure ; ils m'adressent un signe de tête en me voyant passer, plutôt détendus malgré l'alerte jaune. Je suppose qu'ils n'ont pas l'impression d'être en danger – ils doivent se dire que Pedro va rentrer à la dernière minute, et voilà tout.

Sauf que ça ne lui ressemble pas.

Devant moi, des nuages noirs se rapprochent – la pluie promise. Tout semble tellement paisible qu'on a du mal à croire que quelque chose ne tourne pas rond.

Je consulte ma montre. Plus que vingt minutes avant le coucher du soleil. Il reste très peu de temps – cet instant entre deux souffles, quand l'air expulsé de poumons humains est sur le point d'être inspiré par des poumons d'Éventreurs. Même dans la rue, on peut le sentir – le changement d'atmosphère, le réarrangement des particules. La transformation.

Pedro ne se cacherait pas pour nous échapper. Il doit être bloqué quelque part. Blessé, peut-être. Dommage qu'il n'ait dit à personne où il comptait aller.

Et puis, ça me revient – il a échangé quelques mots avec Ingrid juste avant de quitter la fête. Il lui a peut-être dit ce qu'il comptait faire.

Bien sûr, aucun de nous n'a le numéro d'Ingrid. Pourquoi l'aurions-nous ?

Pestant intérieurement pour ne pas y avoir pensé plus tôt, je pique un sprint en direction de Juniper House.

Quand je saute par-dessus le fil qui marque la limite de la propriété, je reconnais deux gamins sous le porche – Davide, un rouquin tout maigre, et son frère jumeau Philippe. Ce sont les Gardiens de Bernice et d'Amy et ils ont généralement tendance à rester dans le coin, comme ils sont censés le faire. Ingrid, à l'inverse, a dû expédier le bouclage de Dora et n'a probablement pas grand-chose à faire ce soir si elle est brouillée avec Fee et Loretta. C'est pour ça que j'espère la trouver là.

– Ingrid ? leur dis-je en grimpant les marches quatre à quatre, hors d'haleine.

– Dans sa chambre, répond Davide en m'indiquant l'étage d'un coup de menton.

Je tombe sur elle au milieu de l'escalier. Je lui crie :

– Où est Pedro ?

Elle semble prise de court. Sa main se crispe sur la rambarde.

– Hein ? Comment veux-tu que je le sache ?

– Il t'a parlé à la fête des Hurleurs. Il ne t'a pas dit où il allait ?

Elle secoue la tête, sourcils froncés.

– Pourquoi est-ce que tu… (Puis elle écarquille les yeux.) Attends, tu veux dire qu'il n'est pas rentré ? Il est… *dehors* ?

Je la regarde avec dégoût. Tous les enfants de la ville sont au courant à l'heure qu'il est. Puis je baisse les yeux sur son poignet et constate qu'elle ne porte pas son bracelet d'alarme, alors que c'est pourtant obligatoire. Enfermée dans sa chambre, elle n'a pas pu être prévenue. À croire qu'elle ne se sent pas concernée. Harold a dit qu'il ne comptait même plus sur elle pour enfermer Dora. C'est pour cette raison qu'il a décidé de s'occuper d'elle lui-même.

Ma montre émet un double *bip* familier, et ma gorge se noue. Le coucher de soleil – on y est. Ingrid cligne des paupières comme si elle ne comprenait pas ce que veut dire ce signal.

– Oui, il est dehors, réponds-je sèchement. Tu dois bien savoir quelque chose. Je vous ai vus parler tous les deux. Où est-il allé après la fête ?

Des bruits sinistres nous parviennent à travers le plancher. Amy et Bernice sont en train de Changer, en sécurité derrière les barreaux de leurs cages. Ce sont de gentilles dames. Bernice a été tellement émue par les infos après la dernière tornade dans les vallées du Nord qu'elle a rassemblé des dons de nourriture et de vêtements qu'elle prévoit d'apporter là-bas en personne, dès qu'elle aura trouvé quelqu'un pour lui prêter une camionnette. Ce n'est pas tout le monde qui pourrait vivre avec Ingrid sans perdre patience.

Celle-ci semble enfin reprendre ses esprits.

– Je... je ne sais pas. Il a parlé d'un problème avec Internet – j'imagine qu'il est parti réparer un truc.

– D'accord, mais *où* ?

J'ai l'impression de parler à un bébé.

L'exaspération qu'on perçoit dans ma voix la met en colère à son tour :

– Je t'ai dit que *je n'en savais rien*. Je te le dirais, sinon.

– Que lui as-tu dit ? Je t'ai vu le retenir par le bras quand il s'en allait.

Elle affiche une expression pincée, le regard dur et obstiné. Je sens la frustration s'emparer de moi.

– S'il fait du mal à quelqu'un, ce sera de ta faute. Je te jure que si tu ne me dis pas...

Mon téléphone vibre. C'est Harold. Je décroche sans quitter Ingrid des yeux. Harold parle tout bas, comme s'il ne voulait pas faire trop de bruit. La peur fait trembler sa voix.

– Sel, je n'arrive pas à joindre Elena mais j'ai envoyé une alerte. Pedro est là. Dehors.

Je laisse Ingrid figée sur place, au milieu de l'escalier, et je ressors en trombe. Les premières gouttes de pluie s'écrasent sur mon visage et mon X50 rebondit dans mon dos, m'encourageant à piquer un sprint.

La pluie tombe sans discontinuer quand j'atteins Shady Oaks moins de trente secondes plus tard. Les gros nuages défilent rapidement devant la pleine lune, qu'ils masquent et dévoilent par alternance, si bien que sa lueur blafarde donne l'impression de pulser. La rue est éclairée par des lampadaires à LED. Il y a aussi des lumières allumées à l'intérieur du bâtiment. Tout paraît normal. Sauf que... Je m'attendais à voir d'autres enfants dans les parages, le fusil tranquillisant à la main et le doigt sur la détente. Tous ceux qui peuvent se libérer sont censés venir donner un coup de main dans une situation pareille. C'est à ça que servent les alertes.

Puis je réalise que mon bracelet n'a pas sonné, sinon pour annoncer le coucher du soleil. Je le consulte aussitôt, essuyant la pluie qui le recouvre, et constate qu'effectivement je n'ai pas reçu d'alerte – je ne m'en étais pas rendu compte plus tôt parce que je me trouvais avec Elena quand elle l'a envoyée. Je n'en ai pas reçu non plus pour me prévenir que Pedro était à Shady Oaks... Je le sais uniquement parce qu'Harold m'a appelé. Je comprends mieux pourquoi tout le monde paraissait aussi détendu. Pourquoi Ingrid n'était au courant de rien. Je presse le bouton d'alerte à mon tour mais je vois simplement le signal de chargement tourner à vide, encore et encore. Le commentaire de Pedro concernant Internet me revient en mémoire. Y aurait-il une panne générale ?

Je m'avance prudemment sur la pelouse en direction de l'entrée. Je ne vois pas de fenêtre brisée, aucune porte enfoncée. Mes tennis dérapent sur quelque chose de poisseux et j'en soulève une avec méfiance pour inspecter la semelle. Elle est tachée d'une sorte de boue sombre. Sur le sol où j'ai marché, je vois une masse de fourrure, de sang et d'entrailles encore chaudes, luisante de pluie. Les restes d'un renard, peut-être, ou bien d'un écureuil. Ou même d'un animal plus grand ; c'est difficile à dire. En tout cas, c'est clairement le signe qu'un Éventreur rôde dans les parages.

Je lâche un juron à voix basse. Le vent souffle sur ma nuque et fait frissonner les buissons tout autour de Shady Oaks.

Mon téléphone se remet à vibrer – c'est encore Harold.

– Sel, je crois qu'il est quelque part dans les buissons. (Sa voix se fêle.) Désolé, je n'ai plus de munitions. Je croyais l'avoir touché, mais j'ai dû le rater puisqu'il a réussi à se sauver.

– Ça va, toi ? Tu es en sécurité à l'intérieur ?

– Oui, oui, je suis là. Juste derrière toi.

Je vois Harold à la fenêtre, qui me fait de grands signes. Je me retourne pour inspecter les buissons, tenant mon téléphone d'une main et mon fusil tranquillisant de l'autre. Je déteste m'enfoncer les écouteurs d'un kit main-libre dans les oreilles, si bien que je m'en sers rarement, mais j'aimerais bien en avoir un sur moi en ce moment. Mon téléphone me glisse entre les doigts et atterrit au milieu des entrailles. En me penchant pour le ramasser, je réussis à me cogner la pommette avec la crosse de mon X50. J'évite de me tourner vers la fenêtre pour voir la réaction d'Harold et me focalise plutôt sur les buissons qui parsèment le jardin. Leur feuillage dense frémit sous le vent et la pluie qui tombe de plus en plus fort. Je me rappelle subitement le score que j'ai obtenu lors de ma dernière séance de tir. Ça ne me rassure pas vraiment...

Harold semble lire dans mes pensées.

– Tu veux qu'on échange ? Je sors, tu me passeras ton fusil.

– Non, non, je vais y arriver, dis-je, mortifié.

Je vois Harold blêmir derrière la vitre. Sa bouche forme un O d'horreur, et je lève les deux pouces pour lui indiquer que tout va bien avant de réaliser qu'il essaie d'attirer mon attention sur quelque chose qui se trouve derrière moi. Malgré le crépitement de la pluie, j'entends un mouvement dans mon dos.

Je me retourne très lentement, et je le vois.

Pedro sort des buissons, la truffe au ras du sol, les narines dilatées, le souffle rauque. Il a flairé un gibier – moi. Il redresse la tête ; son museau est barbouillé de sang. Pas d'erreur, il a déjà fait une victime. Espérons que c'était seulement un renard.

La porte principale du bâtiment s'ouvre bruyamment derrière moi, et j'entends la voix d'Harold.

– Hé ! Hé ! Par ici !

Oh, non. Ce vieux fou s'est mis en tête de faire diversion.

– Harold, *ne bouge pas*.

Du coin de l'œil, je le vois se dresser sur le seuil armé d'un filet et d'un... balai ? Il ne s'imagine quand même pas pouvoir affronter un Éventreur avec ça ?

La peur me paralyse. Pedro nous regarde tour à tour Harold et moi, comme s'il se demandait lequel de nous deux attaquer. Ses yeux jaunes sont pailletés d'or. Je n'y lis pas la moindre lueur d'humanité, pas la moindre trace de mon ami. Rien que de la sauvagerie et une faim dévorante. Pourtant, il y a quelque chose dans la couleur de son pelage qui me rappelle un peu les sourcils de Pedro et je lance d'une voix rauque :

– Salut, Pedro. (Au cas où il me reconnaîtrait, même si je sais que c'est impossible.) Tu as oublié tes écouteurs, mon pote ? C'est moi, Sel.

Des notes légères flottent dans l'air – quelqu'un écoute de la musique en ville, et malgré la terreur qui m'étreint je reconnais les accords de *Moonlight Disco. Tu entends ça, Pedro ? Ils passent ta chanson préférée.*

Il retrousse les babines, dévoilant des crocs acérés, et pousse un grondement sourd. Je n'avais encore jamais entendu un Éventreur produire un son pareil ; il résonne dans chaque fibre de mon être et me liquéfie sur place. Ce n'est pas un avertissement. C'est un ronronnement de plaisir avant la mise à mort.

– N-n-nooon ! (Je braque plus ou moins mon X50 vers lui, mais j'ai les mains qui tremblent et le canon sautille dans tous les sens.) C'est moi. Arrête ! Pedro, ne fais pas...

La suite se bloque dans ma gorge ; ma langue pâteuse colle à mon palais.

Je vois tressaillir les muscles de ses épaules – il se prépare à bondir.

Harold choisit cet instant pour s'élancer sous la pluie, le balai à la main, en poussant un petit cri aigu.

Mon doigt, raide et tout engourdi, trouve péniblement la détente et presse dessus. Sans résultat. Avec une impression naissante, étrangement agréable, d'inévitabilité, je m'aperçois que j'ai oublié d'ôter le cran de sûreté. Le sang ralentit dans mes veines. On va mourir tous les deux.

Mais à cet instant précis, quelque chose passe dans un souffle au-dessus de moi tandis que *Moonlight Disco* atteint son point culminant. Un drone. Il s'immobilise juste au-dessus de la tête gigantesque de l'Éventreur. L'attention de Pedro est détournée par le mouvement et par le bruit. Il dresse le museau, narines grandes ouvertes, comme s'il flairait quelque chose de particulier.

Mes doigts se détendent un peu, juste assez pour débloquer le cran de sûreté, et je vise rapidement Pedro en essuyant d'un revers de main la pluie qui me coule dans les yeux. Le drone effectue des petits mouvements rapides d'avant en arrière, comme pour le provoquer, et on dirait que ça marche – il ne le quitte pas des yeux. Je parviens enfin à tirer une fléchette, et à mon grand soulagement, je la vois s'enfoncer dans le cou de Pedro. C'est à ce moment-là seulement que je remarque la plaie qu'il a derrière le crâne. Son pelage est aplati tout autour, poissé de sang, comme s'il avait reçu un choc violent. Il a l'air mal en point.

L'effet du tranquillisant est censé être presque immédiat, et il l'a été pour maman, mais on dirait que Pedro ne le sent même pas. Il bondit vers le drone et ce dernier s'écarte vivement hors de portée avant de filer dans le noir. Alors que Pedro le poursuit, Elena apparaît devant lui. Ils semblent aussi surpris l'un que l'autre. Pedro hésite à peine une fraction de seconde, mais Elena n'a pas besoin de plus. Elle braque son fusil tranquillisant sur lui à l'instant où il s'élance vers elle. Ses pattes puissantes lui permettent de couvrir plusieurs mètres en une foulée, mais elle l'attend de pied ferme et lâche une salve de fléchettes – j'en vois au moins trois ou quatre lui percer le torse.

Il ne ralentit même pas.

Il s'abat sur elle et la jette au sol sans la moindre difficulté. Puis il continue de courir à la poursuite du drone, laissant Elena étendue sur le gazon, le souffle coupé.

On reste tous les trois immobiles, pétrifiés par le choc et l'incompréhension.

Il nous tenait et il nous a laissés en vie.

Je cours auprès de mon amie, qui se relève déjà.

– Je n'en reviens pas qu'il ne t'ait pas... dis-je, riant presque de soulagement. Comment as-tu fait ça ? Ce truc avec le drone ?

Je m'attends à ce qu'elle me montre une télécommande ou je ne sais quoi, mais elle n'a que son fusil entre les mains.

Abasourdie, elle regarde son frère s'éloigner dans l'obscurité.

– Ce n'était pas moi.

Harold nous rejoint.

– Ah bon ? Alors qui... ?

Elena secoue la tête.

– Peu importe. Il ne faut pas le perdre. Venez ! Il y a plein de gamins dans les rues, je ne crois pas que ce drone l'occupera bien longtemps.

Harold me lance son filet, sort une lampe-torche de sa ceinture et la donne à Elena.

– Allez-y. Ne m'attendez pas. Je vous rattraperai.

La trace de Pedro est facile à suivre sous la pleine lune – ses grosses pattes ont couché l'herbe sur son passage. Heureusement, il n'a pas pris la direction de la ville. Le drone l'a entraîné vers la rivière – les accords de *Moonlight Disco* nous parviennent d'un peu plus haut. Il a filé tout droit vers la berge, et pendant une seconde je crains qu'il n'ait sauté dans le vide du haut de la cascade, vers une mort certaine. Mais parvenue au bord de l'eau, sa piste tourne sèchement pour longer la rivière. On la suit un moment. Puis la musique s'arrête d'un coup.

Par-dessus le grondement de l'eau, Elena crie :

– Par ici !

Quand je la rejoins, sa torche est braquée vers le ciel et je me demande brièvement si les Éventreurs n'auraient pas appris à voler. Mais ensuite, j'aperçois Pedro à travers les gouttes de pluie illuminées. Il est accroché par la patte à une corde passée dans un arbre ; on distingue encore par terre les brindilles qui masquaient le piège sur lequel il a marché. Il se balance au-dessus de la rivière en ruant et en grognant, tâchant de saisir la corde pour la trancher avec ses crocs, tandis que l'eau rugit au-dessous de lui.

Un grand soulagement m'envahit. On le tient. J'adresse un remerciement silencieux à la personne qui a décidé de tendre ce piège et d'envoyer le drone – qu'on ne voit plus, d'ailleurs. Mais Elena pousse un autre cri ; elle n'a pas l'air soulagée du tout. Elle m'arrache le filet des mains et entreprend frénétiquement de le dérouler.

Puis je comprends pourquoi. La branche qui soutient la corde est sur le point de casser. Elle est trop fine pour soutenir le poids d'un Éventreur, surtout d'un Éventreur qui se débat comme un beau diable. Je peux presque voir les fibres du bois se distendre et s'écarter.

Je cherche autour de moi, trouve un long bâton noueux à une extrémité et le tend au-dessus de l'eau en direction de la corde pour essayer de l'atteindre et de tirer Pedro vers nous. Mais il n'est pas suffisamment long.

J'ai beau allonger le bras autant que je peux, la corde continue de se tortiller, hors d'atteinte. Elena réussit enfin à déployer son filet. Elle en enroule un bout autour de son poignet et lance le reste vers son frère, mais elle a mal calculé son coup et le rate d'un cheveu. Je lâche mon bâton pour l'aider avec le filet tombé dans la rivière – le courant est violent et nous ne sommes pas trop de deux pour le ramener. Elena fait une nouvelle tentative, attendant que Pedro revienne vers nous, et cette fois le filet s'enroule autour de sa tête et de ses pattes avant. Son mouvement de balancier entraîne Elena vers l'eau et je la retiens par la taille, les deux talons plantés dans la boue.

Je la tiens, et elle le tient – tout juste. Il continue de se débattre et de se tortiller, pris de panique, en poussant des grognements indignés.

– Arrête de gigoter ! lui crie-t-elle, même s'il ne peut pas la comprendre et encore moins coopérer.

On entend un craquement, nettement audible malgré le fracas de la rivière, et Pedro est précipité dans l'eau, entraînant le filet et la moitié de la branche avec lui. Elena est emportée et plonge la tête et le haut du corps dans le courant tandis que je me cramponne désespérément à la ceinture de son pantalon. Et puis d'un coup, la résistance disparaît, Pedro et la branche s'éloignent à toute vitesse, laissant Elena avec son filet déchiré entre les mains.

On l'a perdu.

Je ne me souviens même pas d'Harold m'aidant à hisser hors de l'eau une Elena affolée, tremblante et à bout de forces. Tout ce que je revois maintenant quand je ferme les yeux, c'est la silhouette sombre de Pedro emportée par le courant jusqu'au bord de la falaise, où la rivière tombe à la verticale sur une centaine de mètres.

CHAPITRE 17

Août – À 14 jours du prochain Confinement

Aujourd'hui est un jour funeste. Les funérailles de Pedro. On ne peut pas vraiment appeler ça un enterrement puisqu'il n'y a rien à enterrer. La cascade et les rochers qui sont en bas nous ont privés du corps.

Maman patiente pendant que je monte les marches de la maison d'Elena. Nous avons prévu de nous rendre à la cérémonie avec eux.

Je frappe poliment à la porte, puis j'entre. Au salon, j'aperçois le père d'Elena dans le sofa, de dos, vêtu d'un costume noir. Au moins, il est prêt. Je n'étais pas sûr qu'il tiendrait le coup. Il est en train de regarder les infos à la télé – encore des inondations et des ouragans à travers tout le pays. Les pieds dans l'eau, sous une pluie battante, le présentateur crie face à la caméra que l'état d'urgence est prolongé pour le troisième mois d'affilée.

– Bonjour, dis-je.

Je regrette aussitôt cette formule malheureuse. Ce n'est pas une bonne journée. Il ne réagit pas. Alors je monte l'escalier en silence, et je lève la main pour frapper à la porte de la chambre d'Elena quand j'entends une musique provenir de la chambre d'en face, celle de Pedro. Je me dirige dans cette direction. Pendant une fraction de seconde, une part de moi se dit qu'il sera à l'intérieur, qu'il me sourira et me dira que je n'ai quand même pas cru sérieusement qu'il était mort ?

Les rideaux sont tirés, plongeant la pièce dans la pénombre. Elena est assise sur le lit de Pedro, penchée sur son mini-lecteur Bluetooth, celui qu'il emmenait avec lui pour écouter de la bonne musique quand il se déplaçait pour un boulot. Elle est en train d'écouter une des chansons favorites de son frère, dont je ne me rappelle pas le titre. Il n'y a pas de paroles, rien qu'une basse bien grasse et des envolées de guitare électrique.

Je m'assieds à côté d'elle sans trop savoir quoi dire. Le sergent Hale les a déjà informés que son « enquête » était close. Quelle blague. Il est convaincu qu'il n'a pas pu y avoir de drone diffusant de la musique, et que même s'il y en avait eu un, jamais un Éventreur ne l'aurait suivi comme ça. Ses supérieurs au quartier général le lui ont affirmé.

Il semble plutôt croire que c'est *nous* qui cachons quelque chose. Qu'on a peut-être menti parce que c'était de notre faute si Pedro n'était pas rentré et qu'à présent, on se sent coupables. D'après lui, Pedro aurait choisi d'ignorer le Confinement pour des raisons inconnues. Je l'ai bien observé pendant qu'il nous parlait et je serais incapable de dire s'il croyait vraiment à ce qu'il nous racontait, ou s'il savait précisément ce qui s'était passé. Une chose est sûre, cette histoire sent l'intervention de Sequest à plein nez.

Quand la chanson se termine, Elena coupe le son mais garde le lecteur à la main et le caresse doucement avec son pouce, comme un petit animal. Elle tourne vers moi ses yeux rouges et gonflés. Je m'approche pour la serrer contre moi, afin qu'elle puisse pleurer sur mon épaule, mais à ma surprise elle me repousse avec douceur. Sa voix est ferme et claire.

– On l'a empêché de rentrer chez nous. Il devait être retenu quelque part et il s'est sans doute échappé au crépuscule, après son Changement. Tu as remarqué qu'il était blessé ? Il avait une grande plaie à la tête, qui saignait abondamment. Il y a forcément quelqu'un qui lui a fait ça. Et on sait tous les deux pour qui cette personne travaillait. (Sa mâchoire se crispe, comme si des images désagréables lui venaient en tête.) C'est Sequest qui l'a tué.

J'hésite.

– Sauf que... qui aurait bien pu lui vouloir du mal, par ici ? Et s'ils avaient voulu le tuer, pourquoi ne pas le faire tant qu'il avait encore sa forme humaine ? Et puis, qui a envoyé ce drone ? Parce qu'il nous a sauvé la vie.

Elle secoue la tête.

– Si on avait retrouvé son corps sous forme humaine, il y aurait eu ouverture d'une enquête pour meurtre. S'il avait disparu, on aurait retourné toute la ville et la forêt à sa recherche. Non, quelqu'un tenait à ce qu'on le voie mourir. De manière accidentelle. Histoire que personne n'aille chercher plus loin. C'était une mise en scène.

Tout s'éclaire, effectivement. Le piège au-dessus de l'eau, trop fragile pour supporter son poids. L'intervention du drone, qui n'avait pas été envoyé pour nous sauver mais pour le conduire à la mort.

– Celui qui pilotait ce drone savait très bien ce qu'il faisait. Et comment s'y prendre pour lui faire ignorer les trois steaks sur pattes bien juteux qu'il avait devant lui.

– La musique, dis-je. La chanson préférée de Pedro...

– Oui, aussi. Mais je ne crois pas que ça aurait été suffisant. Il y avait sûrement autre chose. Des phéromones, peut-être – il donnait l'impression de flairer quelque chose. Et cette façon qu'avait le drone de lui tourner autour... Il cherchait à exciter son instinct de prédateur.

Je repense à la manière dont le drone décrivait des cercles juste hors d'atteinte de Pedro. Ça me rappelle un peu quand j'agite sa balle sous le nez d'Eddie, le chien d'Harold, avant de la lancer à l'autre bout de la pelouse.

Je frémis. L'image de Pedro basculant dans la cascade me revient en tête une fois de plus.

Elena se lève et pose soigneusement le lecteur de son frère sur son bureau. Puis elle ferme les yeux et inspire profondément.

– Bon, allons-y.

Les funérailles sont censées aider les proches du défunt à surmonter leur chagrin en compagnie de leurs amis et de leur famille. Celles de Pedro sont dignes, lugubres, et pourtant j'ai la sensation tenace qu'il s'agit d'une mauvaise blague.

Que tout cela n'est pas réel.

Après une brève cérémonie sur la place centrale, les gens se dispersent en murmurant leurs condoléances à Elena et à son père. Lucas les accepte avec une expression de souffrance pénible à voir. Elena a peur qu'il ne s'en remette pas. Il s'en veut pour l'esclandre qu'il a causé à la fête des Hurleurs. Il ne parle plus de chercher du travail. On ne sent même plus de colère en lui. C'est comme s'il avait baissé les bras. Pour se replier dans sa coquille.

Je préviens maman que je vais rester un peu, au cas où Elena aurait besoin de moi, et après m'avoir longuement serré dans ses bras, elle rentre seule en me disant de prendre tout le temps qu'il me faudra.

– Salut, Sel. (Je m'arrache à mes ruminations pour découvrir le maire Warren devant moi. Il a beau faire l'effort de prendre un air peiné, la désinvolture de son approche m'agace quand même.) Toutes mes condoléances à toi aussi. Je sais que tu étais un grand ami de Pedro.

Je hoche la tête en silence. Je n'ai aucune envie de l'écouter. Hier, après l'annonce de la fin de l'enquête de Hale, je me suis dit que je n'avais rien à perdre et je suis allé le trouver. Je lui ai demandé pourquoi les alertes n'avaient pas fonctionné cette nuit-là. Il m'a interrompu tout de suite. Il a prétendu avoir vérifié et m'a assuré que le système fonctionnait très bien. De plus, il avait aussi reçu plusieurs rapports préoccupants à mon sujet, ainsi qu'à celui d'Elena et de Pedro – disant que nous propagions de folles allégations et que nous

nous relâchions sur le plan de la sécurité. On voyait où ça nous avait menés.

J'aurais dû me douter que ma démarche ne servirait à rien. Hale et lui sont trop proches.

En tout cas, son avertissement était clair : nous devons cesser de semer le trouble et la panique au sein de la communauté, surtout en cette période difficile.

L'ennui, c'est que personne ne s'inquiète – c'est tout le problème.

Le maire s'éloigne enfin, mais un nouveau souci le remplace : Ingrid se dirige vers moi. Je jette un coup d'œil par-dessus mon épaule – Elena est en train de discuter avec d'autres gosses et n'a rien remarqué. Bernice repart en boitillant vers Juniper House, appuyée sur Amy – elle s'est foulée la cheville en marchant sur un fil de détente que son propriétaire avait oublié de signaler. Au moins, il n'était pas rattaché à une capsule étourdissante. Mais cela veut dire qu'elle va devoir retarder sa visite caritative dans les vallées du Nord. Je les regarde partir en me retenant de les rappeler pour me protéger d'Ingrid.

On dirait que je vais devoir me débrouiller tout seul. Je me redresse un peu, bien campé sur mes pieds, et j'attends.

Ingrid s'arrête devant moi, les mains dans les poches. Elle porte une veste noire et une queue-de-cheval soignée. Elle semble peser soigneusement chacun de ses mots avant de lâcher :

– Il faut qu'on cause. Toi, Elena, et moi.

Je ricane.

– Je ne crois pas, non. Tu ne peux pas nous ficher la paix, même aujourd'hui ? On sait que vous nous avez espionnés, tes copines et toi. Où sont-elles, d'ailleurs ?

Elle ouvre la bouche pour répliquer, puis la referme en rougissant.

– Je ne suis plus amie avec Fee et Loretta.

Je note qu'elle ne dément pas nous avoir espionnés. Quand on y réfléchit, cela ne me surprendrait pas que Sequest fasse appel à certains gamins pour espionner les autres. Ou pour effectuer son sale boulot pendant le Confinement. En laissant ma mère s'échapper de sa cage, par exemple. Ça expliquerait beaucoup de choses.

– On ne se parle plus, continue Ingrid. Elles ne comprennent rien. Toi, tu sais des choses. Et je veux savoir quoi.

– Oh, ça, j'en suis sûr. Pour aller tout raconter ensuite à je ne sais qui, hein ?

Je me détourne avec dégoût, mais elle me retient par le bras et me fait pivoter face à elle. Je jette un coup d'œil en direction d'Elena, qui n'a toujours rien vu. Je n'ai aucune envie de déclencher une dispute au beau milieu des funérailles de son frère.

Je baisse la voix.

– Tire-toi. À moins que tu n'aies des aveux à faire. Concernant ce que tu as dit à Pedro à la fête des Hurleurs, par exemple. Tu ne l'aurais pas envoyé quelque part ? Avant de t'assurer qu'il ne pourrait pas en revenir à temps ?

Ingrid prend une expression horrifiée.

– Quoi ? Non, je n'aurais jamais fait ça. (Elle jette un bref regard aux alentours.) On parlait simplement de se voir le lendemain pour… discuter. Je t'assure. Fais-moi confiance.

C'est tellement ridicule que j'en rirais presque.

– Arrête. Tu es la dernière personne à laquelle il se serait confié.

– Te faire confiance, Ingrid ? Sérieusement ? s'exclame Elena en nous rejoignant.

Je ne l'avais pas entendue approcher. Je suppose qu'elle a entendu notre dernier échange. Elle a l'air fatiguée mais combattive, comme s'il ne lui restait plus que sa colère et qu'elle cherchait sur qui la déverser. J'espère vraiment qu'elle ne va pas déclencher une bagarre parce que je n'ai aucune chance de pouvoir la retenir.

– Je viens d'avoir une petite conversation avec Justin, continue-t-elle en croisant les bras. Il m'a raconté qu'il était à Shady Oaks le matin du dernier Confinement, en train de repeindre les plinthes dans le couloir pour Harold. Et il t'a vue sortir de la chambre de Dora en cachant quelque chose sous ton blouson. Le plus drôle, c'est que Dora se trouvait dans la cuisine à ce moment-là. Tu veux bien nous expliquer ça ? Ou bien tu préfères qu'on demande à Hale de fouiller ta chambre à Juniper ? Ce ne serait pas la première fois que tu volerais quelque chose, pas vrai ?

Ingrid jette un regard inquiet en direction du sergent Hale qui se tient à quelques mètres. Il tourne la tête vers nous et nous toise derrière ses verres-miroirs. Elle ne répond rien.

Elena hoche la tête.

– C'est bien ce que je pensais. Amène-toi, Sel. Il faut qu'on passe voir Harold. Il a dit qu'il avait quelque chose à nous montrer.

CHAPITRE 18

Quand on arrive à Shady Oaks, Harold nous attend à l'extérieur. On le suit sur la pelouse en pente douce jusqu'à la haie qui marque la limite de la propriété. Il marche lentement, et manque même se tordre la cheville une ou deux fois ; il doit s'appuyer sur mon bras pour garder l'équilibre. Pâle et tremblant, il semble sous le choc.

– Normalement je ne viens jamais par ici, souffle-t-il. Mais je ne trouvais plus le sécateur, alors je me suis dit que quelqu'un l'avait peut-être rangé dans le vieil abri.

On passe devant un bouquet d'arbres et on voit la cabane en question, contre la haie. La maison de Warren se trouve juste de l'autre côté. De toute évidence, l'abri ne sert plus depuis longtemps. La porte est à moitié arrachée, la charnière du haut ne tient plus, et il y a une grosse bosse dans l'un des murs dont les planches se tordent vers l'extérieur, comme si on avait tenté de les enfoncer.

Je connaissais l'autre abri de jardin, plus récent, derrière le bâtiment, où Harold m'a déjà envoyé chercher ses gants de jardinage. Il est rempli de toiles d'araignées et d'un bric-à-brac invraisemblable mais il est en tôle ondulée et ne laisse pas passer la pluie, contrairement à celui-ci.

Elena et moi nous en approchons avec prudence, comme si celui qui l'avait mis dans cet état se trouvait encore à l'intérieur, bien que l'endroit soit manifestement vide.

À travers la porte béante, on peut voir des taches sombres sur les murs et sur le sol également. Peut-être de la boue. Mais je crois plutôt que c'est du sang séché. Elena tend la main vers un clou qui dépasse. Une touffe de poils argentés y est accrochée. C'est comme si une bête s'était frayé un chemin hors de l'abri. Ça n'aurait pas été bien difficile – le bois est vieux et vermoulu.

J'imagine Pedro inconscient, la tête en sang, traîné là-dedans pour y attendre le crépuscule. J'en suis malade.

– Tu avais raison, Elena, dis-je. Il était là. Quelqu'un l'a enfermé, sachant qu'il s'échapperait dès qu'il aurait Changé.

Elle caresse la touffe de poils entre ses doigts, se mordillant la lèvre pour ne pas pleurer. Une larme coule malgré tout le long de sa joue et elle l'essuie rapidement d'un revers de manche avant de glisser les poils dans sa poche. En souvenir.

Harold tremble d'indignation.

– Qui a bien pu faire ça ? Il avait encore toute la vie devant lui. Une vie entière.

Sa voix se brise.

Je sens monter en moi une vague de colère et de chagrin, qui menace de me submerger.

– Il y a un tueur au sein de notre communauté, dit Harold, qui s'accroche à mon bras une fois de plus.

Il s'appuie si fort sur moi que j'ai peur de le voir s'écrouler. Je le conduis à un banc non loin de là, après quoi Elena et moi, à la suggestion d'Harold, fouillons les environs à la recherche d'indices.

Au bout d'un moment, Elena s'écrie :

– Hé ! J'ai trouvé quelque chose !

Je cours la rejoindre au pied de la haie devant laquelle elle s'est accroupie. Elle glisse la main dessous et en sort un objet rectangulaire noir et brillant, maculé de terre mais instantanément reconnaissable aux autocollants d'impacts de balles qui décorent sa coque. C'est le téléphone de Pedro.

Il n'y a plus de batterie, bien sûr. De retour dans la chambre d'Harold, on attend qu'elle se recharge en trépignant d'impatience. Dès qu'elle a récupéré deux ou trois pour cent, on essaie de rallumer le téléphone. Au début il ne se passe rien, puis le logo apparaît. Jamais un processus de démarrage n'avait paru si long. Mais finalement, Elena peut consulter ses textos.

Le plus récent date de mardi, à 14 h 12. C'est celui qu'il a reçu à la fête des Hurleurs. Il vient d'un numéro qui ne figure pas dans ses contacts.

Je retiens mon souffle quand Elena clique dessus.

On lit le message ainsi que le nom qui figure à la fin.

Salut, Pedro, il faut qu'on parle. Tu peux me rejoindre après la fête ? Warren

Quelque part, ça ne m'étonne pas et pourtant je suis profondément choqué.

Je finis par balbutier :

– Warren ? Le maire Warren ?

– Je ne connais pas d'autre Warren. Et toi ?

Aucun de nous n'en connaît.

Elena continue d'inspecter le téléphone de son frère.

– D'accord, alors le maire Warren figure bien dans la liste des contacts de Pedro sauf que le numéro n'est pas le bon.

– Un nouveau téléphone ?

– Possible.

J'essaie de me représenter Warren sous les traits d'un tueur de sang-froid, implacable et calculateur. Qui aurait attiré Pedro dans l'abri avant de l'assommer et de l'enfermer. Qui aurait tendu le piège au bord de la rivière et qui aurait piloté le drone pour le conduire jusque-là. Le tableau n'est pas très convaincant. Un jour, je l'ai vu s'empêtrer dans sa propre chaise longue. Hale et lui seraient les deux finalistes dans une compétition d'incompétence. Mais peut-être qu'il nous joue la comédie depuis le début.

Elena se tourne vers le fusil tranquillisant d'Harold, accroché au mur à côté d'elle. Elle le touche du bout des doigts et je vois une idée prendre forme dans son esprit. Elle se lève.

– Papa a traité Warren de menteur. Allons vérifier si c'est vrai.

Puis elle décroche le fusil et se dirige vers la porte d'un pas résolu.

CHAPITRE 19

Je cours pour rattraper Elena. Quand elle comprend que je vais tenter de la dissuader, elle accélère. Les gens nous regardent passer avec des yeux ronds – en principe, on n'a pas le droit de sortir un fusil tranquillisant hors période de Confinement. À quoi cela servirait-il, alors qu'il n'y a pas d'Éventreurs dans les parages ?

À moins qu'on ne veuille tuer quelqu'un.

En arrivant devant la maison du maire, elle se retourne et braque son fusil vers moi.

– Reste en dehors de ça, Sel.

Quand Ingrid m'avait mis en joue, j'avais peur qu'elle ne presse la détente. Mais venant de ma meilleure amie, c'est encore pire. J'ai déjà vu cette expression sur son visage. Rien ni personne ne pourra l'arrêter – même pas moi.

Quelques passants ont leur téléphone à la main, sans doute pour appeler la police, mais Elena a déjà remonté l'allée jusqu'à la porte et appuyé sur la sonnette.

Quand le maire Warren vient lui ouvrir, elle coince son pied dans l'entrebâillement de la porte.

Il s'empresse de lever les mains en l'air.

– Holà, holà, qu'est-ce que ça veut dire ? Elena !

– Pourquoi avez-vous envoyé un texto à Pedro juste avant sa disparition ? dit-elle, pointant son fusil sur son ventre.

Il hésite.

– Jeune fille, je vais te demander de baisser ton arme. Je sais que tu traverses une épreuve douloureuse en ce moment…

– *Pourquoi ?*

Son calme apparent se fissure, légèrement, et il lâche un petit gémissement.

– Je n'ai rien fait ! Je ne sais même pas de quoi tu parles ! S'il te plaît, Elena. Baisse ce fusil.

– Vous travaillez pour Sequest, pas vrai ? Pourquoi les alertes n'ont-elles pas fonctionné cette nuit-là ? Qu'est-ce qui se passe ici, à la fin ?

Il se met à transpirer, maintenant ; son front est luisant de sueur.

– Le chagrin te fait délirer, Elena. Tu n'as pas les idées claires.

Elle penche la tête sur le côté, d'un air pensif.

– Oui, vous avez peut-être raison. Si seulement j'avais un truc pour me calmer. Un sédatif, peut-être... (Elle soulève son fusil devant elle comme pour en estimer la taille.) Oui, ça vaut le coup d'essayer.

Elle bascule son arme pour la pointer sur elle ; son bras est tout juste assez long pour atteindre la détente. Je pousse un cri d'effroi, et le maire s'élance pour l'arrêter, mais trop tard.

On entend un petit *clic* et une fléchette tranquillisante s'enfonce dans sa cuisse.

Nous sommes dans l'une des salles de soins du centre de bien-être. Je regarde l'infirmier Pete vérifier le goutte-à-goutte d'Elena avant de lui prendre son pouls et de mesurer sa saturation en oxygène.

– Tu as eu beaucoup de chance, observe Pete, d'être tombée sur une fléchette défectueuse.

– La chance n'a rien à voir là-dedans, réplique-t-elle en tripotant le sparadrap qui maintient sa perfusion au dos de sa main.

Il chasse ses doigts d'une tape.

– Ne touche pas à ça, c'est au cas où tu aurais besoin de médicaments. En tout cas, tes constantes vitales sont bonnes. Tu peux te vanter de nous avoir fait peur !

C'est le moins qu'on puisse dire. Elle devrait être morte à l'heure qu'il est.

– Bien ! Je pense que tu vas pouvoir rentrer chez toi, il faut juste que la docteure Travis signe ton bon de sortie.

J'attends que la porte se soit refermée derrière lui pour m'emporter contre mon amie.

– Mais qu'est-ce qui t'est passé par la tête ? m'écrié-je. J'ai cru que tu allais... et après, j'ai cru que... J'ai bien failli avoir une crise cardiaque !

– Je *savais* que la fléchette était vide, Sel.

– Quoi ? Comment ça ?

– On récupère des fléchettes neuves tous les mois auprès de Sequest, pas vrai ? Quand on ramène les vieilles. Et on choisit les boîtes nous-mêmes sur l'étagère. Ce qui veut dire que *toutes celles* de ce mois-ci étaient vides. C'est comme ça qu'ils se sont assurés que personne ne pourrait arrêter Pedro.

Je réfléchis à cette accusation.

– Hmm, peut-être.

– Tu vois ? Je savais qu'il n'y avait aucun danger.

– Tu ne pouvais pas en être sûre. Tu croyais l'être, ce n'est pas la même chose. Et tu ne pouvais pas m'expliquer ton plan avant de te tirer dessus devant moi ?

Elle a la délicatesse de prendre un air penaud.

– L'idée m'est venue comme ça, dans la chambre d'Harold. Désolée. Mais tu comprends ce que ça veut dire ? Maintenant, ils vont être obligés d'admettre qu'il y a eu au moins une fléchette défectueuse. Ils auront beau prétendre que c'était la seule, ça devrait suffire à ébranler la confiance de beaucoup de monde. Les gens vont enfin commencer à remettre le système en question.

J'aimerais le croire. Mais les discussions que j'ai pu entendre alors que je patientais dans le hall portaient plutôt sur le manque de discernement d'Elena, attribué au chagrin.

– Tu as flanqué une trouille de tous les diables à Warren. Je te jure, il en a mouillé son pantalon.

– Bien sûr qu'il a eu peur – parce qu'il savait que j'étais sur le point de dévoiler ses mensonges.

– Ou alors, il ne savait pas que la fléchette était vide.

Elle fait une moue dédaigneuse.

– Peuh. Tu peux être sûr que si.

La porte s'ouvre brusquement et la docteure Travis pénètre dans la chambre d'un air furibond, suivie de l'infirmier Pete.

Elle prend le poignet d'Elena et mesure son pouls.

– Hmm, concède-t-elle à contrecœur. Fréquence cardiaque normale.

– Eh bien, dit Pete avec entrain, c'est une bonne nouvelle, non ?

La docteure Travis dévisage Elena en plissant les paupières.

– Il n'y a aucune trace du produit tranquillisant dans ton organisme. Je ne sais pas à quoi tu joues, mais tu peux t'en aller. Tu vas bien.

Elle n'ajoute pas « malheureusement » mais c'est tout comme. Je suppose qu'elle est frustrée de ne pas pouvoir gaver sa patiente de médicaments ou lui ouvrir le ventre pour l'examiner.

– Excellent ! se réjouit Pete. Tout est bien qui finit bien. Et toi, Sel, tu te sens mieux ?

Elena se tourne vers moi d'un air surpris.

– Pourquoi, qu'est-ce qui ne va pas chez Sel ?

Apparemment, j'ai tourné de l'œil devant la maison du maire. On a dû me transporter jusqu'ici.

– Rien du tout, m'empressé-je de répondre. Je vais bien.

Pete pose la main sur mon épaule.

– Juste une petite crise de panique, à mon avis. Tu devrais essayer les techniques de relaxation, Sel. Faire des exercices de respiration.

Je le remercie d'un hochement de tête, mais en toute franchise, je ne crois pas que ce soit ma respiration le problème. Ce serait plutôt la menace de mort qui pèse en permanence au-dessus de nous.

CHAPITRE 20

Août – La nuit du Confinement

Je n'ai jamais eu peur du Confinement. Ça a toujours été ma nuit préférée, même quand je n'étais pas au mieux. Et en ce moment, ça ne va pas fort. J'ai les bras et les jambes en plomb, une sensation de nausée, un bourdonnement dans la tête qui ne s'arrête jamais. Je voudrais bien pouvoir utiliser les écouteurs de Pedro, mais ils ont disparu avec lui. Ce sont peut-être tout simplement les infrasons qui me donnent cette impression d'un désastre imminent.

Ou alors, c'est parce que je me suis laissé convaincre de faire un truc encore plus stupide que me tirer dessus avec une fléchette tranquillisante.

En un sens, le petit numéro d'Elena s'est avéré payant. Elle a déclenché un scandale – les gens ont voulu savoir combien d'autres fléchettes défectueuses il pouvait y avoir, et si on pouvait vraiment faire confiance à Sequest pour les conserver dans de bonnes conditions. On s'est même pris à rêver que ça déclenche une cascade d'enquêtes qui déboucheraient sur des réponses. Et puis, Sequest a fait la seule chose à laquelle on ne s'attendait pas : présenter ses excuses.

Il semblerait qu'un employé au quartier général d'Hastaville ait commis une erreur. Cette personne a été virée. Un nouveau protocole à toute épreuve a été instauré. On nous a envoyé de nouvelles fléchettes ; elles sont arrivées chez Sequest par drone et tout le monde est passé renouveler son stock.

Et l'affaire a été réglée.

Aussi simplement que ça. Le scandale est déjà en train de s'éteindre. Quand Elena a voulu montrer aux gens le texto sur le téléphone de Pedro, il avait disparu. Évidemment.

Maman pense qu'Elena se laisse déborder par le chagrin. Je n'essaie plus de la convaincre – c'est peut-être mieux pour elle de continuer à croire Sequest, pour l'instant. Je n'ai pas envie de la mettre en danger. Chaque jour qui passe, j'adhère un peu plus à l'opinion d'Harold selon laquelle Sequest est prête à tout pour protéger ses petits secrets.

Et Elena ? Elle n'a plus le droit de sortir pour ce Confinement et tous les autres à venir, et on lui a retiré son fusil tranquillisant. Et pour bien remuer le couteau dans la plaie, on a demandé à son voisin Asim d'assurer désormais la garde de son père. De toute manière, Lucas est doux comme un agneau ces derniers temps.

Les autorités ont considéré qu'il serait peut-être préférable de m'enlever mon fusil tranquillisant à moi aussi. Coupable par association. Sans compter que tout le monde reste persuadé que c'est moi qui avais mal refermé la cage de maman. On a connu mieux pour soigner une réputation.

Mais au moins, on ne m'a pas interdit de sortir, raison pour laquelle je suis dehors en ce moment. Elena aurait voulu m'accompagner, bien sûr, et au diable sa punition. Ce qui l'a convaincue de ne pas le faire, c'est que même les autres enfants la considèrent comme un danger pour elle-même et pour autrui. Pour une fois, ils auraient pu la dénoncer.

Ce qui veut dire que cette nuit, je vais devoir me débrouiller tout seul. Nous n'avons pas mis Harold dans la confidence, sachant qu'il désapprouverait notre plan. On lui a promis de rester tranquilles ; de ne pas fournir à Sequest de raisons supplémentaires de s'intéresser à nous. Il nous a pratiquement suppliés. Je crois qu'il regrette de nous avoir encouragés au début.

Le truc, d'après Elena, c'est que si le maire Warren est effectivement impliqué dans les affaires de Sequest, on devrait pouvoir trouver des preuves chez lui. Des documents. Si on réussit à mettre la main dessus, on sera en position de force. Et le meilleur moment pour fouiller chez lui, c'est quand il sera enfermé.

Évidemment, je ne suis pas à l'abri d'une mauvaise surprise.

Il y avait forcément quelqu'un qui pilotait ce drone qui a servi d'appât pour Pedro. Il paraît peu probable qu'il ait été commandé depuis le quartier général de Sequest à Hastaville, parce que c'est quand même assez loin. En plus, on est sur le même fuseau horaire, donc tous les adultes qui se trouvent là-bas devaient avoir Changé aussi, à moins qu'ils n'aient engagé un Immuable pour ce boulot. Ou un gosse. Non, c'est plus vraisemblable qu'ils aient fait appel à quelqu'un d'ici. On a toujours considéré le maire Warren comme un type normal, pas un Immuable comme Harold. Mais sa Gardienne, Yoona, vit juste à côté, et elle nous a assuré qu'elle ne l'avait jamais vu Changer. Personne ne l'a jamais vu faire.

À quel point nous a-t-il menti ?

Tout en traversant Tremorglade dans le noir vers la maison du maire, je prie pour qu'il y ait bien un fauve en cage dans son sous-sol, qui brûle d'envie de me dévorer les entrailles, parce que l'alternative serait encore pire.

Il est presque minuit quand les murs blancs de la maison du maire apparaissent devant moi. Des veilleuses jalonnent l'allée qui mène jusqu'à sa porte. Je jette un coup d'œil autour de moi, au cas où quelques couche-tard traîneraient encore dans les parages, puis je lève les yeux au ciel, à l'affût de lumières rouges révélatrices et autres bourdonnements d'hélices. S'ils ont des drones capables de diffuser de la musique pour jouer les appâts, ils en ont sûrement pour me surveiller. Mais tout est silencieux. La pleine lune baigne les alentours d'une lueur sinistre.

Je secoue la tête afin de dissiper les effets du marasme – sans résultat. Pas moyen non plus de me défaire de mon appréhension. Maintenant que j'en connais la source, je devrais pouvoir en faire abstraction et pourtant je n'y arrive pas. Mon corps est plus fort que mon cerveau.

Un hurlement déchire la nuit, aussitôt repris par d'autres. Minuit. La cacophonie semble provenir de partout à la fois ; impossible de dire si elle vient également de la maison en face de moi. Ces hurlements se prolongent pendant une bonne minute. Je les ai déjà entendus je ne sais combien de fois, bien sûr, mais leurs accents mélancoliques, désespérés, douloureux et magnifiques ne manquent jamais de me donner froid dans le dos.

Ils s'estompent progressivement et le silence reprend ses droits.

J'enjambe le fil de détente des explosifs et m'avance dans l'allée. Le gravier crisse sous mes pas ; je ralentis pour faire moins de bruit. Je passe devant la porte d'entrée et me faufile sur le côté de la maison, jusqu'à la fenêtre de la salle de bains que le maire laisse toujours entrebâillée.

Elle est là, juste au-dessus de ma tête, plus étroite que dans mon souvenir. Je devrais quand même réussir à entrer par-là, mais de justesse. J'entends de la musique à l'intérieur.

Après un dernier regard circulaire, je glisse mes doigts sous le cadre de la fenêtre et tente de la remonter. Elle commence à résister, avant de coulisser d'un coup jusqu'en haut. La musique s'échappe aussitôt dans la nuit – *Eternal Melons* par Fruit Basket. Soit le volume est très élevé, soit les enceintes se trouvent tout près. La lune éclaire ce côté de la maison et je peux distinguer clairement le carrelage mural ainsi que la grande baignoire masquée par un rideau de douche. Les WC sont juste sous la fenêtre. Après réflexion, je décide d'ôter mes chaussures et de les cacher derrière une plante en pot le long du mur.

Je dois m'y reprendre à deux fois avant de sauter assez haut pour poser mes avant-bras sur le rebord de la fenêtre. Les pieds en appui sur le mur, je me hisse laborieusement jusqu'à l'ouverture puis m'arrête pour tendre l'oreille.

La musique se poursuit mais ne provient pas directement de la salle de bains – plutôt d'une pièce voisine. Le volume doit être à fond.

Alors que je suis sur le point de basculer à l'intérieur, je réalise que j'aurais dû commencer par les jambes même si je ne vois pas très bien comment j'aurais pu faire. La poche de mon short s'accroche au loquet de la fenêtre et je me tortille maladroitement pour me libérer. Quand j'y arrive enfin, je glisse en avant et je dois écarter précipitamment les mollets de part et d'autre de la fenêtre pour éviter de plonger tête la première dans la cuvette des toilettes.

Les deux mains posées sur le bord de la cuvette, je ramène lentement mes pieds à l'intérieur, si bien que je me retrouve pratiquement à faire le poirier. À ce stade, il devient évident que j'aurais dû m'y prendre autrement. Je n'ai jamais été très doué en gymnastique, et à l'instant où mes pieds quittent l'appui de la fenêtre, je perds le contrôle et me retrouve obligé de lâcher la cuvette pour ne pas retomber à plat dos sur le sol de la salle de bains. Je me cogne la joue contre la faïence et ma main heurte le carrelage avec un choc brutal qui remonte du poignet jusqu'à l'épaule. Je reste un moment allongé sur le sol, recroquevillé sur moi-même, en me tenant le bras. Quand j'essaie de le bouger, une vive douleur irradie tout du long. J'ai dû me casser le poignet.

La tentation de rester couché là jusqu'au matin est si grande que je ferme les yeux en me disant que ça ne serait pas si grave. Il me trouverait là quand il monterait pour le pipi du matin, j'inventerais une explication parfaitement plausible, il accepterait de ne rien dire à maman et tout irait bien.

Un bruit curieux derrière la porte de la salle de bain me fait m'asseoir brusquement, puis me relever à demi. L'adrénaline me fait un peu oublier la douleur dans mon poignet. Était-ce un effet de mon imagination ? Difficile à dire, au milieu de ce vacarme – la batterie omniprésente et les envolées lyriques du chanteur couvrent tout le reste – mais il m'a semblé que ce bruit appartenait à un registre différent, étranger à la musique. Une sorte de choc sourd.

La porte de la salle de bains est entrouverte et je colle mon œil dans l'entrebâillement. Le couloir est plongé dans la pénombre, à peine dissipée par une veilleuse branchée sur une prise murale. Pourquoi prendre la peine de laisser une veilleuse à cet endroit si la cage du maire est bien au sous-sol comme Yoona nous l'a dit ?

Je me faufile hors de la salle de bains. Mes pieds s'enfoncent dans la moquette épaisse.

L'entrée principale se trouve au bout du couloir, laissant entrer la clarté lunaire par une arche de verre coloré au-dessus de la porte. À côté, l'escalier qui mène au premier. Une porte latérale donne sur un salon désert. Il y a un livre posé sur l'accoudoir du sofa – *Dix Habitudes de tous les grands dirigeants* – près d'une assiette qui ne contient plus que des miettes et d'un mug où reste un fond de café froid. À l'autre bout du couloir, j'aperçois la cuisine. Un voyant lumineux clignote sur le lave-vaisselle.

Il y a une autre porte à côté de la cuisine, ouverte sur une volée de marches qui descendent au sous-sol. C'est de là que provient la musique – le volume doit être assourdissant, en bas. Mais à l'autre bout du couloir se trouve une dernière porte, fermée celle-là, avec un trait de lumière par-dessous. Je grimace. Il s'agit sûrement du bureau du maire. La lumière était-elle déjà allumée à l'intérieur quand j'ai jeté un premier coup d'œil dans le couloir tout à l'heure ? Peut-être bien. Je n'en suis pas sûr.

Yoona m'a raconté un jour que le maire Warren a une attitude assez proche de celle de ma mère vis-à-vis de son Changement. Il déteste qu'on y assiste. Elle doit vérifier qu'il est bien enfermé au moins une demi-heure avant le coucher du soleil, puis sortir de la maison. Elle doit aussi lui laisser son kit moustache juste à côté de sa cage afin qu'il puisse l'attraper facilement le matin, avant même d'envisager de remonter au rez-de-chaussée.

Je n'y avais jamais vraiment accordé d'importance, jusque-là. J'observe la lumière sous la porte pendant un moment, pour voir s'il y a du mouvement à l'intérieur, mais je ne vois rien. Il a peut-être simplement oublié de l'éteindre.

Boum.

Je lève les yeux au plafond. Le bruit ne venait-il pas d'en haut ? Y aurait-il quelqu'un à l'étage ? Impossible à dire – cela pouvait aussi bien venir d'une cage en bas.

Eternal Melons commence à me taper sur le système. Elle passe et repasse en boucle. Il faut croire que c'est la chanson préférée du maire.

Ça ne sert à rien de rester là, à essayer d'identifier des bruits. Mieux vaut commencer par inspecter le sous-sol. S'il y a effectivement un Éventreur en bas, je n'aurai qu'à fouiller le bureau puis filer. Sinon... eh bien, je filerai aussi. Très vite.

Je n'ai pas à me soucier de faire du bruit en descendant l'escalier en béton froid mais je procède quand même avec prudence, la main gauche en appui sur le mur, la droite qui pend inutilement au bout de mon bras, en continuant à me faire un mal de chien. Une brise légère me frôle les jambes et je perçois aussi le grondement des basses à travers mes chaussettes. Il y a un interrupteur sur le mur, mais je n'y touche pas. Il est tout à fait possible qu'il soit assis en bas dans le noir, sous sa forme humaine. Ce serait un peu bizarre de faire ça, mais après tout, c'est Warren.

Mes yeux s'habituent progressivement à l'obscurité. Il ne fait pas complètement noir – un rayon de lumière s'infiltre par une grille de ventilation au bout de la pièce. C'est à peine si je m'entends réfléchir. La chaîne hi-fi, compacte, est posée sur une étagère juste au bas de l'escalier. Je ressens la vibration des basses dans tout mon corps. La cage est au fond, avec un tabouret à côté, sur lequel on a posé une petite boîte. Un frisson me traverse du bout des orteils à la pointe des cheveux. Je retiens mon souffle. Je peux voir d'ici que la grille est grande ouverte.

La cage elle-même paraît assez banale mais de bonne qualité. Elle est équipée d'une serrure moderne à télécommande, si bien que le rôle de Yoona se borne à confirmer officiellement qu'il est enfermé.

Une forme sombre traîne sur le sol à l'intérieur. Pétrifié, j'essaie de me remettre à respirer sans causer le moindre déplacement d'air. Quelques secondes s'écoulent, interminables ; la forme ne bouge pas. Elle semble trop petite pour être un Éventreur.

Après être venu jusqu'ici, je ne peux pas m'en aller sans vraiment vérifier.

Je m'avance avec la plus grande prudence sur le sol glacial. J'arrive juste devant la cage, et la forme sombre n'a toujours pas bougé.

La boîte sur le tabouret contient le kit moustache dont Yoona m'a parlé. Un peigne, une minuscule paire de ciseaux et un pot de cire.

En me rapprochant encore, je constate que la forme sombre n'est qu'une simple couverture jetée en tas. J'en attrape un coin d'une main tremblante pour la soulever. Il n'y a rien dessous. Je pousse un soupir de soulagement et ressors de la cage. Adossé contre le mur, j'essaie de penser de manière logique.

Quelle que soit sa forme actuelle, Éventreur ou Immuable, le maire est probablement dans la maison. La porte d'entrée était fermée et je n'ai pas vu de carreau cassé au rez-de-chaussée. Il n'y a pas eu d'alarme non plus. Il est peut-être en train de rôder chez lui sous les traits d'un Éventreur, mais mon instinct me souffle qu'il serait plutôt sous sa forme humaine. Il ne tient sûrement pas à se montrer en ville. Et cela expliquerait aussi la lumière sous la porte de son bureau.

En tout cas, j'ai drôlement intérêt à ne pas le croiser.

Au moins, je n'ai pas besoin de repasser par la fenêtre de la salle de bains – je n'ai qu'à ressortir par la porte. Et m'enfuir en courant. Elena m'attend chez elle pour que je lui raconte comment ça s'est passé.

Je me détache du mur et me dirige vers l'escalier.

À l'instant où je pose le pied sur la première marche, une silhouette massive se dresse au sommet de l'escalier. Le clair de lune qui pénètre dans la maison est suffisant pour que je puisse en distinguer les contours et comprendre que mon instinct s'est trompé.

La bonne nouvelle, c'est que demain matin le maire ne saura pas que je suis venu.

Malheureusement, c'est parce qu'il m'aura déjà digéré.

Ma main cherche automatiquement mon fusil tranquillisant et ne trouve que mon T-shirt. Une vive souffrance me remonte dans tout le bras pour protester contre ce mouvement.

Il m'a vu – il dévale déjà l'escalier, sans même prendre le temps d'hurler. De la main gauche, j'attrape la chaîne hi-fi sur l'étagère et la jette sur lui. Elle l'atteint à la tête, s'écrase sur le sol et continue malgré tout à diffuser *Eternal Melons*, quoiqu'un peu moins fort.

Il me saute dessus et je fais un bond de côté. Ses crocs me ratent d'un cheveu ; je sens son souffle chaud et puant sur mon visage. Même en cet instant de panique, une part de mon cerveau note que les poils de son museau reproduisent exactement la forme de sa moustache. Je me rue au fond de la pièce, attrapant au passage le premier objet qui me tombe sous la main – le tabouret –que je balance derrière moi avant de m'engouffrer dans la cage. Alors que je me retourne pour claquer la grille, je vois mon agresseur recracher le tabouret, ses trois pieds métalliques tout mâchonnés.

Avant que je puisse refermer complètement la grille, une énorme patte velue se tend vers moi. Je pousse un cri de douleur en sentant ses griffes m'érafler sous le genou et je tire la grille de toutes mes forces contre la patte avant de Warren, en y mettant tout mon poids. L'Éventreur pousse un cri rageur, la patte coincée dans l'entrebâillement, mais cherche encore à m'attraper. Je sens quelque chose de pointu sous mon pied – le kit moustache du maire s'est répandu au sol. Je ramasse les petits ciseaux et tente de les lui planter dans la patte, ignorant la souffrance qui rayonne dans mon bras. Je ne suis même pas sûr d'atteindre la peau à travers son pelage épais.

Il essaie d'insérer sa tête dans la cage, à la suite de sa patte, pour forcer le passage. Je change de tactique et vise son museau avec mes ciseaux. Sa fourrure est plus fine à cet endroit, et la pointe lui érafle les chairs sous les narines. Ce n'est qu'une égratignure, mais je fais quand même couler une goutte de sang et il se recule avec un jappement. La grille se referme enfin ; je saisis ma chance et pousse maladroitement le loquet en place. Ce n'est pas grand-chose – juste une barre métallique de quelques centimètres de long. C'est la serrure électronique qui assure la sécurité du dispositif. Je repère la télécommande juste devant la cage, et je plonge au sol pour l'attraper, mais il se jette aussitôt sur mon bras et je dois le retirer précipitamment, la main vide. Il me faut quelque chose pour détourner son attention.

La couverture. Je la ramasse, tamponne avec le sang qui coule de mon genou, et en glisse un coin entre les barreaux.

– Hé ! Sens-moi ça ! Du bon sang bien frais !

Il passe immédiatement de ce côté, se jette sur la couverture et se met à la déchiqueter frénétiquement. J'en profite pour tenter de récupérer la télécommande. Je la touche du doigt, et je commence à la ramener vers moi quand un mouvement convulsif de sa patte arrière l'envoie glisser à l'autre bout de la pièce, hors d'atteinte. Il achève de réduire sa couverture en lambeaux puis se tourne vers moi avec un grognement de frustration. J'ai l'impression que le goût du sang l'a mis encore plus en colère.

Serrant les ciseaux dans mon poing, j'en adresse des petits coups en direction des barreaux.

Il me regarde un moment, ses yeux jaunes plissés comme pour dire *Sérieux ?* puis il retrousse ses babines, baisse la tête et s'élance en avant. Il va essayer la force brute.

Bang. L'impact contre la grille fait résonner les barreaux.

Le loquet ne tiendra pas longtemps. Il y a une grosse barre censée coulisser en place quand on appuie sur un bouton de la télécommande, mais elle est insérée au cœur de la serrure, et je n'ai aucun moyen de l'actionner manuellement.

Il prend un peu d'élan cette fois.

Bang.

La secousse ébranle toute la cage. Le loquet commence à se tordre. Il tient encore, mais de justesse. Arc-bouté contre la grille, je m'y cramponne avec l'énergie du désespoir.

Bang.

La grille s'ouvre violemment et m'envoie rouler en arrière. La seconde d'après, il est sur moi ; je sens de nouveau son souffle sur mon visage. Je tente de le saisir à la gorge, de l'écarter de moi. Je ne vois plus que sa gueule béante bardée de crocs.

Et puis soudain, une lumière blanche m'aveugle tandis qu'il m'écrase au sol de tout son poids, chassant l'air de mes poumons. J'ai le visage enfoui dans sa fourrure. Je note distraitement qu'elle est aussi douce que celle de maman, alors même que j'attends que ses crocs se referment sur ma gorge.

J'attends un long moment.

Il ne bouge plus. Coincé sous lui, je sens ses flancs se gonfler et se creuser au rythme de sa respiration.

C'est la deuxième fois que je me retrouve sous un Éventreur, et pourtant...

Je suis toujours en vie.

Péniblement, je me tortille sur le côté afin de pouvoir sortir la tête et respirer. J'émerge de sa fourrure en clignant des yeux sous la lumière. L'ampoule nue accrochée au plafond se balance légèrement.

En dégageant ma main gauche, je sens quelque chose dépasser de son cou. Une fléchette tranquillisante.

Un visage indistinct se penche sur moi. Mon sauveur tente de faire rouler mon agresseur sur le côté, grognant sous l'effort, tandis que des taches floues se mettent à danser dans mon champ de vision. Ma langue n'est plus qu'une masse pâteuse, mais juste avant de m'évanouir, j'ai le temps de reconnaître la personne qui m'a sauvé et de balbutier son nom.

– Ingrid ?

CHAPITRE 21

Il faut voir la tête que fait Elena quand Ingrid tambourine à sa porte et qu'elle vient nous ouvrir ! Je dois reconnaître qu'elle se remet vite et qu'elle ne pose aucune question. Elle aide Ingrid à me conduire à l'étage, puis s'occupe de nettoyer et de panser mon genou. Le saignement se poursuit un moment mais finit par s'étancher sous un gros bandage.

J'ai le poignet très enflé, si douloureux que j'en ai la nausée. J'imagine que ça aurait pu être bien pire. N'empêche que je serai obligé d'aller le montrer au centre de bien-être. Je ne pourrai pas non plus le cacher à maman, ce qui veut dire que je vais devoir inventer une histoire plausible qui ne parle pas d'effraction ni du fait que j'ai failli me faire tuer.

À présent, je suis assis sur le lit d'Elena, adossé contre le mur, avec elle à côté de moi et Ingrid debout sur le seuil, cramponnée à son sac comme si elle était sur le point de s'enfuir. Mes souvenirs des deux dernières heures sont un peu embrumés. Je me souviens vaguement qu'Ingrid m'a traîné hors de la cage, avant de repousser les pattes arrière et la queue de l'Éventreur à l'intérieur de manière à pouvoir refermer la grille sur lui. Elle a même eu la présence d'esprit d'ôter la fléchette tranquillisante de son cou, de mener une fouille rapide de son bureau (qui n'a rien donné), et de faire un peu de rangement avant de quitter les lieux, en remettant notamment la chaîne hi-fi sur son étagère. Même si elle risque de tomber en morceaux à la première utilisation. Avec un peu de chance, le maire se réveillera d'ici une heure ou deux sans avoir la moindre idée de ce qui a pu se passer.

Je frissonne un peu tandis que le choc se dissipe progressivement. Je n'arrive pas à comprendre pourquoi il n'était pas dans sa cage. Yoona est l'une des personnes les plus responsables que je connaisse. Ce qui suggère que quelqu'un l'a fait sortir exprès. Cette personne aurait aussi bien pu ouvrir l'une des portes extérieures, mais elle ne l'a pas fait. Comme si elle avait voulu me tendre un piège. Sauf que nous n'avions parlé à personne de ce que je comptais faire.

Je ne sais plus quoi penser.

– D'accord, Ingrid, dit Elena en indiquant la place libre sur le lit à côté de moi. On t'écoute. Tu l'as bien mérité.

Ingrid se racle la gorge mais ignore l'invitation à s'asseoir. Elle semble plus nerveuse ici qu'elle ne l'était dans la maison du maire.

– Je t'ai suivi ce soir, Sel. Je savais que la punition d'Elena ne suffirait pas à vous dissuader.

– Nous dissuader de... quoi ? dis-je, réticent à oublier ma suspicion habituelle.

– De continuer à enquêter sur Sequest, tiens ! (Elle ricane en voyant nos têtes.) Arrêtez, la ville entière est au courant. On ne peut pas dire que vous en ayez fait un mystère. Et d'ailleurs... je me pose des questions, moi aussi. Comme je savais que vous refuseriez de me parler, j'ai décidé de vous espionner.

Je la dévisage avec méfiance. Elle peut difficilement s'étonner qu'on n'ait pas eu envie de se confier à elle.

– Il faut que je vous parle de ce qui est arrivé au dernier Confinement, dit-elle. Quand Pedro... (Elle s'interrompt brièvement. Je sens Elena se raidir à côté de moi.) Je suis sûre que Sequest s'est arrangée pour le faire disparaître. Je crois qu'il était sur le point de découvrir quelque chose et qu'on a voulu le faire taire avant qu'il ne puisse en parler à qui que ce soit.

Je regarde tour à tour Ingrid et Elena.

– Qu'avait-il découvert ?

Ingrid se mordille la lèvre.

– Je ne sais pas exactement. Mais je crois que ça avait un rapport avec un truc que j'avais trouvé plus tôt dans la journée. J'avais dit à Pedro à la fête des Hurleurs que j'avais quelque chose à lui montrer, parce que je ne savais pas quoi en penser. Il… il était toujours gentil avec moi, quoi que je fasse. On avait convenu de se retrouver plus tard mais il n'est jamais… (Elle se décompose un instant, puis reprend son sang-froid.) Je vais vous faire voir ce que je n'ai pas eu l'occasion de lui montrer.

Elle sort de son sac une pochette en plastique A4 contenant plusieurs documents, qu'elle nous fait passer.

Le premier est une feuille à en-tête portant *Sequest, Inc.* en petits caractères au sommet, avec une sorte de code et PEDRO TORRES indiqué dessous, ainsi qu'une date qui remonte à deux mois et demi. Quand je lis le texte, j'ai l'impression de sentir le sol se dérober sous mes pieds.

`Recherches Seekle récentes : infrasons ; dernier film de Fen Zhao ; déodorant à séchage rapide.`

Sites fréquemment visités : Razz Clothing (plus spécifiquement les sweat-shirts et hoodies pour les quatorze ans, vraisemblablement en vue d'un cadeau pour sa sœur – voir le rapport FX643b) ; AllComputerParts.com (cartes mères, *chipsets*, antennes double fréquence).

Torres continue à manifester un grand intérêt pour les activités de Sequest et à consulter Tremorgossip. Seize tentatives de poster un commentaire sur le site, bloquées. Quarante-deux tentatives d'accéder illégalement au code source du site, repoussées avec succès. À surveiller avec la plus grande attention ; d'autres mesures plus radicales seront peut-être nécessaires. Notre équipe de manipulation sociale est parvenue à l'isoler de ses camarades du même âge – ils pensent qu'il a essayé de briser certains couples par des rumeurs, et en conséquence, ils ont pris leurs distances avec lui.

Je n'en crois pas mes yeux.

– Ce... c'est quoi, ça ?

– Un rapport. Sequest faisait surveiller Pedro. Et torpillait ses relations sociales.

Elena prend la feuille d'une main tremblante et la relit en silence.

– Il y en a un sur toi aussi, lui dit Ingrid à voix basse.

On lit le rapport sur Elena qui nous apprend, entre autres choses, qu'elle résiste farouchement à toutes les incitations à oublier son obsession pour Sequest et qu'un jour elle a passé quatre heures d'affilée sur Joyeux Trappeurs.

J'ose à peine poser la question.

– Et sur moi ?

Sans mot dire, Ingrid me tend la page suivante.

KJ224z
ANSEL ARCHER

Recherches Seekle récentes : comment nettoyer des taches de sang sur les vêtements ; vidéos de chiens mignons.

Sites fréquemment visités : Éventreurs en Folie ; WorldsFunniestAnimalVideos.com.

Archer se montre de plus en plus soupçonneux à l'égard du sergent Hale, dont il se dit convaincu qu'il est « dans le coup ». Il montre une grande appétence pour les plaisanteries salaces et ne manque pas une occasion d'évoquer les organes du corps humain et les fonctions corporelles, avec un humour juvénile. Tout cela est conforme aux attentes. Il réagit à l'empathie qu'on lui témoigne et aux confidences qu'on lui fait par des confidences de son cru, ce qui continuera certainement à nous être très utile.

Archer souhaite rester à Tremorglade et ne manifeste aucun désir de visiter le reste du monde, contrairement à son amie Elena Torres (FX643b).

Les données de Joyeux Trappeurs sont plus problématiques, étant donné que ses premières réponses sont souvent dictées par l'humour juvénile évoqué plus haut. Il semble difficile de les considérer comme des indicateurs fiables de `sa personnalité. Les éléments recueillis à ce jour dans le jeu sont donc peu concluants.`

Un silence pesant s'abat dans la chambre. Je repense à toutes les recherches que j'ai effectuées, tous les messages que j'ai envoyés, tous lus par un employé de Sequest. Et notamment le dernier, hier soir, dans lequel je prévenais Elena que j'étais en route pour la maison du maire. Voilà qui expliquerait mon comité d'accueil musclé. Nous soupçonnions déjà Sequest de se livrer à des expériences sur nous, mais là, ça dépasse tout. On n'avait pas imaginé qu'ils nous espionnaient à ce point.

Elena écume de rage.

– On a *tous* été piratés. Où as-tu trouvé ça ? Attends, ne me dis pas que ça vient du centre de bien-être ?

– Non. C'est ça le plus bizarre. J'ai trouvé ça dans la chambre de Dora.

CHAPITRE 22

– Je le savais ! m'écrié-je en frappant le lit du plat de la main. Je t'avais *dit* qu'elle n'était pas nette, Elena. (Puis je réfléchis aux implications.) Attends une minute. Ils surveillent tous nos ordinateurs ?

Ingrid hausse les épaules.

– Et nos téléphones, apparemment. Ils connaissent l'objet de nos recherches sur Seekle. Ils savent ce qu'on répond aux questionnaires de Joyeux Trappeurs. Ils épluchent même nos conversations sur FIN.

– Il y a un dossier sur toi aussi ? demandé-je à Ingrid. Je peux le lire ?

– Oui, répond-elle en rougissant légèrement. Tu pourras le lire plus tard. Il y en avait encore plein d'autres, cachés derrière des livres sur son étagère. Je n'en ai pris que quelques-uns, en me disant qu'elle ne s'en apercevrait pas. Mais j'ai eu le temps de lire certains noms. Des élèves de notre classe – Justin, par exemple, ou Mika, Rudy, Asim... Plein.

– Mais… pourquoi ? À quoi ça peut bien leur servir ? Quel intérêt pour eux, de savoir quels sites je consulte, ou bien… (J'attrape une autre page et lis une ligne au hasard.) Quelles chaussettes je commande en ligne pour l'anniversaire de maman ? Que peuvent-ils faire de toutes ces infos ?

– Ça doit faire partie de leurs recherches, bougonne Elena. Ils ne s'intéressent pas uniquement à notre état physique. Ils veulent aussi savoir ce qu'il y a dans nos têtes. Même si je ne vois pas trop ce qu'ils peuvent déduire du choix de tes chaussettes, sinon que tu as un goût abominable en matière de fringues. Mais ça, tout le monde est déjà au courant.

Je ne relève pas la taquinerie et je relis le rapport me concernant. Un mauvais pressentiment s'empare de moi. Je pense à toutes les choses que j'ai pu confier à Chad, à toutes celles qu'il m'a confiées en retour. Dire qu'on nous espionnait pendant tout ce temps. Et puis, il me vient brusquement une idée encore pire.

– Oh, non. C'est *eux*. Joyeux Trappeurs, FIN… (Galvanisé par l'adrénaline, je martèle la feuille avec mon doigt.) Réfléchis. Ces questionnaires absurdes dans Joyeux Trappeurs. À quoi servent-ils ? La plupart n'auraient aucun sens s'il s'agissait vraiment de ciblage publicitaire. Ils ne se contentent pas de lire les réponses, ils posent aussi les questions.

– Tu veux dire... commence Elena, qui réfléchit à voix haute. Que Trix pourrait... travailler pour eux ?

Cette idée m'horrifie. Et Chad, se pourrait-il qu'il travaille pour Sequest ? Que notre amitié soit bidon ? Ça fait trois ans qu'on se parle.

– Ce serait quand même... énorme, proteste Ingrid. Non, c'est impossible. Sûrement.

On reste tous les trois silencieux pendant une bonne minute.

Lentement, certains détails commencent à remonter des profondeurs de mon cerveau. Chad qui se trompe sur le nom de son chien et qui rejette la faute sur le correcteur automatique, par exemple. Je fais défiler nos derniers échanges sur mon téléphone.

Chad : Salut, Ansel ! Ça va ?

Je pourrais me flanquer des claques. C'était là depuis le début. Je suis Sel pour *tout le monde*, sauf pour maman. Mon e-mail est sel@tremorglade.net, mon nom d'utilisateur sur Joyeux Trappeurs est SuperSel, mon login sur FIN est TremorgladeSel. Hé, je n'ai jamais prétendu avoir beaucoup d'imagination.

Ça pourrait très bien être l'abréviation de Selwyn, ou de Selgi, ou bien… de n'importe quoi, en fait. Et pourtant, Chad connaît mon prénom en entier, alors que je suis certain de ne jamais le lui avoir dit.

Sauf que je n'y avais pas prêté attention jusque-là. Je ne m'en aperçois que maintenant.

Elena sort son propre téléphone.

– Il n'y a qu'un moyen d'en avoir le cœur net. Il faut tester.

– Je vais essayer avec Herman, dit Ingrid en allumant son téléphone à son tour.

Pendant qu'elles réfléchissent à ce qu'elles vont dire, mon cerveau continue de tourner à plein régime.

– Vous vous souvenez qui nous a encouragés à utiliser cette appli ? Il y a trois ans ?

Elena claque des doigts.

– C'était sur ce tract du centre de bien-être qu'on nous avait distribué.

– Mais FIN existe depuis des lustres – pas uniquement depuis trois ans.

– C'est vrai, admet Ingrid. Mais au début, l'appli est restée muette un moment, vous vous rappelez ? Soi-disant pour un problème de maintenance.

– Je parie que c'est à ce moment-là que Sequest en a pris le contrôle ! Et qu'ils ne l'ont plus lâchée depuis.

C'est effrayant de voir avec quelle facilité Ingrid réussit à piéger Herman. Elle fait simplement semblant de se tromper sur son âge – et il ne la corrige pas.

– Alors ça, c'est trop bizarre, commente Elena en lisant par-dessus l'épaule d'Ingrid. On dirait qu'il ne s'est aperçu de rien.

– Ouais. Et quand j'y repense, des fois on dirait presque qu'il s'agit de personnes différentes. Certains jours il est bavard comme tout, et d'autres, il répond comme un robot, droit au but et sans chichis. Je me demande s'il n'y aurait pas plusieurs personnes derrière ce profil.

Elena prend une grande inspiration.

– Allez, au tour de Trix. (Elle ouvre FIN. Le voyant vert indique que sa correspondante est en ligne.) Je ne sais pas quoi écrire.

– Pense à quelque chose qu'elle t'a raconté il y a un bout de temps, suggère Ingrid. Un truc dont elle devrait se souvenir. Et pose-lui des questions là-dessus.

Elena se mordille la lèvre, en pleine réflexion.

Elena : Salut Trix !

Trix répond presque immédiatement :

Trix : Salut ! Comment va ton père ?

– On parle souvent de mon père, nous explique Elena. Mais pas aujourd'hui.

Elena : Ça va. J'ai un copain qui vient de se casser le poignet et ça m'a fait penser à la fois où tu t'es cassé le bras. C'était lequel, déjà ?

Le voyant vert vire au rouge.

– Tiens, elle est passée hors ligne, s'étonne Elena en fronçant les sourcils.

On patiente, mais au bout de cinq minutes Trix n'est toujours pas revenue.

– Pourquoi s'est-elle déconnectée ? se demande Elena. Je suppose que c'était un peu bizarre comme question. Je l'ai peut-être énervée sans le vouloir.

Puis son téléphone vibre.

Trix : Le gauche. Pourquoi ?

– C'était bien le bras gauche, nous confirme Elena avec soulagement. Je m'en souviens parce qu'elle est gauchère et qu'elle a été dispensée de devoirs pendant un moment à cause de ça. Elle ne pouvait plus écrire.

Ça remonte à six mois environ. J'essaie autre chose ?

Mais Ingrid bondit et s'empare du téléphone d'Elena. Elle nous le montre triomphalement.

– Tu rigoles ? Il a fallu qu'elle aille consulter ses fiches pour te répondre !

Elena ne paraît pas convaincue.

– Elle était peut-être simplement partie aux toilettes ?

Ingrid secoue la tête.

– Aucune chance. Pile à ce moment-là, juste après t'avoir dit salut, alors qu'elle était prête à discuter ?

– Elle a peut-être une gastro ? suggéré-je, m'accrochant au vain espoir que nous sommes en train de faire fausse route.

Ingrid fait les cent pas dans la chambre, tout excitée, en parlant très fort.

– Non, elle n'a pas de gastro. Elle n'a aucun souci. Elle a juste pris le temps de vérifier. Vous ne voyez pas que tous nos correspondants sont bidons ? (Elle s'arrête brusquement et se frappe le front.) Bien sûr ! C'est ça dont parlait Pedro ! Quand il a dit qu'il y avait un problème avec Internet. Il ne parlait pas simplement de l'ordinateur d'un client. Il parlait d'Internet dans son *ensemble*. Voilà comment Sequest garde le contrôle sur Tremorglade.

Elle indique nos téléphones.

Et à cet instant précis, tout s'éclaire.

C'est pour ça que Sequest a toujours un coup d'avance sur nous. On ne risquait pas de dévoiler leurs petits secrets sur Tremorgossip ou ailleurs parce qu'ils ont tout verrouillé à temps.

Et ils n'ont même pas eu besoin de nous espionner.

On l'a fait à leur place.

CHAPITRE 23

Août – À 30 jours du prochain Confinement

Je rentre juste à temps pour prendre une douche rapide avant de libérer maman.

Je reste assis un moment sur mon lit, les cheveux encore mouillés, à lire et relire mon dossier sans pouvoir m'en empêcher, comme on gratte une plaie qui nous démange. Ce sont les mots « conforme aux attentes », surtout, qui me font le plus mal.

Je cache la feuille sous mon matelas avant de descendre au sous-sol.

Une chose est claire : quoi qu'on attende de moi, je suis bien décidé à devenir l'inverse.

J'ai beau tenter de le cacher sous ma robe de chambre, maman remarque tout de suite mon bras – gonflé, marbré de couleurs malsaines. Je finis par lui montrer aussi mon bandage au genou, histoire que tout soit dit. Elle me bombarde de questions, naturellement, mais à mon grand soulagement elle semble accepter mon histoire de mauvaise chute dans l'escalier. Après, malheureusement, elle se dit convaincue que j'ai un problème d'équilibre et parle de me faire passer un scanner cérébral. C'est bien la dernière chose dont j'ai envie – offrir à Sequest un accès direct à mon cerveau. Je réussis à la convaincre que je suis tombé parce que j'étais en train d'envoyer un texto et elle insiste pour que je me rende au centre de bien-être, sans attendre, pour me faire examiner comme il se doit.

Je me retiens d'envoyer un texto à Elena et Ingrid pour leur raconter comment ça s'est passé. On ne peut plus se servir de nos téléphones. Pas pour des choses qu'on veut cacher à Sequest, en tout cas.

Je coupe à travers le parc, au milieu de promeneurs qui sont loin de se douter que leurs moindres faits et gestes sont enregistrés. Juste avant qu'on parte de chez Elena, hier soir, Ingrid m'a tendu son dossier. Sans oser me regarder dans les yeux. La première page était intitulée *Ingrid Rossi : PW477f*

Je m'assieds sur un banc pour le lire.

`Le ressentiment qu'éprouve Rossi à l'égard d'Ansel Archer (KJ224z) ne` faiblit pas. Depuis le début de l'expérience 242.b* il y a dix-huit mois, elle continue à se montrer réceptive aux suggestions selon lesquelles Archer serait, comme elle l'écrit dans son journal électronique, « diabolique ». Comme prévu, elle pense que les nombreuses rumeurs et plaisanteries peu flatteuses qui circulent à son sujet sur Tremorgossip sont instillées et propagées par Archer.

L'expérience 242.b ? L'astérisque renvoie à une note au bas de la dernière page du dossier, que je m'empresse de consulter.

Expérience 242.b : Nous avons envoyé à Rossi, par e-mail anonyme, une séquence de vidéosurveillance trafiquée qui prétend montrer Archer aux alentours de Juniper House le soir où le chat des propriétaires a été tué. Notre équipe de retouche d'images a fait en sorte que cette séquence désigne Archer comme le coupable le plus probable. Après avoir eu confirmation qu'elle avait été visionnée, nous avons supprimé l'e-mail à distance afin que sa destinataire ne puisse pas le diffuser.

J'en reste bouche bée. Je retourne au texte principal et continue ma lecture.

Depuis cet incident, Rossi n'a pas réussi à convaincre qui que ce soit de croire à son récit, pas aidée, il faut le dire, par le dédain général dans lequel elle est tenue au sein de la communauté et par la suppression de notre e-mail. Malgré l'origine anonyme de la vidéo, elle ne semble jamais avoir douté de l'authenticité de son contenu – sans doute en raison de l'hostilité que notre équipe d'influence psychologique avait soigneusement construit entre ces deux sujets pendant des mois. Son refus d'appliquer le moindre scepticisme dans cette affaire a quelque chose de fascinant, et témoigne de l'excellent travail effectué par toute l'équipe. Rossi a beaucoup à nous apprendre concernant les ressorts, les causes et les effets de la haine dans `le cerveau humain. Cela nous fournira certainement d'autres données précieuses sur toutes sortes de sujets.`

Je dois relire ce passage plusieurs fois pour en saisir pleinement la signification.

Ces deux dernières années, Sequest s'est débrouillée pour nous monter l'un contre l'autre, Ingrid et moi. Je ne sais pas exactement comment ils s'y sont pris au début pour lui « suggérer » que j'étais un sale type qui lui en voulait personnellement. En tout cas, ils ont réussi à lui faire croire que j'avais tué Hinky. Et depuis, ils font circuler des rumeurs en ligne à son sujet – et nous, on les répète. Ils nous manipulent discrètement et prennent des notes sur la manière dont on se déchire.

Ils ont l'air si horriblement *contents* d'eux. Quelle raison peuvent-ils avoir de nous faire ça ? En quoi est-ce utile pour améliorer notre santé ? Croient-ils pouvoir trouver un remède à la haine ou je ne sais quoi ? Pitié...

Je crois que le fait de m'avoir remis ce dossier est une manière pour Ingrid de s'excuser, ou du moins de m'expliquer son comportement à mon égard.

Il va nous falloir du temps pour tourner la page. Pour effacer tout ce qu'on pensait savoir l'un sur l'autre et repartir sur des bases saines.

Mais on y arrivera. Je suis bien décidé à ce qu'il n'y ait pas « d'autres données » comme ils l'espèrent.

Il faut que ça s'arrête.

La docteure Travis a pris du retard, comme d'habitude. Je patiente avec mon poignet douloureux, de plus en plus nerveux. D'après Ingrid, Sequest ignore qu'elle a récupéré ces dossiers. Sinon, croit-elle, ils l'auraient déjà liquidée, comme Pedro. Est-ce ça que Pedro avait découvert ? Je parie que oui. Mais il n'a pas dû être suffisamment discret. À nous de faire en sorte qu'il ne nous arrive pas la même chose. Ce qui veut dire pas de recherches trop évidentes sur Internet. Pas de textos. Pas d'appels. Nous devons uniquement nous parler de vive voix, en prenant soin de vérifier que personne ne nous écoute.

– Encore *toi* ?

Je me lève brusquement devant la docteure Travis qui me toise de haut en bas. Elle a l'air aussi ravie de me voir que moi de venir la consulter.

Elle contemple mon poignet en soupirant puis pivote et retourne sans un mot dans son cabinet. Je la suis à l'intérieur, et pendant qu'elle retire mon bandage pour examiner mon genou, je lui raconte rapidement que j'ai été mordu par un chien.

Elle examine la plaie avec attention puis me regarde droit dans les yeux.

– Un chien ? Ce ne serait pas le même chien qui a mordu Elena l'autre jour ? Il va falloir penser à s'en occuper sérieusement.

– Ah, peut-être. Il a dû se sauver, mais je ne sais pas à qui il appartient. Je l'ai vu se promener tout seul et j'ai voulu le caresser. Ce n'était pas très malin.

– Ça ressemble plus à des griffures qu'à une morsure.

Je me racle la gorge.

– Je suis vacciné contre le tétanos. Du coup, je ne risque rien, si ?

Elle fronce les sourcils mais se penche de nouveau sur mon genou.

– Tu n'as pas besoin de points de suture, et la plaie est propre, concède-t-elle en bougonnant.

Elle refait mon bandage, me recommande de rester attentif au moindre signe d'infection, puis s'intéresse à mon poignet.

– Comment t'es-tu fait ça ? On dirait que tu as passé une nuit très agitée.

– Je, euh, je suis tombé dans un escalier. En essayant d'échapper au chien. J'ai une fracture ?

– Juste une luxation, répond-elle avec dédain.

On dirait qu'à ses yeux, je ne suis même pas assez doué pour me casser le bras.

Elle tape quelque chose sur son ordinateur avant de faire pivoter son fauteuil vers son placard pour en sortir une attelle.

– Tu n'as qu'à porter ça, si tu veux. Évite de t'appuyer dessus le temps que ça désenfle. Je suppose que je ferais mieux de te prescrire des antidouleurs. Donne ça à Mme Folke à la pharmacie.

Elle me tend une ordonnance, que je lis d'un œil méfiant. S'agit-il vraiment d'antidouleurs ? Pourquoi a-t-elle mentionné Mme Folke et pas son collègue ? Serait-elle dans le coup, elle aussi ? C'est moche, mais cette histoire m'amène à soupçonner tout le monde.

– Merci, dis-je d'une petite voix.

Et je commence à me lever.

– Attends une minute, me dit-elle en consultant son écran. Tu as besoin d'un nouveau test sanguin. Autant le faire maintenant.

– Encore ? (Je m'immobilise, à moitié debout.) P-pourquoi ?

– Comment veux-tu que je le sache ? s'agace-t-elle. La demande vient de tomber. Ça dit juste « renforcement du protocole de suivi ». C'est sans doute parce que tu auras bientôt l'âge de Changer. Ça n'a rien d'inhabituel, tu sais.

– Mais... comment savaient-ils que je passerais aujourd'hui ?

Elle sourit avec amusement.

– Ils n'en savaient rien. Ce n'est qu'une coïncidence. Si tu n'étais pas venu, tu aurais reçu un e-mail pour te demander de passer.

Je déglutis. Je n'ai aucune envie qu'on m'enfonce une aiguille dans le bras. Je suis toujours à moitié levé de mon siège.

– Je n'ai pas trop le temps aujourd'hui.

– Ne sois pas ridicule, ça ne prendra qu'une minute.

Elle ouvre un tiroir et commence à fouiller dedans à la recherche du matériel nécessaire.

Je jette un coup d'œil furtif en direction de la porte. Il lui arrive de la verrouiller quand elle reçoit un patient, pour éviter d'être dérangée. Je ne me souviens pas si elle l'a fait cette fois-ci. Je me demande si je réussirais à l'atteindre avant elle.

– Docteure Travis, vraiment, je n'en ai pas envie.

La peur perceptible dans ma voix lui fait dresser la tête.

– Pourquoi ? Tu l'as déjà fait des centaines de fois.

– Je sais. Mais je... je peux m'en aller ?

Je me lève lentement et commence à reculer vers la porte.

Elle fronce les sourcils mais ne tente pas de me retenir. Elle soupire. Puis m'adresse un geste vague avec la main.

– Bien sûr, Sel, tu es libre de partir.

Au moment de sortir sur le trottoir devant le centre de bien-être, je m'arrête net. C'est fou que je ne m'en sois pas rendu compte plus tôt.

Elle vient juste de me mentir.

Ingrid est surprise de nous revoir aussi vite quand on frappe à la porte de sa chambre à Juniper House.

– Quoi encore ? demande-t-elle d'un air maussade.

– Aucune idée, répond Elena, avant d'entrer et de s'asseoir sur le lit d'Ingrid. Sel n'a rien voulu me dire en chemin.

J'aurais bien voulu lui expliquer sans attendre, mais il y avait en permanence des drones de livraison qui passaient au-dessus de nous, et même si ça peut paraître paranoïaque, je ne voulais pas courir le risque qu'ils puissent nous espionner.

J'entre à mon tour et je pose mes fesses sur le bureau d'Ingrid, repoussant au passage deux manuels sur les explosifs.

Ingrid s'assure qu'il n'y a personne dans le couloir puis referme la porte.

– Ça va paraître suspect si on nous voit nous réunir. On est censés se détester, vous avez déjà oublié ?

– C'est important, lui dis-je.

– Au moins, tu t'es souvenu de ne pas m'envoyer de texto. On ne peut plus se permettre la moindre imprudence.

On jette tous un coup d'œil vers la fenêtre, en s'attendant à moitié à voir un drone traîner à l'extérieur. Il n'y en a pas – mais je me lève quand même pour tirer les rideaux.

Ingrid s'adosse à la porte et croise les bras.

– D'accord, crache le morceau.

Je prends une grande inspiration.

– Je crois qu'on est coincés ici. À Tremorglade, je veux dire. On est tous coincés. Aucun de nous ne peut s'en aller.

Cette remarque me vaut des regards dubitatifs.

– Tenez, un exemple. La cheville cassée de Bernice. Elle a trébuché sur un fil de détente, c'est ça ?

Ingrid se renfrogne.

– Ce n'était pas ma faute. C'est Davide et Philippe qui gèrent le dispositif de sécurité.

J'écarte ses protestations d'un revers de main.

– Je sais. Mais je crois qu'elle a eu beaucoup de mal à se faire prêter une voiture pour son déplacement dans les vallées du Nord, pas vrai ?

– Exact. Elle a fini par convaincre l'infirmier Pete de lui prêter la vieille ambulance, mais la batterie est morte juste avant son départ. Le temps que ce soit réparé, elle a eu deux pneus crevés, qu'il a fallu commander – une histoire de taille spéciale ou je ne sais quoi.

– Et ensuite, elle s'est cassé la cheville. Vous ne trouvez pas que ça fait beaucoup ? Cet enchaînement de contretemps ?

Ingrid hausse les épaules.

– Vous n'avez pas remarqué que ces derniers temps, chaque fois que quelqu'un décide de quitter Tremorglade, ça n'arrive jamais ? Il y a *toujours* quelque chose qui l'en empêche. Sequest ne se contente pas de se livrer à des expériences sur nous. Elle nous retient ici.

– Tu délires, dit Ingrid avec un ricanement sceptique.

– Réfléchissez. Vous connaissez combien de gens qui ont quitté Tremorglade dans les derniers mois ?

– Eh bien… (Elena hésite.) D'accord, pas beaucoup, c'est sûr.

Ingrid cligne des paupières.

– Un ou deux ?

– Ah oui ? Vas-y, je t'écoute. Qui ?

– C'est-à-dire que là, tout de suite... commence Ingrid. (Elle fouille dans sa mémoire, le regard perdu dans le vide.) Ton amie Eira ne devait pas déménager à Dageford, Elena ?

– Si. Mais ses parents ont changé d'avis. La vente de leur maison est tombée à l'eau.

Je claque des doigts.

– Je peux vous dire qui est la dernière personne à être partie. La docteure Adebayo. À bord de ce drone de passagers que Sequest lui avait envoyé.

On s'en souvient tous, parce que c'était un événement rarissime : tout le monde s'était déplacé pour assister à son départ. Le drone s'était posé sur la place principale, elle était montée à bord et nous avait adressé un petit salut de la main. On l'avait regardé s'envoler et disparaître au-dessus des arbres.

Elena plisse les paupières, plongée dans une réflexion intense.

– On l'avait appelée à Hastaville pour venir travailler sur je ne sais quel projet de recherche. Ça remonte à trois ans, c'est ça ?

Ingrid hoche lentement la tête.

– Oui. Trois ans. À peu près le moment où Sequest a commencé à se pencher sur notre cas.

Aucun de nous ne parvient à se rappeler d'une seule personne qui aurait quitté la ville depuis.

– Et papa, souffle Elena. Toutes ces offres d'emploi qu'il a vu lui passer sous le nez.

– Je parie que c'est un coup de Sequest, dis-je. Quand on y réfléchit, ça ne doit pas être bien difficile pour eux de nous garder ici. La plupart d'entre nous n'ont aucune envie de partir de toute manière. Mais pour ceux qui l'envisagent – s'ils font des recherches en ligne pour des vacances, un boulot, ou n'importe quoi... Sequest l'apprend immédiatement et prend des mesures pour que ça n'arrive pas. En tendant des fils de détente sur le chemin. En vidant des batteries de voiture. (Je me racle la gorge.) En allant jusqu'à tuer, s'il le faut.

– Ce fameux projet de recherche de la docteure Adebayo, murmure Ingrid. Vous croyez que... ?

Je formule sa pensée à voix haute.

– C'est nous.

On reste assis en silence un moment. On aimait tous beaucoup la docteure Adebayo. Il est difficile de croire qu'elle ait pu accepter de tremper dans ce genre de chose. Je revois encore son visage derrière le hublot du drone. Elle paraissait tout excitée. Heureuse.

Elena lâche une exclamation étouffée.

– C’est juste après son départ qu’on nous a dit que maman ne pourrait pas être déplacée vers ce grand hôpital pour se faire soigner, en fin de compte. Est-ce que... ce ne serait pas eux qui ont empêché ça ?

Elle tord la couette entre ses mains crispées.

J’en ai froid dans le dos rien que d’y penser.

Au cours de ces trois ans, ils ont dû commettre un tas de choses de ce genre. Nous sommes à peine en train de gratter à la surface.

– Il faut que je le sache, déclare Elena d’un air buté.

– Eh bien, remarque Ingrid, demain on sera jeudi.

On la dévisage sans comprendre.

– Et alors ?

– Dora sera à son club de lecture.

Harold trépigne et se tord les mains sur le seuil de la chambre de Dora. Indifférent à sa gêne, Eddie trottine gaiement autour de nos jambes en agitant la queue.

– Vous ne devriez pas faire ça.

– Bien sûr qu’on le doit, rétorque Ingrid. Tu n’as qu’à retourner dans ta chambre si tu préfères.

– Ne cassez rien, nous implore-t-il. Et remettez chaque livre exactement où vous l’avez trouvé. Sinon elle le verra.

– Il n'y a pas de caméra de surveillance ici, au moins ? demandé-je, subitement inquiet, en levant les yeux au plafond.

– Non. Il n'y en a pas besoin, répond-il d'un air pincé. En règle générale chaque pensionnaire respecte l'intimité des autres.

J'évite de lui rappeler combien de fois il a trouvé Dora en train de fouiller dans ses affaires.

Malgré toutes les preuves dont nous lui avons fait part, Harold refuse de croire que Dora puisse être de mèche avec Sequest. Il a aussi du mal à accepter qu'Ingrid fasse désormais partie de l'équipe, je le vois bien. Je crois même qu'il est à deux doigts de l'accuser d'avoir glissé les dossiers dans la chambre de sa voisine.

– Ça n'a aucun sens, répète-t-il pour la troisième fois. Dora ne se sert pas d'un ordinateur. Elle ne peut pas taper sur un clavier à cause de son arthrite.

Ingrid bougonne.

– Ce n'est peut-être pas elle qui les a rédigés – on les lui a peut-être transmis comme ça. Qu'est-ce que ça change ?

Elle se penche pour caresser Eddie entre les oreilles, et le petit chien ferme les yeux d'un air extatique.

Harold fait la moue.

– Écoutez, je ne sais pas comment ils sont arrivés dans sa chambre, mais c'est impossible que Dora soit impliquée. Elle a dû les ramasser par erreur. Tu ne la connais pas, Ingrid, ajoute-t-il en reniflant. Ce n'est pas comme si tu prenais le temps de discuter avec elle pendant tes gardes. Aucun de vous ne la connaît aussi bien que moi.

Je passe la main sous le coussin du fauteuil. Il n'y a rien là-dessous.

Harold lève soudain le doigt en l'air.

– Quelqu'un qui travaille pour Sequest a dû les cacher là sans qu'elle le sache !

Ingrid lève les yeux au plafond.

– Ben voyons. Sequest aurait planqué ses documents top secret dans la chambre d'une vieille dame en se disant qu'elle les trouverait au moment de choisir un bouquin pour s'endormir ?

On échange un regard amusé, dans un rare moment de complicité. C'est une impression bizarre mais pas désagréable, comme quand on m'a retiré mes bagues et qu'il m'a fallu un moment pour m'habituer à sentir mes dents lisses. Je commence à voir Ingrid telle qu'elle est vraiment et pas comme Sequest aimerait que je la voie.

Et elle a raison, bien sûr, avec son sarcasme. Néanmoins, je ne peux m'empêcher d'admirer l'insistance d'Harold à défendre son amie. Surtout que je n'ai jamais vu Dora témoigner la même loyauté à son égard. Il est peut-être amoureux d'elle ? Si c'est le cas, je le plains.

On finit par abandonner peu de temps après. Il n'y a plus rien derrière les livres où Ingrid avait trouvé les premiers dossiers, et on a bientôt fait le tour de toutes les cachettes possibles. Peut-être que Dora fait plus attention désormais. Elle a peut-être constaté que certains dossiers avaient disparu.

On retourne dans la chambre d'Harold, on ferme la porte et on parle à voix basse, même si Dora ne devrait pas être de retour avant au moins une heure. Harold ouvre un paquet de biscuits au gingembre.

Elena lui en prend un et croque dedans.

– Il faut nous promettre de ne rien dire à Dora, Harold, dit-elle la bouche pleine. D'accord ?

– Bien sûr. (Il renifle.) Je n'ai pas envie de la mettre en danger. C'est pour ça que je vous avais dit de ne rien raconter à personne. Mais vous ne m'avez pas écouté, évidemment. Et au passage, Sel, ce n'était vraiment pas malin de t'introduire dans la maison du maire. Quand je parlais de rester discret, je ne voulais pas dire se glisser chez les gens comme un voleur. Si j'avais su, je t'aurais déconseillé de le faire.

– C'est bien pour ça qu'on ne t'en a pas parlé, rétorque Elena.

– De toute façon, ça n'a rien donné, reconnais-je. Mais personne n'est venu frapper chez moi pour m'arrêter. Le truc, c'est qu'il va bien falloir mettre tout le monde au courant. Les gens ont le droit de savoir ce qui se passe. On a suffisamment de preuves, avec ces rapports. Il faut qu'on trouve un moyen de les faire circuler.

– Oui, mais regarde ce qui s'est passé quand Pedro a voulu poster sur Tremorgossip, me rappelle Elena. Ils ont la mainmise sur tout le réseau. Aussi bien nos ordinateurs que nos téléphones.

– On pourrait... euh... faire des photocopies des dossiers et les distribuer en ville ? proposé-je.

– Et qu'est-ce qui prouverait que vous ne les avez pas tapés vous-mêmes pour faire une blague, hein ? riposte Harold.

Il a raison. Notre réputation – celle d'Elena, la mienne, celle d'Ingrid – n'est pas terrible en ce moment. À cause de Sequest, nous sommes complètement décrédibilisés.

– Autant leur demander de vous tuer tout de suite, continue Harold. Votre pouvoir tient au fait qu'ils ne savent pas – ou pas encore – ce que vous avez découvert. Ne le gaspillez pas. Il faut attendre le bon moment pour vous en servir.

– Notre pouvoir ? On n'a aucun pouvoir, dit Ingrid sur un ton de défaite. On ne peut même pas se servir de nos téléphones ou de nos ordinateurs sans que ces sales fouineurs soient immédiatement au courant. Ils savent absolument tout de nous.

– Pas tout, non. (Harold mord dans un biscuit d'un air pensif.) Ils sont malins. Manipulateurs. Ils ont recueilli un tas d'informations sur nous. Mais on sait aussi qu'ils peuvent se montrer négligents. Vos soi-disant « amis » de FIN, par exemple, se sont trahis plusieurs fois. Ils ignorent que vous les avez percés à jour. Même chose pour Joyeux Trappeurs. Ça nous offre une opportunité.

– De faire quoi ?

– De les envoyer sur une fausse piste.

– Comment ?

– Faites-leur croire que vous renoncez. Que vous avez réalisé votre erreur. Que tout cela n'était qu'un énorme malentendu, parce que vous n'êtes que des gamins stupides. Et ensuite... boum !

– Quoi, boum ? Tu proposes qu'on les fasse exploser ?

– C'est une façon de parler. Au prochain Confinement, quand les adultes ne seront pas là pour vous gêner... Vous passerez à l'action.

– C'est-à-dire ?

– Vous échapperez à leur contrôle. Vous sortirez physiquement du réseau, de manière à pouvoir les dénoncer. Moi, j'en serais incapable. Mais pas vous.

– Sortir du réseau ? Comment ?

– En quittant Tremorglade.

CHAPITRE 24

Septembre – À 7 jours du prochain Confinement

Remi.

Remi Colletto. Voilà le nom qui me trotte dans la tête. Remi, qui est parti en forêt avec toute sa famille pour faire griller des marshmallows et chanter des chansons autour d'un feu de camp, et qui n'est jamais revenu.

C'est peut-être un ours qui les a tués. Ou bien Sequest. Ou encore, un ours génétiquement modifié envoyé par Sequest.

En tout cas, ils sont tous morts. C'est ça, le point le plus important.

Plus qu'une semaine avant qu'on ne suive leur exemple. Une semaine avant le prochain Confinement.

Je suis allongé sur mon lit en train de jouer à Joyeux Trappeurs quand maman m'appelle en bas.

J'ai beau savoir que ce jeu débile est un outil de Sequest, je continue à le trouver addictif. Et puis, je ne veux pas modifier mes habitudes quotidiennes pour ne pas leur mettre la puce à l'oreille. Je continue simplement à répondre n'importe quoi aux questionnaires qui s'affichent.

Je descends en pantoufles et je trouve le maire Warren sur le pas de notre porte. Quand je vois ce qu'il tient à la main, je me fige sur place.

Mes chaussures de sport.

Curieusement, quand je ne les retrouvais plus le lendemain du dernier Confinement, même quand maman m'a demandé où je les avais vues pour la dernière fois, ma mémoire avait complètement occulté ce que j'en avais fait. C'était peut-être une conséquence du traumatisme. Mais maintenant que je les vois dans ses mains, je me rappelle brusquement les avoir glissées derrière un buisson à côté de sa maison avant de me faufiler par la fenêtre.

– Regarde ce que Warren a trouvé ! dit maman, la tête inclinée sur le côté, en m'adressant un regard interrogateur.

– Je ne crois pas que... C'est les miennes ? dis-je en plissant les paupières comme si je voyais flou. Non, c'est les mêmes, seulement...

– Elles ont ton nom dessus, dit Warren en rigolant.

Oh, c'est vrai. Maman et son insistance à me faire écrire mon nom sur toutes mes affaires pour éviter qu'elles ne finissent aux objets trouvés. C'est vraiment une idée de génie.

– Tu peux m'expliquer comment elles se sont retrouvées dans le jardin de Warren, Ansel ? me demande-t-elle en fronçant les sourcils.

Aucune réponse ne me vient à l'esprit.

– Je n'en ai aucune idée. (Je secoue la tête en souriant bêtement, comme pour dire qu'on vit une drôle d'époque où on retrouve parfois ses chaussures à l'autre bout de la ville.) Mais au moins je vais pouvoir arrêter de porter les vieilles, maintenant ! Elles me font mal aux pieds.

Maman garde toujours ma vieille paire au cas où il arriverait quelque chose à la nouvelle. On n'a pas les moyens de m'en racheter indéfiniment.

Ils me dévisagent tous les deux sans rien dire.

Ces quelques secondes de silence donnent l'impression de durer une éternité. Dans ma tête, j'imagine Warren conduisant Pedro jusqu'à l'abri pour lui montrer quelque chose, le frappant à la tête…

– Merci, en tout cas, dis-je en prenant mes chaussures des mains du maire.

Je voudrais remonter illico mais je vois bien que maman est déjà très gênée, et je ne tiens pas à en rajouter.

Le maire Warren lisse sa moustache, qui me paraît légèrement moins soignée que d'habitude. J'imagine que ses petits ciseaux doivent être un peu tordus depuis que j'ai tenté de le poignarder avec.

– Comment va ton bras ? s'enquiert-il.

Préférant éviter de parler, je le lève à moitié en haussant les épaules et grimace malgré moi. Ça fait encore rudement mal, malgré l'attelle.

– Eh bien, conclut-il, j'ouvrirai l'œil au cas où d'autres de tes affaires atterriraient dans mon jardin.

Il s'éloigne dans l'allée en sifflotant un air qui me renvoie brusquement à son sous-sol – *Eternal Melons*, la chanson qui résonnait chez lui cette nuit-là. Une fois arrivé au trottoir, il se retourne vers nous.

– Un dernier conseil, Sel. Fais plus attention aux choses auxquelles tu tiens si tu ne veux pas risquer de les perdre pour de bon.

C'est le genre de phrase banale qu'on entend sans arrêt. Mais alors que maman referme la porte, je ne peux m'empêcher de penser qu'il ne parlait pas vraiment de mes chaussures.

Au début, je suis mal à l'aise rien qu'à l'idée de lancer FIN. Quand j'ouvre une conversation et que les petits points tournoyants indiquent qu'on me répond, je leur trouve un air sinistre ; ils m'évoquent un reptile qui se glisserait chez moi en ondulant. La première fois, je referme mon ordinateur avant même que la réponse de Chad ait le temps d'apparaître.

Et puis, au fil des jours, cela devient plus facile. Je lui raconte que je commence à me demander si mon imagination ne me jouerait pas des tours ces derniers temps. S'il trouve vraisemblable ou non que Sequest se livre à des expériences sur nous.

Chad : Franchement ? Ça m'étonnerait.

Franchement. Comme si tu savais ce que ce mot veut dire, mon pote.

Au bout d'un moment, je trouve fascinant de le voir mordre à l'hameçon. M'encourager chaque fois que j'exprime un doute. Il me demande comment vont mes amis, je lui raconte qu'Elena se sent mieux, qu'elle commence à se remettre de la mort de son frère. Qu'elle se dit qu'il devait être trop absorbé par l'un de ses hobbies et qu'il en a oublié de rentrer à temps pour le Confinement.

Chad gobe tout ça. Je l'imagine en train de le consigner soigneusement dans mon dossier, avec un petit sourire satisfait. Je commence à trouver ça plutôt amusant, au fond. C'est gratifiant de renverser les rôles. Il m'a menti pendant si longtemps sans que je ne me doute de rien. À présent, c'est à mon tour de lui mentir et de le regarder se faire avoir. Et j'ai bien l'intention d'en profiter.

Je lui demande s'il a déjà envisagé de travailler pour Sequest quand il sera plus grand. Il me répond que non, qu'il n'y a jamais réfléchi, mais que c'est une excellente idée.

Elena et Ingrid n'approuvent pas quand je leur raconte ce que je fais.

– Ne cherche pas à l'asticoter, Sel, me reproche Elena. Il ne faudrait pas qu'il commence à se poser des questions. Au contraire, on veut qu'il soit tranquille et sûr de lui.

Le truc, c'est que moi, je n'ai aucune envie de ça. Ma colère grandit de jour en jour. Je veux que Chad, ou la personne qui se cache derrière, commence à trembler un peu. Je veux lui faire connaître la même sensation de crainte sourde et de malaise que j'ai pu éprouver. Je veux le punir pour être complice de ceux qui ont éliminé Pedro. Je veux lui faire du mal, comme il en a fait à tous les habitants de Tremorglade. J'en arrive presque à me faire peur.

Mais c'est Elena qui a raison, bien sûr.

Alors je réfrène mes envies de vengeance, en me rappelant que si je foire ce coup-là on perd notre seul avantage.

Une fois loin de Tremorglade, nous pourrons enfin clamer la vérité. En ligne. Dans les rues. Dans les journaux nationaux. Partout. Et Sequest ne pourra rien faire pour nous en empêcher.

Cette semaine, on se prête au jeu des tests sanguins sans rechigner. Je m'excuse auprès de la docteure Travis pour m'être enfui la dernière fois, je lui dis à quel point je suis convaincu de l'importance de ces tests, et que je suis prêt à parier que Sequest accomplit des prouesses scientifiques grâce à ces résultats. Elle me dévisage brièvement d'un air sceptique.

– D'accoooord.

Collez ça dans votre fichu rapport, me dis-je.

J'en viens à me demander si elle connaît Chad. Existe-t-il une discussion privée en ligne où elle, Warren, le sergent Hale, Dora, et probablement la moitié de Tremorglade parlent de nous avec leurs supérieurs chez Sequest ?

Elena et moi nous voyons moins régulièrement que d'habitude, comme si nous commencions à nous éloigner l'un de l'autre. Et comme on ne se parle plus au téléphone, je me sens plus seul que jamais. On espace aussi nos visites à Harold, au cas où quelqu'un nous espionnerait. On n'essaie plus de fouiner dans la chambre de Dora – Ingrid, Elena et moi pensons que ce serait trop risqué, et Harold, croyez-le ou non, trouve que ce serait une violation de son intimité. Je me réjouis de ne pas la croiser quand je viens à Shady Oaks, de toute manière.

La veille du Confinement, après le dîner, maman et moi savourons un crumble aux pommes accompagné de crème anglaise. La cuisine embaume la cannelle. Je voudrais bien lui parler de ce qui se passe. Mais elle refuserait de me croire ; et dans le cas contraire... eh bien, je n'ai plus aucun doute à présent : Sequest la tuerait.

Elle pense que j'ai oublié mon obsession malsaine, que je suis passé à autre chose. Je peux sentir son soulagement. Elle est contente.

Demain, je ferai voler tout ça en éclats.

Quand elle me prend dans ses bras pour me souhaiter bonne nuit, je respire son odeur familière et ferme les yeux pour retenir mes larmes. Je n'ai pas le choix. C'est à nous de les protéger, désormais – elle et tous les autres.

CHAPITRE 25

Septembre – La nuit du Confinement

Ce sera de nouveau le Confinement ce soir. Il fait beau mais pas très chaud, avec un soleil pâle qui donne à penser que c'est l'une des dernières fois où nous pourrons sentir sa caresse sur notre peau avant que l'automne ne laisse place à l'hiver.

L'année scolaire a commencé cette semaine, et je suis tellement peu sûr de moi en physique que lorsque Mme Boateng m'interroge sans prévenir sur le mécanisme des explosifs étourdissants, je me lève d'un bond en renversant ma chaise, ce qui déclenche un fou rire général.

Mon sac est prêt. Au cours des dernières quarante-huit heures, j'ai récupéré toutes sortes de provisions dans le placard et dans le frigo, ainsi qu'une grande bouteille et une torche. Le trajet à vélo jusqu'à Hastaville sera le plus long que j'ai jamais fait, à en croire les cartes : presque cinquante kilomètres vers le nord sur la route forestière, jusqu'à la lisière des bois, et ensuite quelques kilomètres de plus vers l'ouest à travers la plaine. Elena estime qu'on doit pouvoir pédaler à environ douze ou treize kilomètres heure, quoique je ne suis pas sûr qu'elle ait pris en compte le mauvais état de la route, les risques que mon vélo tombe en morceaux après dix minutes, ma forme physique déplorable et ma foulure au poignet. En partant la nuit du Confinement, non seulement nous avons moins de chances d'être vus, mais ça nous donnera aussi une nuit entière dans la forêt avant que quelqu'un ne se demande où nous sommes passés. Cela suffira-t-il ?

J'ai beaucoup réfléchi aux gens qui vivent à l'extérieur de la ville, à Hastaville et ailleurs. Je sais qu'ils ont leurs propres préoccupations. Et qu'elles sont importantes. Mais je parie qu'ils ne savent pas ce qui se passe ici. Je parie qu'ils ignorent que Sequest se livre à des expériences sur nous, soi-disant pour le bien de tout le monde.

Quand on le leur dira, j'espère qu'ils nous croiront.

J'espère qu'ils en auront quelque chose à faire.

Parce que pour mettre un terme à tout cela, nous allons avoir besoin de leur aide.

Je réussis à garder une expression parfaitement naturelle au moment de souhaiter bonne nuit à maman. Je prends le temps de m'assurer que ses vêtements sont bien pliés. La viande est sur le sol de la cage. J'ai envisagé de ne pas mettre la barre en place, pour qu'elle puisse se libérer seule demain, mais cela aurait risqué d'éveiller ses soupçons. Alors j'ai préféré demander à Rudy de passer s'occuper d'elle demain matin, en prétextant un vague truc à faire de très bonne heure. J'espère qu'il n'oubliera pas. J'aurais bien demandé à Mika, sauf que l'escalier est un peu trop dangereux pour elle.

Je me sens coupable quand je pense à ce que maman ressentira demain en découvrant mon absence. Elle commencera par interroger les voisins. Puis elle se mettra à me chercher partout.

Il y a aussi la possibilité que je ne revienne pas, si les choses tournent mal.

Je remonte l'escalier en traînant les pieds et regagne ma chambre pour prendre mon sac.

Ping !

C'est le signal du crépuscule.

J'ai comme un nœud à l'estomac.

Je retire soigneusement mon bracelet. Je le glisse dans la pile de linge sale sous mon lit. Avec un peu de chance, on ne le retrouvera pas de sitôt. Harold pense qu'ils sont équipés d'un mouchard pour permettre de nous suivre à la trace.

Ingrid arrive à vélo presque immédiatement – c'est Harold qui s'occupe de Dora, cette nuit, ce qui fait qu'elle a pu venir directement. Elena nous rejoint dix minutes après. On ne dit pas grand-chose ; on est trop nerveux tous les trois pour gaspiller notre énergie en bavardages inutiles. On se montre nos poignets libérés de leurs bracelets.

– Coupez vos téléphones, nous rappelle Elena. Et relevez vos capuches. Il ne faudrait pas qu'un drone nous repère loin de nos bracelets.

Alors que je sors mon téléphone pour l'éteindre, il se met à vibrer, et un logo s'affiche à l'écran.

– Ne réponds pas ! me dit aussitôt Elena. Contente-toi de l'éteindre.

Mais j'hésite.

– C'est Harold.

Elle regarde clignoter le logo en fronçant les sourcils.

– Qu'est-ce qui lui prend de t'appeler ? Il connaît le plan, pourtant. Il a peut-être appuyé sur le bouton d'appel par erreur ?

Ce n'est pas le cas. Le logo indique qu'il ne s'agit pas d'un appel vocal. Il a déclenché le signal d'alerte.

Il devait forcément avoir une bonne raison. S'il l'avait fait par erreur, il aurait pu l'annuler facilement – par trois longues pressions sur le bouton.

Mais il ne l'a pas annulé.

On arrive à Shady Oaks à toute vitesse et on jette nos vélos sur la pelouse. Je ressens comme un picotement désagréable au creux du ventre : je me dis qu'il doit venir des infrasons.

Il a peut-être simplement oublié de nous dire quelque chose.

Puis j'aperçois les traces de sang.

On a traîné dehors une masse sanguinolente par la porte à double battant. La trace vient du couloir et s'éloigne dans l'allée. Je ralentis, pas pressé de voir ce qui nous attend à l'intérieur, mais Ingrid fonce devant, se précipite dans le bâtiment et pique un sprint dans le couloir jusqu'à la chambre d'Harold. Elena la suit de près. La porte de la chambre de Dora est restée ouverte. Je jette un coup d'œil à l'intérieur en passant devant.

Sa cage est vide.

Ingrid ressort de la chambre d'Harold.

– Il n'est pas là. Harold ? Harold !

On se met tous à crier son nom à pleins poumons.

Puis Elena nous appelle au bout du couloir, où une sortie de secours mène à une partie négligée du jardin. La porte est entrebâillée et j'entends aboyer à l'extérieur – Eddie.

Les aboiements proviennent du nouvel abri de jardin. Le chien n'en sort pas quand on l'ouvre, alors je m'avance vers le fond en déchirant les toiles d'araignées. Le bruit me conduit jusqu'à un carton – quelqu'un a posé une boîte à outils sur le couvercle. À peine ai-je retiré la boîte qu'Eddie bondit du carton, file hors de l'abri et détale en direction des buissons qui longent le mur de la résidence.

Un long gémissement nous parvient de derrière les buissons.

– Par ici ! (C'est la voix d'Harold ; il a l'air à bout de forces.) Oh, Eddie ! Dieu merci tu vas bien ! J'ai cru qu'elle t'avait dévoré.

Ingrid veut s'enfoncer dans les buissons, mais les branches s'accrochent à ses vêtements. Avec Elena, on essaie de l'aider en écartant les branches, ce qui nous vaut rapidement un certain nombre d'égratignures. Je finis par me rappeler qu'il y a une machette dans l'abri de jardin, et après avoir taillé un peu dans les buissons, on parvient enfin à rejoindre Harold. Il a des entailles sur tout le corps ; il a aussi du sang dans l'œil, qui a coulé d'une plaie au sourcil, et qui donne l'impression qu'il a pris un coup au visage.

On le ramène non sans mal à l'intérieur et on l'aide à s'asseoir dans sa chambre. On commence par soigner ses plaies et les nôtres avec de la teinture d'iode et du coton trouvé dans la trousse de premiers secours dans la cuisine.

– Elle m'a piégé, répète-t-il sans arrêt. Je n'en reviens pas qu'elle m'ait piégé !

Apparemment, certaines choses qu'on lui avait dites au sujet de Dora ont fini par le tracasser. Et il a décidé de fouiller dans sa chambre pour en avoir le cœur net. C'est là qu'elle l'a surpris, plus tôt dans l'après-midi.

– J'imagine qu'elle n'a pas dû être ravie, commente Elena, qui a fini de désinfecter le visage d'Harold et jette désormais un regard critique sur ses mains.

– Elle t'a *attaqué* ? s'exclame Ingrid avec incrédulité. (Elle attrape l'un des cocktails de jus d'Harold qu'il stocke dans un carton sous son lit et fait sauter la capsule.) Hé, je peux en prendre un ?

– Ne touche pas à ça ! rugit-il, avec une telle dureté qu'il nous fait tous sursauter. Ce n'est pas pour toi. Repose ça.

– Oh, pardon, désolée d'avoir soif, marmonne Ingrid en s'exécutant. C'est bon, je vais boire de l'eau. (Elle va se remplir un verre au lavabo de la salle de bains puis se rassoit.) Vas-y, on t'écoute.

Harold ferme brièvement les yeux.

– Elle m'a frappé par derrière, j'ignore avec quoi. Quand j'ai repris connaissance j'étais étendu dans sa cage. Je crois qu'elle comptait m'y rejoindre avant de Changer. Comme ça, elle se débarrasserait de moi sans même que ça ait l'air de sa faute. Je suppose qu'Eddie a dû faire un raffut pas possible et que c'est pour ça qu'elle a décidé de l'enfermer dans l'abri. Moi, j'ai fait semblant d'être toujours inconscient et quand elle a ouvert la cage pour se glisser à l'intérieur juste avant le coucher du soleil, j'ai saisi l'occasion. Je l'ai plaquée au sol.

J'essaie d'imaginer Harold plaquant Dora comme un joueur de football américain. Je regrette de ne pas avoir été là pour voir ça.

– On s'est battus au sol, mais je n'arrivais pas à la pousser dans la cage. Ensuite, ça a été trop tard – elle s'est mise à Changer, et je me suis enfui pour donner l'alarme. J'ai vite compris que je ne serais pas assez rapide. Alors je me suis caché dans les buissons avant qu'elle ne sorte et j'ai pressé le bouton d'alerte. (Il souffle avec lassitude entre ses lèvres retroussées.) Dieu merci j'ai réussi à vous joindre avant que vous ne soyez partis.

– Oui. Mais bon, si tu te sens mieux maintenant, il faut vraiment qu'on y aille, s'impatiente Elena.

Harold la retient par le bras.

– Pas encore.

– Tu crois qu'on risque de tomber sur Dora dans la forêt ? dis-je.

– Je ne sais pas. Mais ce n'est pas pour ça que je vous dis de rester. Avant de partir, il faut que vous voyiez ce que j'ai découvert.

CHAPITRE 26

Harold fouille dans sa poche et en sort d'une main tremblante une feuille de papier pliée. On se rassemble autour de lui.

C'est une carte de Tremorglade et des environs. La ville est réduite à un point au milieu de la forêt. J'ai déjà vu tout ça. À un détail près – un trait noir épais qui entoure les arbres jusqu'aux montagnes.

– C'est quoi, cette ligne ? demandé-je.

– La limite de diffusion des infrasons, peut-être ? suggère Ingrid. Le périmètre de leur zone d'expérience ?

– C'est plus problématique que ça, dit Harold d'un ton sinistre.

Il retourne la carte. Il y a une explication inscrite au dos. Il la tapote avec son doigt maculé de sang séché.

MUR DE DÉFENSE

– Un mur de défense ? s'étonne Elena. Depuis quand, le Basculement ? On l'aurait construit pour repousser les intrus ? Je ne me souviens pas qu'on nous ait parlé de ça.

– Parce que ça ne date pas de cette époque, réplique Harold. Le Basculement s'est déclenché trop vite. Un chantier de cette taille ne se monte pas en cinq minutes. Et puis, vous n'avez pas l'impression qu'il manque quelque chose ?

On examine la carte un moment. Ingrid finit par lâcher une exclamation :

– Une porte ! Il n'y a pas de sortie. La route continue jusqu'au mur avant de s'arrêter.

Il hoche la tête.

– J'en ai bien peur. (Il lève les yeux vers nous.) Nous ne sommes pas seulement incités à nous tenir à l'écart du monde. Nous sommes carrément prisonniers.

– Il doit bien y avoir un moyen de sortir, proteste Elena en suivant du doigt le tracé sur la carte. On peut peut-être escalader ce mur ?

– S'il est conçu pour nous empêcher de nous échapper, ça m'étonnerait, dis-je.

– Oui, confirme Harold. Je parie qu'il est drôlement haut.

Je n'avais jamais eu envie de quitter Tremorglade auparavant. Mais à présent, j'éprouve une sensation d'étouffement, comme si ce mur se refermait lentement sur moi, jusqu'à masquer le ciel.

– Donc on est coincés ici, résume Ingrid. On ne peut pas communiquer avec le monde extérieur, et on ne peut pas sortir.

– Pas forcément, rétorque Harold. Je crois qu'il y a un moyen. À condition d'agir ce soir. Je vais vous montrer.

Il se lève avec raideur et étale la carte à plat sur la table pour qu'on puisse tous se pencher dessus et l'examiner plus facilement.

– Écoutez, dit-il, je sais que ça risque de paraître un peu effrayant. Mais je suis certain que vous pouvez y arriver. (Il pose sa main sur mon bras.) Tu es courageux. Tu l'as déjà prouvé, en allant dans des endroits et en faisant des choses que la plupart des gens n'auraient même pas voulu envisager.

Je ricane.

– Comme m'introduire par effraction dans la maison du maire ? C'était de la bêtise, pas du courage. Et si j'en avais vraiment, je crois que je l'ai entièrement utilisé ce soir-là.

– La différence entre les deux est parfois assez mince, concède-t-il avec un sourire. Mais je crois qu'il t'en reste suffisamment. Regarde, tout à l'heure tu es bien entré dans cet abri pour délivrer Eddie de son carton au milieu de toutes ces toiles d'araignées. Je sais à quel point ça a dû être difficile pour toi, vu comme tu as peur de ces insectes.

Il m'adresse un clin d'œil, puis reporte son attention sur la carte et commence à nous expliquer la marche à suivre.

Je ne l'écoute plus. Je me sens pris de vertige, et ce n'est pas à cause du marasme. J'entends les battements de mon cœur résonner dans mes oreilles, comme un bruit de fond, tandis qu'une sensation d'horreur s'empare de moi.

Puis je me plie en deux et je vomis mon dîner. Les autres s'écartent d'un air stupéfait.

– Beurk, dégueu ! s'exclame Ingrid en fronçant le nez.

– Sel, qu'est-ce qui t'arrive ? s'inquiète Elena. Tu es tout pâle.

– Les araignées… dis-je dans un murmure.

– Où ça ? Et de toute manière, quelle importance ? Ne sois pas une mauviette.

Harold pose une main rassurante sur mon épaule.

– Tout va bien, Sel. Il n'y en a aucune ici.

Je me dégage d'un geste brusque. J'ai le souffle court, comme si je venais de courir.

– Je… je ne t'ai jamais dit qu'on avait trouvé Eddie dans un carton au fond de l'abri.

Les autres me dévisagent sans comprendre.

Harold s'esclaffe.

– Bien sûr que si, tu me l'as dit.

Je secoue la tête, farouchement.

– Non. La seule raison pour laquelle tu es au courant, c'est parce que tu l'as mis là toi-même.

Il s'écarte de la table, choqué.

– Que… quoi ?

Elena fronce les sourcils.

– Tu sais bien qu'il ne ferait jamais ça, Sel.

Ingrid pose les mains sur ses hanches.

– D'accord, pourrait-on oublier ce fichu chien une minute et nous concentrer sur…

– Il n'y a pas que ça. Il croit que j'ai peur des araignées.

Harold bat en retraite, comme s'il avait peur de prendre un coup.

– Tu… tu n'arrêtes pas de le dire, bégaie-t-il.

Elena et Ingrid semblent inquiètes pour ma santé mentale. Elena pousse un soupir de frustration.

– Sel, on n'a pas le temps pour ça. Est-ce qu'on pourrait simplement…

– Je n'ai *jamais* dit ça. J'*adore* les araignées. Ce sont des créatures étonnantes. Leur toile est d'une solidité incroyable… et pour leur taille, elles sont… (Je me force à m'arrêter. Je suis en train de bafouiller, quasiment de crier sur Elena.) La seule raison pour laquelle il pense que j'en ai peur, c'est parce que je l'ai écrit en réponse à ces fichus questionnaires dans…

– Joyeux Trappeurs, achève Harold à ma place.

Un peu trop tard, je réalise qu'il ne reculait pas pour s'éloigner de moi mais pour se rapprocher de la porte, où son fusil tranquillisant est accroché au mur. Il l'attrape soigneusement, retire le cran de sûreté et le pointe vers moi.

– Ah, bon sang, dit-il. J'espérais vraiment éviter d'en arriver là.

CHAPITRE 27

J'ai envie de me rouler en boule et de pleurer tellement je me sens stupide. Elena et Ingrid ne semblent pas avoir pris la pleine mesure de la situation.

– Comment peux-tu savoir ce que Sel écrit dans Joyeux Trap… commence Ingrid, avant de comprendre.

– Attends une minute. C'est *toi* ? demande Elena.

– Et maintenant, tu vas me tuer ? dis-je d'une voix étonnamment calme, prêt à l'inévitable.

– Bien sûr que non, proteste Harold, sans cesser de me braquer pour autant. Je veux juste que vous m'écoutiez.

Il tâtonne derrière lui avec une main et verrouille sa porte, puis glisse la clé dans sa poche.

– Alors pose ça, Harold, réclame Elena d'une voix douce. Et explique-toi. On ne va pas s'enfuir.

– Reculez un peu, s'il vous plaît. Tous les trois. De l'autre côté de la table. (On s'exécute, et il relève légèrement son fusil pour le porter en travers du torse.) Ne faites rien de stupide, surtout. Contentez-vous de m'écouter.

– Parle au lieu de nous menacer, espèce de vieux salopard, bougonne Ingrid sans même essayer de dissimuler sa colère.

– Commençons par le début.

Il coince son fusil sous son bras et fouille d'une main dans la poche de sa chemise, sans nous quitter des yeux. Puis il jette quelque chose devant nous sur la table. Elena le ramasse.

– Une clé USB ?

– Je pensais vous raconter que je l'avais trouvée dans la chambre de Dora, mais autant que vous sachiez qu'elle est à moi. Ce soir, j'ai enfin réussi à casser le code d'accès à une preuve irréfutable que j'ai téléchargée. C'est là que j'ai découvert l'existence du mur. Ils l'avaient cachée à tout le monde. Mais maintenant qu'on a ça, c'est encore mieux que de mettre simplement les gens au courant. Si ça se sait dans le reste du monde, ça pourrait bien détruire Sequest.

– Mais... tu ne travailles pas pour eux ?

– Si. Enfin, non. Avant, oui. Je veux dire, techniquement, je travaille toujours pour eux. Ah, bon sang. (Il transpire, frustré par son incapacité à trouver ses mots.) Le plus important, c'est que vous me croyiez quand je vous dis que je n'ai pas tué Pedro. Ce n'est pas moi qui gère Joyeux Trappeurs, ni FIN, d'ailleurs, même si j'y ai un accès limité. Écoutez, c'est un peu compliqué. Mais ça ne change rien. Même si je me rends bien compte que vous devez avoir un peu de mal à me faire confiance maintenant.

– Tu crois ? ironise Elena.

Elle le toise de haut en bas comme si elle le découvrait pour la première fois.

– C'est précisément pour ça que j'aurais préféré ne rien vous dire. Mais je suis de votre côté. Je veux faire éclater la vérité, nous assure-t-il avec de grands gestes. Malheureusement, mon seul canal de communication passe par le quartier général de Sequest et je ne suis plus assez en forme pour m'enfuir. J'ai besoin de vous.

Il nous adresse un sourire plein d'espoir, comme s'il cherchait à nous flatter.

– N'oubliez pas qu'au départ, c'est moi qui vous ai incités à enquêter. Ça faisait des lustres que je vous suggérais de vous pencher sur Sequest, Elena et toi, mais vous ne me preniez pas au sérieux. (Je remarque qu'il ne mentionne pas Ingrid. Je suppose qu'elle ne faisait pas partie de son plan.) Alors je me suis arrangé pour vous mettre sur la piste. Et j'ai fait se crasher l'un de leurs drones devant chez toi, pour que tu le trouves.

– Parce que tu contrôles les drones ?

– Ils sont presque entièrement automatisés, mais j'avais les codes de commande à distance. Plus depuis le crash, évidemment. Ils ont refilé le boulot à un autre Immuable au quartier général. Heureusement, ils ne se sont pas doutés que je l'avais fait exprès.

J'écarte les mains dans un geste incrédule.

– Pourquoi ne pas nous avoir raconté tout ça directement ? Pourquoi avoir fait semblant de le découvrir en même temps que nous ?

Il prend un air penaud.

– J'avais peur que vous me preniez pour un vendu. Surtout après la mort de Pedro. Je ne supportais pas l'idée de... (Il se racle la gorge.) J'ai cru qu'il suffirait de vous aiguiller dans la bonne direction, de vous aider à partir, et que vous ne sauriez jamais que j'avais trempé là-dedans. Vous aviez juste besoin de conseils. Je vous ai suppliés de rester discrets, plusieurs fois, mais la discrétion n'est pas vraiment votre truc, hein ?

Il dit cela d'un air de reproche.

– Comment en es-tu arrivé à travailler pour Sequest ?

Il soupire.

– Il y a trois ans, ils m'ont proposé de participer à une expérience qu'ils voulaient mener ici. Rien d'inquiétant. Ils voulaient juste diffuser un peu d'infrasons pendant un moment pour voir si cela pouvait aider les Éventreurs à retrouver forme humaine, ce genre de chose. Ou ça, ajoute-t-il en indiquant les bouteilles de jus de fruits sous son lit.

– Quoi, ton fameux punch ? glapit Elena. Tu nous as *drogués* ?

– Ils ne contiennent rien de dangereux. Seulement des petites doses de différents produits sélectionnés chaque mois. Je devais prendre des notes sur ceux qui les goûtaient, et parfois, on me demandait d'en faire boire à certaines personnes précises.

Il semble quelque peu décontenancé par nos expressions horrifiées.

– Sincèrement, je faisais ça pour la bonne cause. Il faut me croire. Je voulais participer à des avancées scientifiques qui profiteraient au monde entier. Le truc, c'est que les gens ne savent pas ce qui est bon pour eux. Ils se comportent souvent de manière complètement irrationnelle. Sequest avait besoin de comprendre et de tester le fonctionnement de notre organisme et de notre cerveau afin de pouvoir nous aider à surmonter toutes sortes de difficultés – pas uniquement les maladies mais aussi le chagrin, l'ennui, l'agressivité. Ils sont à deux doigts de trouver un remède à tout ça ! Vous ne trouvez pas que ce serait formidable ? (Il paraît désespérément désireux de nous convaincre.) Seulement, c'est impossible si les gens refusent de coopérer. Alors Sequest a dû recourir à des méthodes radicales. Et ils m'ont mis la pression pour que j'accepte. Ils avaient déjà recruté d'autres personnes pour les aider, mais ils avaient absolument besoin de moi.

– Parce que tu es le seul Immuable qui vive ici, dis-je.

– Exactement. Le seul adulte à pouvoir observer ce qui se passe pendant le Confinement, comment les enfants réagissent au marasme, ce genre de choses. Et franchement, certains adultes sont inutiles le reste du temps aussi. (Il renifle.) Ils ne demandent pratiquement plus rien à Warren, par exemple, parce qu'il n'arrête pas de se planter. Cette nuit-là, Sel – quand tu as envoyé un texto à Elena pour la prévenir que tu étais en chemin pour la maison du maire, le superviseur de garde chez Sequest a paniqué et décidé que c'était le bon moment pour t'éliminer. Alors il a libéré Warren de sa cage, en se disant qu'il te dévorerait tout cru et que tu arrêterais de fourrer ton nez partout. Je peux te dire que les e-mails ont fusé le lendemain matin. Le superviseur s'est fait virer, naturellement. Ils n'aiment pas trop qu'on prenne des initiatives.

– Ils peuvent déverrouiller nos cages depuis Hastaville ?

– Toutes celles qui sont équipées d'une serrure électronique. (Il croise mon regard et fait une grimace embarrassée.) Oui, c'est bien eux qui ont fait sortir ta mère, quand ils se sont rendu compte que tu avais trouvé leur drone. Je t'avais prévenu – ils ont voulu ruiner ta réputation, pour être sûrs qu'on ne te prendrait pas au sérieux.

Je *savais* que c'était une erreur d'acheter cette cage perfectionnée.

– Donc Warren est bien dans le coup. Qui d'autre ? Hale ? La docteure Travis ? Dora ? Combien en tout ?

Il baisse la tête.

– Pas Dora. Je ne mentais pas quand je vous ai dit qu'elle n'avait rien à voir dans tout ça. Par contre, elle continue de fouiller dans mes affaires dès que j'ai le dos tourné et c'est comme ça qu'elle a mis la main sur les dossiers. Apparemment, ça fait un moment qu'elle me surveille, qu'elle rassemble des éléments de preuve, même si manifestement elle n'avait pas encore trouvé quoi faire de ces documents, la pauvre. Elle en savait quand même assez pour vouloir vous tenir à l'écart, dans votre propre intérêt. Elle n'avait pas compté sur la kleptomanie d'Ingrid, c'est tout. (Il rit doucement, tandis qu'Ingrid rougit.) Au fond, Dora m'a facilité les choses. Je me demandais comment vous faire parvenir ces dossiers sans éveiller vos soupçons.

J'en reste bouche bée.

– Elle a essayé de me prévenir, le jour où elle m'a déconseillé de chercher quoi que ce soit sur Seekle... Elle se doutait que Sequest surveillait tout ce que je faisais sur Internet.

Oh, Dora.

– Tu l'as tuée ? demande Ingrid sans prendre de gants.

– Bon Dieu, non ! Comment peux-tu croire ça ? Je l'ai simplement laissée sortir de manière à pouvoir vous appeler. Il fallait bien que je trouve un prétexte. Je crois qu'elle a tué un renard en s'enfuyant. Heureusement que j'avais enfermé Eddie dans l'abri, hein ? Je ne pourrais jamais tuer qui que ce soit, insiste-t-il. Elle finira bien par se faire tranquilliser par un gamin si elle se rend en ville.

Sa manière de minimiser le risque qu'elle représente pour elle-même et pour les autres me fait froid dans le dos.

– Je suppose que Sequest paie bien, crache Elena avec dégoût. Pour que tu aies décidé de trahir tout le monde.

Il prend une expression horrifiée.

– Ce n'est pas ça du tout ! En tout cas, pas pour moi. Les autres le faisaient pour l'argent, oui, mais moi je croyais participer à une noble cause. Au début.

– Et du coup tu travaillais à l'œil ? ironise Ingrid, mais il fait comme s'il n'avait pas entendu.

– Ils me disaient que si l'expérience s'interrompait prématurément, des millions de personnes partout dans le monde ne recevraient pas le traitement dont elles avaient besoin. J'ai estimé que ça valait bien les... petites souffrances qu'on pouvait endurer ici.

– Une minute, dit Ingrid en croisant les bras. Il y a quelque chose qui ne colle pas. Ça ne te posait pas de problème qu'on nous traite comme des cobayes. Tu n'as pas claqué la porte après l'assassinat de Remi et de sa famille. Pourtant, tu devais forcément être au courant. (Il ouvre la bouche pour protester, mais Ingrid continue.) En fait, tu étais même très enthousiaste pour les aider, avec ton fameux punch à la fête des Hurleurs et va savoir quoi d'autre. Et d'un seul coup, tu aurais eu une crise de conscience ? Je n'y crois pas. Qu'est-ce qui a changé ?

Il fait une moue dépitée devant son attitude.

– Disons simplement que j'ai fini par reprendre mes esprits. Je crois que ce serait beaucoup mieux si vous réussissiez à vous échapper, tous les trois. Ça leur donnerait une bonne leçon.

Elena formule à voix haute ce que je pense moi aussi :

– Sauf que maintenant on n'a plus confiance, espèce de vieux taré. Comment être sûrs que tu ne nous envoies pas sur les routes pour que Sequest puisse nous faire la même chose qu'à Remi ?

Eddie avance le museau en direction de l'assiette de biscuits au chocolat et Harold le repousse avec le canon de son fusil.

– Non, Eddie ! Le chocolat est mortel pour les chiens !

Le petit terrier se laisse tomber à ses pieds d'un air maussade, comme s'il se sentait aussi trahi que nous.

– Eddie ne sait pas ce qui est bon pour lui, ni ce qui risque de le tuer. Comme vous, apparemment. (L'expression d'Harold s'assombrit.) Très bien. S'il faut ça pour vous convaincre, je vais tout vous dire. Au printemps dernier, j'ai vu quelque chose dans le système. Brièvement, juste avant que ce ne soit effacé. Quelque chose que je n'étais pas censé voir.

Il détourne la tête, incapable de nous regarder en face.

– C'était quoi ?

Il s'humecte les lèvres.

– La fin.

Il semble réticent à développer. Alors on attend.

– Ils vont mettre un terme à l'expérience dans quelques mois seulement. Et parce que son existence doit à tout prix rester secrète, ils ont prévu de faire disparaître toutes les traces. Si vous voyez ce que je veux dire. (Il nous adresse un regard lourd de signification. On le dévisage sans rien dire, jusqu'à ce qu'il capitule et nous explique.) Ils vont tous vous éliminer jusqu'au dernier.

On dirait que tout l'air vient d'être aspiré brusquement hors de la pièce.

Ingrid est la première à retrouver sa voix :

– Ils ne peuvent pas faire ça.

– Je ne connais pas tous les détails. Mais ce sera un massacre. L'Armageddon. (Les mains d'Harold se crispent sur son fusil.) Quand j'ai vu ça, j'ai su que je devais intervenir. Je ne peux pas les laisser vous tuer. Vous êtes mes amis, que vous le croyiez ou non.

Il y a un long silence, puis Elena se frappe le front avec le plat de la main.

– Ooooh... Ça y est, j'ai compris. Ils comptent te liquider toi aussi, pas vrai ? Ils n'enverront aucun drone pour récupérer leurs fidèles employés, hein ? C'est *ça* qui te pose problème. Ils t'ont piégé. Toi et tous leurs autres complices. Vous êtes piégés ici comme nous.

À voir l'expression profondément gênée d'Harold, je comprends qu'elle a tapé dans le mille.

– C'est une façon très vexante de voir les choses, proteste-t-il. Et puis qu'est-ce que ça change, au fond ? Si vous voulez sauver ceux que vous aimez, vous devez partir sans eux, maintenant. C'est le seul moyen. Tremorglade fonctionne en vase clos.

On prend le temps de digérer ce qu'il vient de nous dire. S'il voulait nous envoyer à la mort, il aurait eu plein d'autres occasions de le faire avant. Il a raison. C'est la seule manière de sauver nos proches.

– Sauf qu'on est piégés derrière un grand mur, d'après toi. Comment veux-tu qu'on s'échappe ?

– C'est ce que je m'apprête à vous montrer. Vous n'allez pas en profiter pour m'attaquer, au moins ?

Il lance un regard méfiant à Ingrid, qui est sans doute la plus susceptible de le faire. Elle hausse les épaules avant de lui tourner le dos. Il raccroche son fusil au mur, attrape l'assiette de biscuits, en croque un et se met à le mâcher bruyamment. Puis il nous tend l'assiette. On le regarde sans réagir – le moment paraît bien mal choisi pour manger des cookies.

– Tenez-moi ça, d'accord ? J'ai besoin de mes deux mains.

Je le débarrasse de son assiette et il glisse les deux mains sous sa table de chevet. Le lit se relève en silence, et le sol s'ouvre dessous pour révéler une grande console avec deux écrans.

– Mon poste de travail personnel, déclare-t-il.

Elena hausse les sourcils.

– Maintenant on sait pourquoi cet endroit coûte aussi cher, pas vrai ?

– Ils ont installé ça juste pour moi, nous explique Harold avec une pointe de fierté.

Et à cet instant je comprends comment ils l'ont mis dans leur poche. Être apprécié – aimé, même – par tout le monde ici ne lui suffisait pas. Il avait besoin de se sentir important.

Il touche l'un des écrans, qui s'allume aussitôt. Une carte de Tremorglade et des environs s'affiche. On y voit le mur.

– Ça ne va pas être de tout repos, nous prévient-il en zoomant sur la carte. Comme vous le voyez, la route part d'ici et s'enfonce vers le nord. Avant, quand elle sortait de la forêt, elle se scindait en deux – une branche vers l'est en direction de Yojay et l'autre vers l'ouest en direction d'Hastaville. Mais aujourd'hui, le mur la bloque avant l'embranchement. La rivière, par contre, coule au nord-ouest. Elle franchit le mur à quelques kilomètres de la route. Ce n'est pas très loin – une vingtaine de kilomètres d'ici, à peu près – mais il n'y a pas de sentier, donc vous ne pourrez pas y aller à vélo. C'est quand même le chemin le plus direct pour Hastaville. C'est par là que vous sortirez. Par la rivière.

– Il y a une barque, j'espère ? dis-je d'une voix inquiète.

Il secoue la tête.

– Non, il faudra nager.

C'est la pire réponse qu'il pouvait donner.

– Seulement, depuis ta petite expédition dans la maison du maire, Sel, les drones de surveillance vous tiennent à l'œil en permanence. Certains sont probablement armés. Ils guettent le moindre changement dans vos habitudes. Que vous soyez venus me rendre visite n'a rien d'anormal, mais s'ils vous voient vous éloigner dans les arbres, ça risque d'éveiller leurs soupçons. Alors ne partez pas directement d'ici. Commencez d'abord par les semer dans un quartier plus fréquenté. En vous cachant sous vos capuches. Quand ils ne vous trouveront plus demain, il ne faudrait pas qu'ils viennent tout de suite vous chercher par ici.

Je ne peux m'empêcher de penser qu'il essaie plutôt de se couvrir que de nous protéger. Je jette un coup d'œil vers la fenêtre, imaginant des caméras en train de décrire des cercles très haut dans le ciel. J'ai la gorge sèche.

– Des drones armés ? Tu penses qu'ils pourraient nous descendre ?

– Ça m'étonnerait. Quelle explication donneraient-ils si on retrouvait vos corps criblés de balles dans la rue demain matin ? Non, ils préféreront se servir de fléchettes tranquillisantes et faire passer ça pour un accident. Un truc de gamins indisciplinés qui n'écoutent rien et se mettent en danger. Ce ne serait pas la première fois, en ce qui vous concerne.

Ça ne me rassure pas beaucoup.

– D'accord, donc on retourne dans un endroit où il y a plus de monde. Et ensuite ? Comment veux-tu qu'on se glisse dans la forêt sans attirer l'attention ? demande Elena.

Harold gratouille Eddie sous le menton puis lève les yeux vers nous et hausse les épaules.

– Nous allons avoir besoin d'une diversion.

CHAPITRE 28

Ingrid voudrait boucler Harold dans la cage de Dora avant notre départ, mais il nous fait remarquer qu'il a besoin d'accéder à sa console afin d'organiser une diversion pour nous. Alors on le laisse en liberté.

Ce n'est pas comme si on avait confiance en lui.

Mais avons-nous vraiment le choix ?

Je voudrais bien pouvoir emmener Eddie avec nous. Si on réchappe à cette histoire, Harold ira croupir en prison et je ramènerai son chien à la maison. Je ne l'enfermerai jamais dans un carton, moi.

On ressort calmement de Shady Oaks comme pour une balade, abandonnant nos vélos sur la pelouse où on les avait laissés plus tôt. Cela soulèvera sûrement quelques questions auxquelles Harold devra répondre, mais c'est son problème. Il est dix heures – l'heure à laquelle tous les enfants de Tremorglade traînent dans la rue. Sans nos bracelets, impossible de savoir si l'un d'entre eux a aperçu Dora et a déclenché l'alerte, mais ça m'étonnerait. Ceux qu'on croise s'amusent et bavardent tranquillement. On nous jette bien quelques regards intrigués, mais je crois que c'est surtout parce que je suis en compagnie d'Ingrid. Il y a quelques semaines encore, je n'y aurais pas cru moi-même.

La lune apparaît et disparaît derrière les nuages. On approche de la dernière rangée de maisons avant les arbres, tout près de la route de la forêt.

Puis Elena me touche le bras.

– Ne regarde pas, murmure-t-elle, mais il y en a un qui s'amène.

Je l'entends venir avant de le voir. Il passe au-dessus de nous et j'aperçois du coin de l'œil ses feux de position. Un drone, volant au ras des lampadaires, qui s'éloigne devant nous le long de la rue. Il ressemble à un drone de livraison ordinaire – à part nous, personne n'y prête attention dans la rue. Mais on ne peut s'empêcher de frissonner. Il va dans la même direction que nous. On le voit contourner un toit et ralentir en vol stationnaire. Ne serait-il pas en train de nous surveiller ?

La sensation de catastrophe imminente qu'on éprouve à chaque Confinement est plus forte que jamais. Je me dis que ça n'a rien de prémonitoire, qu'il ne va rien nous arriver – que c'est simplement à cause des infrasons. Peine perdue. Je me mets à trembler. Harold nous a menti depuis le début – pourquoi penser qu'il ne ment plus ? Ce qu'il nous a raconté me laisse dubitatif. Si on s'enfonce dans la forêt, on risque de ne jamais en ressortir. On retrouvera peut-être nos cadavres dans quelques jours ou quelques semaines, déchiquetés par les animaux sauvages. Ou par Dora, si elle s'est sauvée de ce côté.

À cet instant, il se produit quelque chose.

Un gamin de la classe au-dessous de la nôtre est en train de jouer aux quilles dans son jardin avec une fille qui doit être sa petite sœur. Il s'arrête brusquement, se redresse et consulte son bracelet. Un peu partout dans la rue, le langage corporel des gens se modifie pour indiquer qu'ils ont reçu l'alerte.

Puis une autre.

Et une autre.

Et encore une autre.

Non loin de nous, une fille qui était sur le point de gagner aux billes lâche un juron sonore, crache dans l'herbe et rejoint ses copines qui se déploient déjà dans la rue dans un concert de cliquetis de crans de sûreté.

Des gamins sortent de toutes les maisons, arrachés à leur canapé, leur pizza et leur film par la série d'alertes qu'Harold a envoyées. Il a ciblé six endroits différents dans la ville afin d'être sûr qu'on passerait inaperçus au milieu de l'agitation générale.

Nos camarades de classe, voisins, amis passent devant nous au pas de course, effrayés mais bien résolus à faire le nécessaire.

– Regardez, murmure Ingrid avec un signe de tête discret.

Je suis son regard et vois que le drone a fait demi-tour pour filer en direction de Shady Oaks. Un autre émerge de l'allée d'en face – nous n'avions même pas remarqué sa présence – et s'éloigne dans le sillage du premier.

Tête baissée, le visage dissimulé sous nos capuches, on s'élance d'un pas rapide, presque en petites foulées, vers la route de la forêt. On l'atteint sans ralentir et on jette des regards furtifs autour de nous, vers le ciel, à l'affût des drones. J'en repère un au-dessus des arbres, à distance, qui se rapproche à toute vitesse. Mais il nous survole en vrombissant et continue au-dessus de la ville avec les autres. Avons-nous réussi à les tromper ? Je me rappelle qu'Harold nous a prévenus que certains pouvaient nous reconnaître, alors je baisse la tête de nouveau et cette fois je garde les yeux au sol.

On s'avance sur le bitume en direction des arbres. On a convenu de s'enfoncer dans les bois jusqu'à ce que la ville soit complètement hors de vue, puis de tourner à quatre-vingt-dix degrés vers l'ouest pour trouver la rivière, et de la suivre jusqu'au mur. Combien de temps nous faudra-t-il pour l'atteindre ? Quelques heures ? Toute la nuit ? Je n'en sais trop rien.

Dès qu'on entre dans la forêt, la voûte des arbres masque la pleine lune et il devient difficile de voir où on met les pieds. La route est en piteux état – pleine de nids-de-poule, jonchée de cailloux et de branches mortes. Quand on estime avoir couvert une distance suffisante, on la quitte et on part vers l'ouest en nous guidant avec la boussole d'Elena. On n'ose pas encore allumer nos torches.

– Vous croyez qu'ils sont équipés de caméras infrarouges ? dis-je tout bas. Qu'ils peuvent repérer notre chaleur corporelle ?

– Non, répond Elena avec une certitude qui ne repose sur rien.

Vu la technologie qu'Harold nous a décrite, des caméras infrarouges n'auraient rien d'extravagant.

Après ça, on continue en silence. De temps en temps, des bruits de feuillage et des craquements de branches nous indiquent que les animaux de la forêt suivent notre progression. On marche aussi vite qu'on l'ose, poussés par une énergie nerveuse.

La trahison d'Harold pèse lourd sur mes épaules, et j'ai beau savoir que je ferais mieux de me concentrer sur ma survie, je ne peux m'empêcher d'y repenser. Notre amitié était un mensonge. Le premier jour, quand il est tombé devant moi chez l'épicier, était-ce planifié ? M'a-t-il choisi parce qu'il a estimé que je serais facile à manipuler ? Ses propositions de nous donner de l'argent, que je trouvais si généreuses... était-ce à cause de la culpabilité qu'il ressentait, ou pire, cherchait-il à m'*acheter* ? Me prenait-il pour son billet de sortie ? Avait-il une si piètre opinion de moi ?

Quelle que soit la manière d'envisager les choses, il est clair qu'il estimait – et qu'il estime encore – valoir mieux que nous. Il se croyait plus digne que nous de connaître la vérité, d'être traité comme une personne à part entière. Je ne doute pas un seul instant qu'il était ravi de collaborer avec Sequest, jusqu'à ce qu'il réalise qu'il ferait lui aussi partie des dommages collatéraux, au même titre que nous.

Je me suis toujours senti incompétent. Mais c'est la première fois que je me sens méprisé à ce point.

Au bout d'une demi-heure de marche, durant laquelle on s'est peut-être légèrement écartés de notre route à en croire la boussole, on arrive enfin à la rivière, au bas d'une berge en pente raide. En amont, il y a Shady Oaks et la cascade. On part dans la direction opposée, et cette fois on allume nos torches. Je pense à Remi. Je me demande jusqu'où il est allé. Puis je chasse cette pensée de ma tête.

– Attendez.

La tension perceptible dans la voix d'Ingrid me fige sur place. J'ouvre la bouche pour murmurer à Elena de s'arrêter elle aussi, quand je m'aperçois qu'elle l'a déjà fait. Aucun de nous ne fait plus un geste, et pourtant j'entends des pas dans les sous-bois. Je braque ma torche en direction du bruit. Deux yeux dorés scintillent dans le noir.

Un grondement menaçant s'élève.

– Dora.

Ingrid est devant moi. Elle épaule le fusil tranquillisant d'Harold et tire une fléchette, mais Dora se baisse au même instant et le projectile passe au-dessus de sa tête. Après quoi on entend un déclic – l'arme est vide. Ingrid lâche un juron. Dora remue les hanches – elle se prépare à bondir.

– Courez !

Pas besoin qu'on me le dise deux fois. Les yeux sur le dos d'Ingrid, je la suis à travers les arbres tandis qu'elle se glisse entre les buissons et saute par-dessus les branches mortes. Elena est juste derrière moi. Je risque un coup d'œil par-dessus mon épaule – Dora n'est pas aussi rapide que Pedro, mais elle gagne du terrain, survolant les obstacles avec aisance.

Je me cogne le bras droit contre un tronc et réveille ma douleur. Je pousse un cri et trébuche.

– Allez ! me crie Elena pour m'encourager.

Soudain, j'entends une autre voix. Deux voix, en train de discuter. Sauf qu'elles semblent venir d'en haut, et se rapprocher. On nous a retrouvés. Sans doute des gens de Sequest. Un début de panique s'empare de moi.

Puis j'entends les mots : « Oh, Henry, ma réponse est oui ! Même dans la pauvreté, je serai vôtre à jamais ! », tandis qu'une masse sombre fonce vers moi. Je baisse la tête instinctivement, mais l'objet me dépasse en vrombissant : c'est un drone, feux de position allumés. Il m'ignore pour s'immobiliser devant Dora. Elle s'arrête à son tour et pousse un hurlement.

– Margaret, ma chérie ! soupire le drone avec ravissement, d'une voix masculine très distinguée. Dans ce cas, marions-nous sans attendre !

Je comprends enfin de quoi il retourne. C'est l'un des livres audios de Dora. Le drone se met à osciller devant elle, comme pour la narguer, comme celui qui a attiré Pedro la nuit où il est mort.

– C'est sûrement Harold qui l'envoie, crie Ingrid. Venez, il faut en profiter.

On repart au pas de course, laissant Dora tenter vainement d'attraper le drone avec ses griffes. Quand je me retourne, je ne la vois plus – les voix semblent s'estomper, l'entraînant loin de nous.

– Je ne comprends pas, dis-je. Je croyais qu'Harold n'avait plus accès au contrôle des drones ?

Ingrid hausse les épaules.

– Il a dû réussir à pirater le système.

Je n'insiste pas mais je ne peux m'empêcher de trouver ça suspect. Harold nous a menti pendant tellement longtemps que je ne suis pas convaincu qu'on puisse le croire maintenant. Ne sommes-nous pas en train de passer à côté de quelque chose d'important ?

Peut-être que c'est simplement les infrasons. Au-dessus de moi, le ciel paraît vide mais je peux sentir la présence des drones. Je sais qu'ils sont là-haut, quelque part, en train de diffuser leurs ondes malignes à travers moi, d'exciter mes terminaisons nerveuses avec leur chant de terreur. Et mon corps résonne avec eux sans rien pouvoir y faire.

CHAPITRE 29

Je ne saurais pas dire depuis combien de temps on marche, mais si j'en crois mes jambes, on a bien dû parcourir mille kilomètres. La rivière gronde à côté de nous au fond de son lit, plus près qu'auparavant, tandis qu'on descend une pente douce. Quand je me penche au-dessus de la berge pour y jeter un coup d'œil, j'en ai le souffle coupé. Le courant paraît si rapide, et la rivière si large ! Pas l'idéal pour quelqu'un comme moi, qui nage comme une brique. Un jour j'ai même failli me noyer dans le petit bain, après avoir glissé et m'être assommé.

Le ciel s'éclaircit progressivement. Le soleil ne devrait pas tarder à pointer. Mon cœur se met à battre plus fort. Nous ne sommes pas encore sortis du périmètre. Et des gens vont bientôt commencer à nous chercher.

On continue à marcher. Je mets un pied devant l'autre, comme un automate. Si je m'arrête, je ne suis pas certain de pouvoir repartir. Je suis en train de grignoter un bout de bœuf séché que j'avais dans ma poche quand Ingrid chuchote :

– Hé, il y a un bâtiment de ce côté.

Je suis son regard à travers les sous-bois et j'aperçois une construction en pierre.

On s'en approche avec prudence. De près, on constate que ce n'est pas un bâtiment : nous sommes arrivés au mur.

Elena allume sa torche d'une main tremblante et balaye les pierres grises avec le faisceau lumineux, de bas en haut. Harold ne plaisantait pas. Ce mur semble monter jusqu'au ciel.

Ingrid passe devant moi.

– Allons voir la rivière.

Je la suis à contrecœur au bord de la berge. La rivière gronde au-dessous de nous, pas loin, mais au bas d'une pente trop raide pour la descendre à pied sans risquer de glisser et de rouler dans l'eau. Des arbres poussent le long de la berge, et leurs racines dépassent à l'air libre ; Elena suggère de nous y accrocher pour descendre. D'ici, la végétation nous masque l'endroit où la rivière passe sous le mur.

Sans hésiter, Elena entame la descente en s'aidant des racines. Ça n'a pas l'air si difficile. Ingrid l'imite aussitôt. Je les suis comme je peux, avec mon bras blessé qui me fait souffrir le martyre à chaque mouvement. Mes tennis dérapent dans la terre meuble et ma progression tient à moitié de la glissade et de la dégringolade. Le temps de les rejoindre en bas, j'ai les deux genoux en sang.

Cette fois, on y est. Devant la seule sortie possible, selon Harold.

Mais quand je la vois, mon cœur s'emballe. La rivière s'engouffre sous le mur avec fracas. J'avais imaginé une espèce de tunnel au fond duquel la rivière s'écoulerait tranquillement dans un murmure poli, et que nous aurions traversé en pataugeant à peine. Je n'aurais peut-être même pas eu besoin de me mouiller les cheveux.

Malheureusement, je n'aurai pas cette chance. L'ouverture elle-même est invisible, masquée par le courant tumultueux qui s'y précipite en soulevant des gerbes d'écume. Le niveau de l'eau a monté avec les pluies récentes. Le tunnel que j'espérais ressemble davantage à un trou dans un barrage. On le regarde sans rien dire pendant une bonne minute ; personne n'a envie d'être celui qui formulera l'évidence. On va être ballottés dans tous les sens par le courant, maintenus sous la surface. On va se noyer.

Les filles retirent leurs sweats et les cachent sous un buisson. Je les imite maladroitement ; mes mains sont tout engourdies.

– Je vais y aller la première, décide Elena. Je suis plutôt bonne nageuse. (Elle fait semblant de ne pas remarquer mon expression horrifiée.) Attendez dix minutes avant de me suivre, comme ça j'aurai le temps de trouver le meilleur endroit pour vous aider à remonter de l'autre côté.

Ingrid se tourne vers moi.

– Tu veux y aller en deuxième ? Ça ne me dérange pas.

Je n'ai pas envie d'y aller du tout.

– D'accord, dis-je d'une voix éteinte. Est-ce que c'est le moment de rappeler que je ne sais pas nager ? Après, ça risque d'être trop tard.

– Relax, dit Ingrid en posant sa main sur mon épaule. Tu peux y arriver. Prends une grande inspiration avant de plonger, puis pousse avec tes pieds. On ne connaît pas l'épaisseur du mur. Il faudra peut-être retenir ta respiration sur quelques mètres. Ne panique pas et laisse-toi emporter par le courant.

J'ai les jambes en coton. Je me sens tout juste la force de m'allonger et de dormir pendant dix ans.

Un léger vrombissement se fait entendre. On se met immédiatement à couvert dans les buissons. Le bruit se rapproche rapidement, puis un drone surgit dans le ciel par une trouée dans le feuillage, passe au-dessus de nous sans ralentir et continue en direction de la ville.

– Un drone de livraison, à mon avis, dit Elena. Mais mieux vaut quand même y aller avant le suivant.

Elle pose son sac, retire ses chaussettes et ses chaussures, puis attache ses cheveux comme si elle se préparait à faire quelques longueurs dans une piscine. La clé USB est bien au sec dans un sachet congélation, dans l'une des poches de son short.

– Sois prudente, lui dis-je stupidement.

Elle s'assied sur la berge et trempe ses jambes dans l'eau.

– Waouh. Le courant est sacrément fort. (Elle se mordille la lèvre, réfléchissant à la meilleure façon de procéder.) La tête la première, je suppose. Je vais plonger le plus bas possible pour éviter de me cogner contre la voûte en remontant.

– On se retrouve de l'autre côté, lui dit Ingrid à voix basse.

Je l'observe à la dérobée. Il n'y a plus aucune trace de méchanceté sur son visage, comme si on l'avait entièrement effacée. Ça me donne un peu d'espoir. On est déjà en train de les battre.

Elena plonge et disparaît aussitôt. La rivière l'avale et la propulse vers le mur. Au début, je crois distinguer son T-shirt rouge sous la surface, mais il est vite englouti dans le bouillonnement d'écume à l'entrée du boyau. Impossible de dire si elle a réussi à passer ou non. Le grondement de l'eau résonne à mes oreilles. À force de fixer la rivière, je perds toute notion du temps, si bien que je sursaute quand Ingrid déclare :

– C'est bon, les dix minutes sont passées. À toi. N'oublie pas de plonger bien bas. Et de respirer un grand coup d'abord.

Je tiens à peine sur mes jambes, au point qu'Ingrid doit m'aider à m'asseoir sur la berge. L'eau est glacée. J'ai lu quelque part qu'on pouvait mourir en plongeant dans une eau trop froide – le corps oublie comment respirer, on panique et on se noie. Je suis déjà en train de paniquer.

– Prêt ? me demande Ingrid en posant ses mains dans mon dos. Tu veux que je te pousse ?

– Non !

Je pivote et me cramponne à elle, terrorisé. Maintenant que je ne peux plus reculer, je me décompose littéralement.

Elle me garde contre elle quelques secondes puis me repousse gentiment.

– Tu vas y arriver.

– Je suis sûr que non.

Elle fait la moue, et pendant un instant je m'attends à ce qu'elle se mette en colère. Mais elle me dit :

– Écoute. Quand j'ai lu ce que ces tarés ont écrit sur moi dans leur dossier, j'ai enfin compris une chose. Le ressentiment que j'éprouvais envers toi ne faisait que les aider. *Eux*. Ça te faisait du mal à toi, et à moi encore plus. En tirant un trait là-dessus, j'ai annulé une partie du contrôle qu'ils avaient sur moi. Ils ne peuvent plus s'en servir pour prévoir mes réactions ou me pousser à faire quoi que ce soit. Ça a été une libération pour moi. Ta peur, c'est la même chose. Si elle t'empêche de partir, ça veut dire qu'elle travaille pour eux.

Je hoche la tête d'un air penaud, mais je ne me sens toujours pas prêt à bouger.

– Tu préfères que j'y aille à ta place ? propose-t-elle. Comme ça, on sera deux pour te hisser de l'autre côté.

L'idée de rester seul ici me glace le sang. Jamais je n'arriverai à plonger sans Ingrid pour m'y aider. Je me rapproche du bord et ramène les genoux sous moi.

– Non, je vais y aller.

– D'accord. Bon, respire lentement avec moi. Inspire, expire. Inspire, expire. Fais le vide dans ta tête. Lève les bras pour protéger ta tête – oh, c'est vrai. Eh bien, juste le bon bras. Garde l'autre serré le long du corps. Et vise bien le trou. Ça va sans doute secouer un peu, mais tâche de rester concentré.

– Un peu ? Ça ressemble à une machine à laver en mode essorage, là-dessous.

– Tu ressortiras tout propre, comme ça, réplique-t-elle. (Un petit rire m'échappe malgré moi, relâchant un peu la tension qui me bloquait les poumons.) Je vais compter jusqu'à trois. Après, tu plonges. Respire un grand coup quand je dis trois, et je te donnerai une petite tape sur l'épaule. Juste une tape – je ne te pousserai pas. Tu plongeras toi-même. D'accord ?

Je fais oui de la tête.

– Prêt ? Un. Deux.

Je réalise alors que j'ai oublié de retirer mes chaussures.

– Trois.

Le choc de l'eau glacée me frappe comme une tonne de briques. Je rate complètement mon plongeon pour réussir un plat splendide. Le courant me happe et m'entraîne aussitôt sous la surface. J'oublie toute idée de viser l'entrée du passage. Je n'ai aucun contrôle sur ce qui m'arrive, aucun pouvoir. La rivière me balance et me retourne au point de me faire perdre tout sens de l'orientation. J'avais fermé les yeux mais quand je les ouvre, je ne vois qu'une masse sombre d'où émergent quelques pierres. J'en accroche une avec mon bras blessé, puis me cogne le dos contre un obstacle solide, si violemment que j'expulse tout l'air de mes poumons dans un nuage de bulles. Je roule de nouveau dans le courant et mon visage crève la surface – la lueur de l'aube me permet d'entrevoir le mur gris juste à côté de moi ; ça doit être ça que j'ai heurté. J'ai raté la trouée et n'ai aucune idée de l'endroit où elle peut être. J'aspire une grande goulée d'air et tente de me repérer quand je suis de nouveau aspiré dans les profondeurs, comme si une créature gigantesque m'attrapait par les pieds et me tirait vers le fond. Je fais des moulinets avec mes bras – j'essaie de les lever pour protéger ma tête, mais ce n'est pas si facile dans le courant.

Brusquement, tout redevient noir et pendant un moment je crains d'avoir perdu connaissance. Mais une surface lisse me frôle et je réalise que je suis dans le passage. Le mur forme un tunnel au-dessus de moi. Au-dessous de moi. Autour de moi. Je reprends espoir ; je serai sorti dans quelques secondes.

Pourtant, ça continue. Encore et encore.

J'ai les poumons en feu. Ils chassent un peu d'air à chaque choc jusqu'à se vider entièrement. Je suis plongé dans le noir complet, et à présent je ne suis même plus certain d'être entraîné à travers le tunnel – si ça se trouve, je ne fais que rouler en rond à l'intérieur. J'ouvre grand les yeux, cherchant désespérément une lueur, une indication que j'approche de la sortie. En vain.

Tout mon corps hurle pour avoir de l'air. La brûlure que je ressens dans la poitrine est la seule sensation qui m'habite. Mes mains, mes pieds ne m'appartiennent plus. Je n'arrive plus à battre des jambes. Mon cerveau fonctionne au ralenti. J'ai l'impression d'être un observateur, de me voir d'en haut comme un objet qui tournoie dans le vide spatial, un point microscopique dans l'immensité de l'univers. La brûlure commence à s'estomper, remplacée par un sentiment de paix tandis que je me regarde rapetisser de plus en plus. C'est étrangement magnifique.

Puis je sens qu'on me hisse dans la lumière – une lumière si vive qu'elle en est douloureuse. On me jette sur une surface pâteuse et on me roule sur le flanc. Mon sentiment de paix disparaît et je vomis des litres et des litres de rivière, pris de convulsions, avant de retomber sur le dos. Chaque molécule de mon corps est une souffrance.

Je cligne des paupières, aveuglé par la lumière. Un visage flou se penche au-dessus de moi. Les traits d'Elena se précisent lentement. Je dresse la tête, malgré la douleur. J'ai le haut du corps sur une berge boueuse et les jambes encore à moitié dans l'eau. Je laisse ma tête retomber dans la boue.

– Eh bien, ça manquait un peu d'efficacité et d'élégance mais au moins tu es là, maintenant, me dit-elle.

Le soulagement la rend joviale. Elle me caresse les cheveux.

J'essaie de parler, de lui raconter ma sensation de flotter dans l'espace, de lui dire à quel point c'était merveilleux – mais au lieu de cela, je recommence à vomir.

CHAPITRE 30

On attend, Elena près du mur, moi plus loin au cas où elle raterait Ingrid. On se tient dans l'eau près de la berge, jusqu'aux genoux, aussi loin qu'on peut sans se faire emporter par le courant. Contre toute attente j'ai toujours mes tennis aux pieds, même si elles ont tout vécu au cours des dernières vingt-quatre heures et qu'elles sont sans doute prêtes à monter au paradis des chaussures.

Il n'y a pas grand-chose à voir de ce côté de la berge, à part le mur – deux pentes herbeuses s'élèvent de part et d'autre de la rivière et nous masquent les alentours. Malgré la curiosité qui me dévore, je reste à l'affût du moindre signe d'Ingrid.

Elena commence à s'inquiéter, je le vois bien. Il fait complètement jour à présent – on est samedi matin. On ne voit aucun drone de ce côté du mur, et c'est tant mieux car je ne vois pas trop où on pourrait se mettre à couvert.

Mon soulagement d'être encore en vie s'estompe au fil des minutes. Combien de temps s'est-il écoulé depuis ma sortie ? J'ai l'impression qu'il s'est passé une heure. J'échange un regard impuissant avec Elena. On sait tous les deux qu'on ne peut pas rester là indéfiniment.

– Sel, je crois... commence-t-elle, sans oser aller jusqu'au bout de sa phrase.

– Pas encore.

Elle se mordille la lèvre.

– Ils doivent savoir qu'on est partis, maintenant. Peut-être même qu'ils savent ce qu'Harold a téléchargé sur cette clé USB. Peut-être qu'ils l'ont obligé à parler. Dans peu de temps ils auront reconstitué ce qu'on a fait. Et où on est.

– Juste quelques minutes.

Pourtant je sais qu'elle a raison. On ne peut pas rester ici plus longtemps, ou alors ce n'était pas la peine de venir.

Puis je vois passer quelques mèches auburn sous l'eau.

– Là ! m'écrié-je en pointant la tête d'Ingrid qui remonte à la surface, et je la vois battre des bras, tenter de nager vers la berge.

Je patauge maladroitement dans sa direction, mais Elena m'a devancé. Elle attrape Ingrid par son T-shirt et la retient malgré le courant. Je les rejoins à mon tour, j'empoigne le bras d'Ingrid, et à nous deux on parvient à la tirer hors de l'eau.

– Qu'est-ce qui t'a pris si longtemps ? On était morts d'inquiétude, lui dis-je sur un ton de reproche.

On croirait entendre ma mère.

Ingrid reprend son souffle et pointe le doigt vers le ciel.

– Un drone, souffle-t-elle. Il est arrivé et s'est mis à planer au-dessus du tunnel, comme s'il en gardait l'entrée. Alors je me suis cachée.

Elena paraît effrayée.

– Tu crois qu'il nous a vus sortir ?

Ingrid hausse les épaules.

– Je ne pense pas. Il est arrivé à l'instant précis où j'allais plonger, dix minutes après Sel. Ils ont peut-être fini par se rendre compte que c'était la seule sortie possible. Finalement, j'en ai eu marre d'attendre. Je lui ai balancé une pierre. (Elle sourit fièrement.) Je l'ai dégommé du premier coup ! Il s'est écrasé dans l'eau.

Je lui tape dans la main en riant.

– On ferait mieux de ne pas traîner quand même, observe Elena. S'ils s'aperçoivent qu'ils ont perdu un drone, ils risquent d'avoir des soupçons.

On boit un peu d'eau de la rivière, on se lève et on se met en marche le long du mur. Le soulagement nous insuffle un regain d'énergie. Malheureusement, l'air est trop froid pour sécher nos vêtements trempés.

Au bout d'un moment, le sol amorce une pente sur notre gauche et nous offre une vue spectaculaire sur la vallée. On s'arrête en grelottant. Une grande ville s'étend sous nos yeux au creux d'un paysage vallonné. J'ai déjà vu des villes de cette taille sur des photos, et aux infos, bien sûr, mais j'en ai malgré tout le souffle coupé. La réalité dépasse tout ce que j'avais imaginé. Des briques rouges, du verre et du béton. Des véhicules minuscules sillonnent les rues, en un flot inépuisable. Un gyrophare bleu clignote dans le trafic, et j'entends le hurlement lointain d'une sirène – comme pour me rappeler que ces rues sont en proie au crime et à la violence. Néanmoins, je sens mon cœur se gonfler d'espoir et d'excitation.

– Hastaville, murmure Elena.

Environ une heure plus tard, juste avant d'atteindre les faubourgs de la ville, on passe devant une jolie ferme isolée où du linge sèche sur une corde à l'extérieur. Elle a un toit de chaume et de la clématite autour de la porte d'entrée. Les rideaux sont tirés.

– Hé, regardez ! dit Ingrid en indiquant plusieurs paires de chaussures alignées sous le porche. Venez !

L'adrénaline me donne un coup de fouet – allons-nous vraiment voler ces chaussures ? Notre première action hors de Tremorglade sera-t-elle de commettre un délit ? D'un autre côté, les semelles de mes tennis sont en train de se détacher. Et puis, ça doit à peine passer pour un délit à Hastaville.

Je rejoins les filles à la porte, convaincu que quelqu'un va ouvrir une fenêtre d'un instant à l'autre pour nous crier dessus. On rafle les paires qui nous paraissent à la bonne pointure. J'attrape aussi un short et un T-shirt sur la corde à linge, puis je lève les yeux. Je jurerais avoir vu un rideau bouger.

– Il faut qu'on file ! soufflé-je.

On se sauve en courant, et on ne s'arrête pas avant d'être hors de vue de la ferme.

– C'était *parfait*, un vrai centre commercial, s'exclame Elena en gloussant. (Puis elle lève les yeux au ciel en voyant mon regard désapprobateur.) On n'allait pas continuer pieds nus, si ? Comment me trouves-tu ?

Elle lisse ses cheveux.

À vrai dire, on est sales et dépenaillés, mais au moins on n'est plus mouillés. Avec un peu de chance, on ne devrait pas trop attirer l'attention en ville. Je me sens nerveux à l'idée de ce qui nous attend. On vivait peut-être dans une prison, mais on y était en sécurité – plus ou moins. Ici, les choses sont différentes. Tout le monde sait que la ville est dangereuse. Et je ne peux pas me servir de mon bras blessé – même si je ne serais pas très utile dans une bagarre de toute manière.

D'un coup, l'herbe cède la place au béton. On passe entre deux entrepôts, on emprunte une ruelle, et on débouche en ville. La puanteur de gaz d'échappement me prend à la gorge. Il y a tellement de voitures qui passent en rugissant et en klaxonnant ! On marche sur les trottoirs bondés sans que personne ne se retourne sur nous. J'évite de croiser le regard des gens mais je ne peux pas m'empêcher de les observer à la dérobée. Les Hastavilliens ont l'air... ordinaires. Pas différents des Tremorgladais. Personne n'essaie de nous voler. Personne ne semble même s'apercevoir de notre présence.

Les maisons sont plus serrées qu'à Tremorglade mais ce qui me frappe le plus, c'est qu'on ne voit aucun signe d'avertissement au néon, aucun piège visible. À Tremorglade, le lendemain du Confinement, on remballe et on range le gros du matériel, mais on n'enlève pas tout. Ça prendrait trop longtemps de tout réinstaller chaque mois. J'en fais la remarque à Elena.

– Ils n'ont peut-être rien à ranger, murmure-t-elle en réponse. Peut-être qu'ils n'installent rien pour le Confinement. L'organisation ne doit pas être la même que chez nous. Peut-être qu'ils se contentent des cages, sans dispositif de sécurité externe. J'ai même entendu dire qu'il y a des endroits où les gens se dispensent de cages. On est dans l'Ouest sauvage, maintenant.

L'atmosphère générale n'évoque pas tellement l'Ouest sauvage, pourtant. Un épicier derrière son étal nous adresse un petit hochement de tête en nous voyant passer. Un gamin entraîne son père vers une boutique de bonbons. J'ai bien quelques palpitations quand je vois une femme surgir d'un magasin avec un couteau à la main, mais ensuite elle se penche pour couper la ficelle d'un bouquet de fleurs dans un seau. L'enseigne au-dessus de la vitrine annonce : « AUX PÉTALES DE PAVOT ».

Nous avons décidé de nous rendre directement à la bibliothèque, comme Harold nous l'a conseillé. Apparemment, elle offre Internet en accès libre et on pourra y mettre en ligne les données de notre clé USB. Je ne suis pas tout à fait serein à l'idée de suivre les indications d'Harold, mais ça paraît quand même plus malin que d'essayer de parler à des inconnus dans une ville qui a si mauvaise réputation.

N'empêche, je reste stupéfait de voir à quel point les rues sont animées et agréables – les passants vont et viennent sans s'occuper de nous, discutant, riant, faisant du lèche-vitrine. On pensait croiser des bandes armées, mais au fur et à mesure qu'on avance, on s'inquiète de moins en moins. Sans être amicaux, les gens n'ont pas l'air hostiles le moins du monde. La plupart ne font pas attention à nous. On voit nettement moins de fous furieux et de maraudeurs que je ne m'y attendais. En fait, on ne se sent pas du tout en danger.

J'en arrive à oublier le conseil que maman me répète toujours : « Ne te fie pas aux apparences. »

Elles sont parfois trompeuses.

La bibliothèque de Tremorglade est minuscule, avec une moquette miteuse et une odeur de vieux papier. Celle d'Hastaville est très différente. Tout en longueur, avec des colonnes en façade et un grand escalier qui mène à une porte à tambour.

Il y a beaucoup de monde à l'intérieur. Certains feuillettent des livres dans les rayons, d'autres pianotent sur des ordinateurs installés dans des petits box ici et là. On déambule au hasard pendant quelques minutes en consultant les étiquettes au sommet de chaque étagère. Biographies, Histoire, Animaux domestiques, Fictions adultes et adolescentes, Loisirs... Je n'avais encore jamais vu autant de livres à la fois. Je promène mon doigt au dos des reliures puis réalise qu'on m'observe. Une femme blonde en robe jaune se tient un peu plus loin dans le rayon. Quand je croise son regard, elle me sourit avant de se replonger dans sa lecture. Elle pense peut-être que je ne devrais pas toucher les livres pour rien. Je croise les bras et continue en compagnie d'Elena et Ingrid.

– Il faut qu'on trouve un ordinateur libre, chuchote Elena.

– Waouh, souffle Ingrid en nous faisant signe de lever les yeux.

Je n'avais pas encore remarqué le plafond voûté, mais il est recouvert d'une fresque somptueuse – un paysage boisé dans lequel on entrevoit des créatures entre les arbres, notamment quelques Éventreurs. On le contemple avec émerveillement.

– Je peux vous aider ? (On se retourne en sursaut. Un jeune homme d'une vingtaine d'années se tient devant nous, les mains croisées derrière le dos. Il s'esclaffe.) Désolé, je n'avais pas l'intention de vous faire peur. C'est juste que vous avez l'air un peu perdus.

Elena affiche son plus beau sourire.

– On, euh… on n'est pas d'ici, on est venus faire des… des recherches. On, euh… on admirait simplement votre plafond.

– Ah, oui. (Il sourit en retour.) C'est beau, hein ? Même s'il y a certains détails un peu sinistres. Vous cherchez quelque chose en particulier ?

– En fait, on se demandait si on pourrait utiliser l'un de vos ordinateurs. On voudrait faire une recherche sur Seekle.

– Je vous demande pardon ?

– Tu sais bien, s'impatiente Ingrid. Seekle – le moteur de recherche.

– Vous êtes membres ?

– Euh, non. Comme je l'ai dit, on n'est pas d'ici.

– Oh, c'est vrai. Eh bien… j'ai peur que tous nos ordinateurs soient verrouillés par un mot de passe. Il faut une carte de membre pour les débloquer. Désolé… Vous trouverez peut-être ce que vous cherchez dans l'un de nos livres.

Il nous adresse un sourire d'excuse avant de s'éloigner. La femme en jaune l'arrête au bout du rayon et lui dit quelque chose à voix basse.

– Super, dis-je sur un ton maussade. Comment on va faire pour mettre notre truc en ligne ?

Elena regarde autour de nous.

– On pourrait peut-être attendre que quelqu'un libère un ordinateur, en espérant qu'il oubliera de se déconnecter ?

Faute d'une meilleure idée, on se pose dans un coin d'où on peut surveiller la plupart des consoles, tâchant de ne pas avoir l'air trop suspects.

– D'où avez-vous dit que vous veniez, déjà ? demande le jeune homme en réapparaissant soudain derrière nous.

Sans réfléchir, je commence à répondre :

– De Tremorgl…

Je m'interromps presque aussitôt. Le bibliothécaire fronce les sourcils.

– La réserve naturelle ?

Je le dévisage avec des yeux ronds. Ingrid s'empresse de venir à mon secours :

– Désolé, il a mal compris. On est de Kinettia. (C'est une ville qui se trouve à cent cinquante kilomètres à l'ouest.) Il voulait dire qu'on voudrait bien voir Tremorglade. La… réserve naturelle. Vu qu'elle n'est pas loin, on pensait l'inclure dans notre visite. C'est derrière le grand mur, c'est ça ?

– C'est ça, confirme le jeune homme en hochant la tête. Mais vous allez être déçus, j'en ai peur. Les visites ne sont pas autorisées. Pour préserver la tranquillité des espèces rares qui s'y trouvent. Il n'y a même pas d'entrée – la surveillance s'effectue entièrement par drones. (Il prend notre expression ahurie pour de la déception.) Mais je vous rassure, il y a plein d'autres choses à voir dans la région. Et puis... mon boss est absent aujourd'hui, mais l'adjointe qui le remplace m'a autorisé à vous laisser utiliser l'un de nos ordinateurs. Venez avec moi.

Avec un large sourire, il nous entraîne au fond de la salle en direction d'une porte sur laquelle on peut lire : « RÉSERVÉ AU PERSONNEL ».

La porte donne sur un petit bureau équipé d'un ordinateur. Une autre porte s'ouvre dans le mur d'en face, surmontée d'une caméra de surveillance.

– Je vais vous chercher des brochures sur les principaux sites touristiques des environs, nous dit le jeune homme, avant de nous laisser en refermant la porte derrière lui.

– Une *réserve naturelle* ? siffle Ingrid. Non, mais... ?

Elena s'installe devant l'ordinateur et l'écran s'allume. Elle sort la clé USB, tâtonne sur le côté du clavier à la recherche de la prise, et l'insère dedans.

Quelques clics plus tard, un dossier unique intitulé « Tremorglade » s'affiche à l'écran.

– C'est ça. Ouvre-le, qu'on voie ce qu'il y a dedans.

Elle clique sur le dossier et on se penche sur l'écran.

Je m'attendais à des photos, des vidéos, des diagrammes, des rapports – tous ces documents dont Harold nous a promis qu'ils enverraient une onde de choc dans le monde entier une fois qu'on les aurait mis en ligne.

Mais il n'y a rien.

– La clé a été endommagée dans l'eau ? dis-je en retenant mon souffle.

Elena secoue la tête.

– Non. Elle est vide, c'est tout.

On continue de fixer l'écran dans l'espoir qu'autre chose finisse par apparaître. Peine perdue.

– Harold a toujours été nul avec les ordinateurs, dis-je. Enfin... je crois.

Cette sensation que j'avais de passer à côté d'un élément important me revient en force.

– Voyons ce qu'on peut trouver en ligne, suggéré-je.

Elena pianote sur le clavier, et une fenêtre de navigation vierge s'ouvre, dominée par un logo inconnu.

– C'est quoi ce moteur de recherche ? Ils n'ont pas Seekle ? marmonne-t-elle.

Elle tape tout de même « Tremorglade » dans la barre de recherche.

Une liste de résultats s'affiche, mais on reste abasourdis devant.

Réserve naturelle de Tremorglade

Tremorglade, ancienne ville abandonnée au pied des monts Hasta, est aujourd'hui une réserve naturelle pour différentes espèces animales en voie d'extinction qui représentent également un danger pour la sécurité publique. Les animaux peuvent y vivre en liberté, surveillés à distance par des experts. La réserve appartient à Sequest, Inc. qui en assure également l'entretien. Les visites ne sont pas admises en raison des risques soulevés par les animaux, et le public n'y a donc pas accès.

Elle clique sur le lien de Sequest, mais tout ce qui se rapporte à la compagnie parle de Tremorglade. Il n'y a rien sur les centres de bien-être. Seulement ces histoires ridicules de réserve naturelle.

– Des animaux ? fulmine Ingrid qui tourne en rond devant l'ordinateur, les poings serrés. Des *animaux* ?

Là-dessus, le bibliothécaire revient et me tend une liasse de brochures.

– Tenez. On a deux musées vraiment excellents et toutes sortes de balades à faire dans les environs. Vous y trouverez aussi des indications sur la géographie, l'histoire et les légendes de la région – notamment la légende locale qui vous a tellement intéressés sur notre plafond, celle des loups-garous.

– Les loups-gar... hein ? dis-je.

Il s'esclaffe.

– Ah, ah ! Pas « garins », garous ! (Il se tourne vers Elena et Ingrid.) Les loups-garous. Vous savez – pleine lune, grandes griffes, graaaouuhh.

Il fait mine de griffer l'air avec ses doigts.

On le dévisage en clignant des yeux.

– Tu parles des Éventreurs ?

Il hésite, perplexe.

– Non, des loups-garous. Ces vieilles légendes sur les gens qui se transforment en espèce de loups géants à la pleine lune. J'adore ces histoires. On en a tout un rayon, si ça vous dit de les lire.

Des *histoires* ?

S'ensuit un moment de gêne où son sourire s'estompe. Manifestement, il ne sait pas comment réagir à notre incompréhension totale.

– Bon, et sinon, avez-vous trouvé ce que vous cherchiez ? nous demande-t-il en consultant sa montre.

– Il nous faut encore cinq minutes, lui répond Elena d'une voix étranglée. Si ça ne t'ennuie pas. (Alors qu'il se tourne pour nous laisser, elle le rappelle.) Le... la réserve naturelle. Ce n'était pas une ville, il y a encore quelques années ?

Il hoche la tête.

– Oui, une petite communauté isolée. Mais on a déplacé les derniers habitants et construit le mur d'enceinte il y a environ, euh... laissez-moi réfléchir. (Il se tapote le menton.) Je dirais vingt-cinq ans. Avant ma naissance, en tout cas. Aussi loin que je me souvienne, il a toujours été là.

La porte se referme doucement derrière lui.

CHAPITRE 31

Je ne suis pas certain de continuer de respirer. On manque de sommeil, tous les trois – est-il possible que je sois en train de rêver ?

Une idée absurde se glisse dans mon cerveau. Je me penche par-dessus l'épaule d'Elena et tape dans la barre de recherche :

Corpus pilori

J'ai des frissons partout. Je crois que je commence à entrevoir la vérité. Une vérité, en tout cas. Mais elle me paraît trop énorme pour oser la formuler à voix haute. J'ai la bouche sèche. Les filles regardent l'écran en fronçant les sourcils. Ma recherche n'a rien donné, et le moteur me demande si je ne voulais pas plutôt parler d'*Helicobacter pylori*, une bactérie qui cause des ulcères dans l'estomac.

Subitement, je sais pourquoi les rues d'Hastaville sont aussi propres et bien rangées un lendemain de Confinement.

– Ils n'ont pas d'Éventreurs ici, dis-je d'une voix creuse. Pas de Confinement.

– Qu'est-ce que tu racontes ? proteste Ingrid, partagée entre la colère et la crainte. Évidemment qu'ils en ont !

– Pas ici.

– Sel, on a franchi un mur, pas un portail vers une autre dimension.

Elle a l'air agacée, mais je peux sentir qu'elle commence à douter.

– Non, non. (Je m'efforce de leur expliquer.) On avait tous les indices sous les yeux, mais on n'a pas su les interpréter. Le monde n'est pas... ce qu'on nous a raconté qu'il est depuis le Basculement. Vous avez vu Hastaville. Où sous les bandes atteintes de fièvre froide ? Et les pluies acides ? Au contraire, tout est... nickel. Ce que Sequest a fabriqué... ce ne sont pas simplement quelques pages web, des applis et des fausses pubs pour des cages à serrure électronique. Ils ont *tout* inventé. Et pas uniquement depuis trois ans. Vous l'avez entendu. Tremorglade est coupée du monde depuis l'époque de nos parents. Avant même le

Basculement. En fait… je ne suis pas certain qu'il y ait eu un Basculement un jour. Pas tel qu'on le connaît, en tout cas. Le monde a continué à tourner comme d'habitude. Il n'y a que Tremorglade qui a changé.

– C'est impossible, plaide Ingrid d'une voix presque implorante. Il aurait fallu…

– Qu'ils fabriquent un deuxième Internet rien que pour nous, dit lentement Elena. Avec de fausses infos. Des films. Des chansons, même. Tout un environnement de carton-pâte. D'abord pour nos parents, et ensuite pour nous. Une entreprise colossale, pour nous convaincre que les Éventreurs sont partout.

– Sauf que c'est un mensonge, dis-je. L'expérience de Sequest ne porte pas simplement sur les infrasons. Ce n'en est qu'une infime partie. (Je me frappe le front du plat de la main.) *Voilà* ce que voulait dire Pedro quand il disait qu'il y avait un problème avec Internet. Je crois qu'il était sur le point de découvrir la vérité. C'est pour ça qu'ils l'ont tué.

Ingrid prend appui sur le mur pour garder l'équilibre.

J'y vois clair à présent. Les pièces du puzzle étaient placées tout en désordre, mais elles viennent de se réorganiser pour dessiner un tableau complètement différent. Tellement surréaliste que ça me donne presque envie de rire.

– Les amis... dit Ingrid en fixant la porte au fond de la pièce. Cette caméra vient de pivoter.

On regarde la caméra avec méfiance, mais elle ne bouge plus.

Elena nous confie dans un murmure :

– Vous avez remarqué cette femme en robe jaune, tout à l'heure ? Je crois que c'est elle qui a dit au bibliothécaire de nous amener ici.

Ingrid hoche la tête.

– Il a dit que son boss n'était pas là, qu'il était remplacé par une adjointe. (Elle jette un coup d'œil en direction de la porte.) À mon avis, ce n'est pas n'importe quelle adjointe.

Je chuchote :

– Et aussi... à la ferme où on a volé ces vêtements propres. J'aurais juré qu'il y avait quelqu'un à l'intérieur. Mais personne n'est sorti nous courir après.

À croire que ces chaussures et ces vêtements avaient été laissés là exprès pour nous. Sur le moment, nous étions tellement contents qu'il ne nous est pas venu à l'esprit que c'était bizarre. Un peu trop facile.

Et maintenant qu'on est là, difficile de ne pas penser que nous étions attendus.

On en prend conscience tous les trois en même temps, mais c'est Elena qui le formule à voix basse :

– C'est un piège.

On a été *envoyés* ici, dans cette bibliothèque.

Par Harold.

– Tirons-nous, dis-je.

Je pose la main sur la poignée de la porte, mais avant même d'essayer de la tourner, je sais qu'elle ne bougera pas. La secouer ne donne rien non plus. Elena essaie la deuxième porte sans plus de résultat.

S'ensuivent quelques minutes de panique, au cours desquelles on s'attaque désespérément aux deux portes.

Finalement, on entend un déclic et celle de la bibliothèque s'ouvre toute seule. Notre guide est de retour, avec un grand sourire amical.

– Salut ! Me revoilà. On m'a demandé de vous conduire à...

Ingrid lui assène un grand coup de pied dans les parties et il s'écroule à genoux en émettant un petit sifflement, comme un pneu qui se dégonfle.

– Pas question de te suivre où que ce soit.

Elena m'entraîne dehors avec elle. On enjambe le jeune bibliothécaire recroquevillé sur lui-même et on s'élance à travers la salle en faisant claquer nos semelles sur le plancher. On esquive plusieurs visiteurs qui nous adressent des regards surpris et on arrive dans l'allée principale, en vue de la sortie. Un homme qui pousse un chariot chargé de livres s'arrête devant nous.

– Je peux vous aider… ?

Ingrid repousse le chariot de toutes ses forces et il bascule en renversant son contenu dans l'allée.

– Hé !

Elena lâche ma main pour bondir par-dessus le chariot. Je tente de l'imiter maladroitement, mais en prenant mon élan je dérape sur un gros livre ouvert et je perds l'équilibre ; en faisant des moulinets avec les bras pour me rattraper, je cogne l'employé sous le menton.

– Désolé ! lui crié-je.

Nous voilà dehors, sous un soleil aveuglant. Ingrid n'hésite pas un instant et traverse la rue au pas de course, en direction d'une ruelle qui s'enfonce entre une boucherie et un salon de manucure. Un van s'immobilise à quelques centimètres de moi dans un crissement de pneu et un grand coup de klaxon. Pendant un moment, je reste figé sur place, avec le cœur qui bat à cent à l'heure. Le van est si près de moi que je peux sentir la chaleur de son moteur.

Des cris retentissent derrière nous. La femme en robe jaune se tient sur les marches de la bibliothèque et nous pointe du doigt en criant. Des passants s'arrêtent pour nous dévisager – une femme lâche ses sacs de courses, un petit chien pousse des jappements frénétiques au bout de sa laisse. Un autre cri : Elena qui m'appelle. Je me secoue et m'engouffre dans la ruelle juste à temps pour voir Ingrid tourner le coin tout au bout, suivie de près par Elena.

J'entends des pas rapides derrière moi, d'autres cris. J'ai les jambes lourdes, raides, les muscles endoloris après la longue marche qui nous a menés jusqu'ici. Je trottine malgré tout au fond de la ruelle à la suite des filles, je tourne au coin, et m'arrête net.

Je me trouve dans une deuxième ruelle. Ingrid et Elena sont juste devant moi, mais elles ont cessé de courir. Quatre personnes en combinaisons blanches anti-bactériologiques leur bloquent le passage. D'autres arrivent dans mon dos. Derrière elles, j'entrevois une silhouette en robe jaune et j'entends une voix contrariée.

– Oh, bon sang, qui a autorisé ces combinaisons ? Comme si c'était vraiment utile de vous donner en spectacle. Ce sont des enfants. Ils ne sont pas contagieux. (Un soupir.) Allez, finissons-en.

– S'il vous plaît, dit l'un des hommes en combinaison en s'approchant de nous. On ne va pas vous faire de mal.

Ses mots se veulent rassurants, mais l'effet est quelque peu gâché par l'énorme seringue qu'il tient dans sa main gantée.

– Ne vous approchez pas de moi avec ce truc, prévient Ingrid. Je suis ceinture noire de taekwondo.

– Oui, dit l'un des collègues de celui qui tient la seringue. On sait.

C'est là que le filet s'abat sur nous.

CHAPITRE 32

Je me réveille dans mon lit.

Je m'assieds en sursaut, le cœur battant, à moitié soulagé à l'idée d'avoir rêvé ce qui vient de m'arriver, à moitié terrifié parce que je sais très bien que ce n'est pas le cas. J'ai le sentiment que quelque chose ne va pas, et pourtant, quand je regarde autour de moi, tout semble parfaitement normal.

Mes posters sont toujours au mur, mon ordinateur trône sur mon bureau. Maman a fait du rangement, par contre. Beaucoup de rangement. Mes tiroirs sont refermés proprement, sans aucune chaussette qui dépasse. Les rideaux sont tirés mais la lumière est allumée. Ma lampe étoile bleue est sur ma table de chevet, même si mon téléphone n'y est pas.

Tout m'a l'air d'être à sa place, et pourtant non.

Je passe la main sur ma couette – avec sa housse au motif en zigzags que j'ai depuis des années – et je la trouve... plus lisse, plus soyeuse que d'habitude. Je me touche le visage pour vérifier que je n'ai pas les doigts engourdis, mais ils ont l'air normaux – chauds, un peu secs.

En rejetant ma couette, je constate que je porte mon pyjama préféré. Celui que Pedro m'a donné quand il est devenu trop petit pour lui. Sauf que... il manque le trou au niveau du coude, le long de la couture. Je vérifie l'autre bras au cas où je me serais trompé de côté mais il est intact aussi. Et les motifs du tissu me paraissent un peu trop nets, les couleurs trop vives, comme s'il n'avait jamais été lavé. Mon bras va beaucoup mieux ; il n'est presque plus enflé maintenant, et la douleur a quasiment disparu.

Je pose les pieds sur la moquette et je la trouve plus douce que dans mon souvenir. Mes orteils s'y enfoncent davantage tandis que je traverse ma chambre. Mes tennis, propres et sans une éraflure, m'attendent sagement sur une chaise. Je touche mon bureau, fais glisser mon doigt sur la surface. Tout paraît tellement *impeccable*. Je me sens déphasé. Je n'ai aucune idée de l'heure qu'il peut être. Les rideaux sont si épais que je ne vois même pas s'il fait jour. Je les écarte d'un geste brusque puis recule en titubant, sous le choc.

Au lieu de voir le jardin, la rue et la maison d'Elena de l'autre côté, je ne vois que le mur de ma chambre.

Je pose la main dessus – pas d'erreur, il est bien réel. Je détecte un léger creux au centre, comme une fissure. J'appuie dessus et le mur s'écarte en chuintant.

Je me raidis, m'attendant à moitié à me retrouver nez à nez avec des hommes en armes ou à recevoir une giclée de gaz toxique en plein visage. Puis je réalise que c'est bien pire.

Un écran noir s'allume en grésillant.

Je reconnais le logo de Sequest, le jingle… oh, non. C'est la vidéo *Votre corps face au Changement*.

Je cours jusqu'à la porte. Elle est verrouillée. Je tambourine dessus.

– Laissez-moi sortir ! Laissez-moi sortir !

Une voix sort de la télé, et je me retourne. Ce n'est pas le présentateur de *Votre corps face au Changement* ; c'est quelqu'un d'autre. Je mets une seconde à me rappeler où j'ai déjà vu cette personne, puis ça me revient. C'est la femme de la bibliothèque, celle qui portait une robe jaune. Sauf qu'à présent elle porte une blouse de laborantine. Ce qui ne veut pas forcément dire que c'est une scientifique, évidemment. N'importe quel acteur peut enfiler ce genre de blouse. En général ils portent des lunettes, aussi, comme s'il fallait nécessairement être myope pour s'intéresser à la physique et à la chimie. Je m'approche de l'écran à contrecœur pour regarder la vidéo.

– Bonjour ! lance la femme. Je suis la docteure Smith, directrice adjointe des opérations ici, à Sequest. Ansel, Elena, Ingrid, je suis bien contente de vous accueillir. J'espère que vous êtes bien reposés après ces quelques jours de sommeil.

Parce que je suis resté endormi *plusieurs jours* ? Une image fugace me revient en mémoire – celle d'une seringue qu'on m'enfonce dans le bras. Ma main se pose machinalement à l'endroit de la piqûre.

Donc mes amies sont dans le coin elles aussi. Cette idée me réconforte un peu, dans mon pyjama bizarrement soyeux.

– Cette vidéo a pour but de vous aider à retrouver vos marques après un épisode qui a dû vous paraître pénible et quelque peu déconcertant.

Après ? J'ai l'impression d'être encore en plein dedans.

– Vous devez avoir beaucoup de questions. J'ai des réponses pour vous. Mais d'abord, j'aimerais attirer votre attention sur le petit instrument implanté dans votre nuque.

Ma main vole aussitôt à l'endroit indiqué. Je sens un minuscule *quelque chose* sous la peau, comme une sorte de point noir rectangulaire.

– Vous risquez d'entendre certaines choses contrariantes au cours des prochaines heures. Néanmoins, il est important que vous gardiez votre calme. Aucune violence à l'égard de notre personnel ne sera tolérée. Cet instrument que vous portez désormais peut être activé à distance pour vous faire perdre connaissance. J'ai une télécommande sur moi, ainsi que certains membres de notre service de sécurité.

Elle tapote la poche de sa blouse pour illustrer son propos.

Je n'aime pas la tournure que prennent les choses. Pas du tout.

Mon regard se tourne vers mon placard où je range mon X50. Je l'ouvre d'un geste brusque. Voyons jusqu'où j'arriverai à aller.

Mais bien sûr, mon fusil n'est plus là. Mon placard ne contient plus qu'une version flambant neuve de mes vêtements, et sur des *cintres*, s'il vous plaît. Si on ajoute à ça l'absence de linge sale sous mon lit, on voit bien qu'ils n'ont pas réussi à reconstituer ma chambre aussi bien qu'ils l'auraient voulu. Bizarrement, ça me donne un peu d'espoir.

J'adresse un hochement de tête à l'écran pendant que la docteure Smith continue.

– J'espère que nous n'aurons pas besoin de recourir à de telles extrémités. Nous aspirons à une collaboration aussi longue que mutuellement profitable avec vous trois, et je suis certaine qu'une fois que vous aurez compris la situation, vous parviendrez à la conclusion qu'il est dans votre intérêt de coopérer. Et maintenant… il est temps de nous présenter en personne.

L'écran s'éteint et un courant d'air dans mon dos m'indique que la porte s'est ouverte. Je me retourne avec prudence. La même femme que je viens d'écouter se tient sur le seuil, en chair et en os cette fois. Elle est habillée comme dans la vidéo mais arbore une longue griffure sur la joue.

Elle me sourit.

– Bonjour, Sel. J'espère que ma vidéo ne t'a pas fait peur. Ce n'était qu'une précaution, afin d'éviter les malentendus.

– Me faire peur ? Non, vous m'avez paru tout à fait normale et pas du tout psychopathe.

Sans relever le sarcasme, elle recule d'un pas et me fait signe de la suivre dans un couloir d'un blanc immaculé. Il n'y a personne d'autre que nous deux, mais j'aperçois d'autres portes un peu plus loin. Je me demande si Elena et Ingrid sont derrière l'une d'entre elles.

– Mets tes chaussures, Sel, et viens avec moi. Tu pourras poser tes questions en chemin.

Elle commence à s'éloigner, s'attendant manifestement à ce que je lui obéisse. Faute d'une meilleure alternative, j'enfile mes tennis neuves et je la rejoins dans le couloir.

– C'est quoi cet endroit ?

Elle fait une moue agacée.

– Je te l'ai dit dans la vidéo. Le quartier général de Sequest.

Je fais la moue moi aussi.

– D'accord, mais c'est quoi, Sequest ? En réalité ? Harold nous a dit qu'il s'agissait d'une compagnie de recherche médicale. Mais il mentait, pas vrai ?

Le couloir tourne devant nous et se prolonge à perte de vue. Ses talons résonnent sur le sol.

– Nous sommes une compagnie de services techniques, répond-elle.

– Qu'est-ce que ça veut dire ? Quel genre de services ?

– Oh, c'est très divers. Nous faisons un peu de tout. Tous les types de recherches qui peuvent être utiles à nos clients.

– Quels clients ?

– Différents gouvernements à travers le monde. Ou d'autres organismes moins officiels, aussi, quand ils ont les moyens de faire appel à nous. Nous partageons nos découvertes uniquement avec nos partenaires financiers, et ils exploitent ces informations comme ils le veulent – pour la défense de leur pays ou pour améliorer le quotidien de leur population. Nous ne leur parlons pas de nos méthodes. Et ils ne nous posent aucune question.

Il me faut quelques secondes pour comprendre de quoi elle parle, puis tout s'éclaire. Ce qu'Harold nous racontait à propos de Sequest, comme quoi ils cherchaient à rendre le monde meilleur… c'était faux, évidemment. Il n'y a que l'argent qui les intéresse. Trouver un remède au virus n'a jamais fait partie de leurs priorités.

– La défense ? Vous fabriquez des armes ?

Elle refait la moue.

– Essaie d'écouter ce que je te dis, s'il te plaît. Nous vendons des *informations*. Des découvertes scientifiques. Nos clients les utilisent ensuite selon leur bon vouloir. (Elle marque une pause.) Mais oui, bon nombre d'entre eux cherchent à renforcer leurs capacités de défense, comme je l'ai dit. Il y a plusieurs manières de rendre le monde meilleur. Il faut parfois en soigner certaines parties, parfois en détruire d'autres. Ne soyons pas naïfs sur ces questions.

– Et comme toujours, c'est aux gens qui ont le plus d'argent de décider ce qu'il faut faire.

Elle ne relève pas.

– Tu peux te vanter d'avoir participé à l'une des

entreprises scientifiques les plus ambitieuses de tous les temps, même si presque personne n'est au courant de son existence et que tout le monde pense que Tremorglade est une réserve naturelle.

Je réfléchis à toute vitesse.

– Donc... c'est vous qui avez créé les Éventreurs ? Le *corpus pilori*, c'est vous ?

– Nous n'avons pas créé le virus. Nous l'avons découvert à l'état dormant, dans un fossile, et nous l'avons réactivé à Tremorglade, après avoir bouclé la communauté et fabriqué le Basculement. Quant à se servir des Éventreurs dans le domaine militaire, ils montrent évidemment beaucoup de potentiel. Mais à ce stade le *corpus pilori* est trop contagieux pour être utilisé dans le monde extérieur. Une arme qui ciblerait tout le monde sans discrimination ne servirait à rien. Nous cherchons encore le moyen de contrôler le phénomène en limitant le facteur infectieux. Et puis, ajoute-t-elle avec un soupir de frustration, reste à trouver comment rendre les sujets agressifs sans avoir à les bombarder d'infrasons en permanence. Cela soulève trop de difficultés pratiques.

Je souris derrière son dos.

– Les choses ne se passent pas très bien, donc. Dommage. Vos clients ne doivent pas être ravis de vous payer pour ça.

Elle s'arrête et se retourne si vivement que je manque lui rentrer dedans. Elle a l'air furieuse. On dirait que j'ai touché un point sensible.

– Oh, les choses se passent à *merveille*, Sel. Beaucoup de nos expériences à Tremorglade ont fourni d'excellents résultats. En particulier dans le domaine psychologique – une population entière d'enfants qui enferment leurs parents dans des cages ! Et susciter l'hostilité entre Ingrid et toi s'est révélé un succès spectaculaire. Bien plus facile que nous l'avions imaginé. Nos clients mettront ces données à profit pour le contrôle de leur population. Et bien sûr, il y a cette opération qui a consisté à te convaincre de t'échapper sans rien dire à personne, sans déranger les autres sujets de Tremorglade… enfin, jusqu'à ce petit cafouillage à la bibliothèque. Je dirais que ça a été une manipulation remarquable. Tu n'es pas de mon avis ? Moi, j'appelle ça une franche réussite.

Je rougis, envahi par un sentiment de haine glaciale. Elle remarque mon humiliation et m'adresse un sourire dur.

– Tu sais, nous aurions pu vous embarquer à l'instant où vous avez émergé sur la berge, de l'autre côté du mur. C'est moi qui ai eu l'idée de vous laisser continuer. L'occasion m'a paru trop belle d'étudier votre comportement, vos réactions en découvrant la vérité à la bibliothèque, où nous vous avons conduits par le bout du nez. Nous sommes toujours en train de chercher, Sel. Nous sommes vraiment très forts dans notre domaine.

Elle me scrute avec attention, même si je ne saurais pas dire ce qu'elle espère trouver.

Je serre les poings, la gorge nouée. Je la ressens de nouveau – cette part de moi dont j'ignorais l'existence, cette part qui voudrait faire mal, punir, se venger sauvagement. Mais je sais aussi qu'elle activerait cet instrument sur ma nuque avant que j'aie le temps de bouger le petit doigt.

Elle me dévisage toujours aussi intensément, les pupilles dilatées par l'excitation.

– C'est ça, Sel. Je la vois en toi – cette agressivité dont nous avons besoin. Elle est là. Je l'ai toujours su. Nous pouvons la nourrir, t'aider à y accéder quand tu auras Changé. Tu pourrais devenir tellement plus. C'est pour ça que nous t'avons fait venir ici. Pour mener des recherches plus approfondies, avec ton aide.

Je grommelle entre mes dents serrées :

– Comme si j'allais vous aider après ce que vous avez fait. Vous pouvez toujours rêver.

Elle se contente de continuer dans le couloir jusqu'à la prochaine porte.

– Nous verrons. En attendant, je crois que tu seras heureux de retrouver tes amies. (Elle approche sa main d'un panneau de contrôle à côté de la porte.) Mais n'oublie pas : au moindre geste menaçant, je t'assomme immédiatement.

La porte s'ouvre sur une petite pièce carrée avec une deuxième porte au fond. Elle est vide, à l'exception de mes amies.

Ingrid est accroupie et soutient Elena, affalée contre le mur. Cette dernière paraît confuse, hébétée, mais quand je croise son regard je vois qu'elle me reconnaît. Je voudrais m'élancer auprès d'elle mais je me retiens pour éviter les mouvements brusques.

– Qu'est-ce que vous lui avez fait ? m'écrié-je.

– Exactement ce que j'avais dit que je ferais en cas de comportement inacceptable, répond la docteure Smith en touchant machinalement sa griffure à la joue. (Elle saigne encore un peu. J'imagine que c'est l'œuvre d'Elena.) Elle a mal réagi quand je lui ai parlé de son frère. Ne t'en fais pas – elle ne risque rien, tant qu'elle ne recommence pas.

Ingrid jette un regard noir à la docteure Smith, puis me dit :

– Elle a raconté à Elena qu'ils s'étaient servis de Pedro pour nous aider à comprendre ce qui se passait, mais qu'ils avaient prévu depuis le début de l'éliminer plutôt que de le laisser partir.

La docteure Smith soupire.

– Pedro était contagieux. *Bien sûr* qu'on ne pouvait pas le laisser partir. Allons, Elena, debout. J'ai encore des choses à vous montrer à tous les trois afin que nous puissions nous remettre au travail dès que possible.

Ingrid et moi aidons Elena à se lever sur ses jambes flageolantes, pendant que je me fais cette réflexion : aucune personne contagieuse n'a jamais été autorisée à s'en aller. Ce qui veut dire que la docteure Adebayo n'a pas été transférée il y a trois ans. Le drone qui l'a emmenée… je parie qu'il n'a même pas atteint le mur. Ils l'ont sans doute éliminée pour une transgression qu'on ne connaîtra jamais ; encore une victime de Sequest. Il doit y en avoir de nombreuses autres.

La porte du fond donne sur une salle immense aux allures de hangar. Quand on la franchit, on débouche sur une passerelle métallique qui surplombe une multitude de bureaux et de rangées d'ordinateurs, au milieu d'un brouhaha de conversations et de bourdonnements électroniques. Certaines personnes sont assises en train de pianoter sur leur clavier, d'autres circulent entre les bureaux, les bras chargés de dossiers, d'autres encore bavardent par petits groupes.

Deux d'entre elles lèvent les yeux vers la passerelle et se poussent du coude. Un silence gêné s'abat progressivement sur la salle à mesure que tout le monde se tourne vers nous.

La docteure Smith tape sèchement dans ses mains.

– Allons, remettez-vous au travail.

Le va-et-vient des employés reprend lentement, même si le murmure des voix est nettement moins fort qu'au moment où nous sommes entrés. Smith ramène son attention sur nous.

– Nous sommes ici au centre opérationnel qui s'occupe de Tremorglade. Au cœur du réacteur, si vous préférez.

Elle commence à descendre prudemment une volée de marches métalliques en nous faisant signe de la suivre.

– Cette salle contient une grande partie du matériel technologique que nous avons utilisé pour isoler progressivement Tremorglade au fil des ans, jusqu'à ce qu'elle soit entièrement coupée du monde. Toute notre expérience est contrôlée d'ici.

Elle s'interrompt pour nous indiquer les rangées d'ordinateurs.

– Votre expérience ? Comment ça ?

Malgré le fait que cela me donne l'impression de coopérer, je ne peux m'empêcher de poser la question. J'ai besoin de comprendre.

Elle répond sans se faire prier.

– Chaque fois que vous achetez quelque chose en ligne, c'est à nous que vous l'achetez. Chaque fois que votre imbécile de sergent Hale reçoit un message, disons, du service médico-légal d'Hastaville, ça vient de nous. Votre administration scolaire – c'est encore nous. Les offres d'emploi auxquelles répondait ton père, Elena – toujours nous. Quand votre maire croit parler à des représentants du gouvernement, c'est à nous qu'il s'adresse. (Elle nous dévisage tour à tour pour s'assurer qu'on saisit bien ce qu'elle est en train de nous expliquer.) Toutes vos interactions avec le monde extérieur sont en réalité des interactions avec le quartier général de Sequest. Le seul Tremorgladais à connaître la vérité est celui qui s'est porté volontaire pour vivre là-bas depuis le début – notre directeur, Harold Poulter.

– Harold est votre *directeur* ?

J'en reste bouche bée. Ce vieux serpent...

Elle hoche la tête.

– Et le fondateur de Sequest. Quand l'analyse sanguine a révélé qu'il était immunisé contre le virus, il a décidé d'être nos yeux et nos oreilles sur place au lieu de confier cette tâche à un subordonné.

– Alors, le maire Warren, le sergent Hale, la docteure Travis... Ils ne travaillent pas vraiment pour vous ?

Elle me retourne un sourire apitoyé.

– Tout le monde travaille pour nous, Sel. Ils ne le savent pas, c'est tout.

– Warren a quand même tué Pedro pour vous. Comment avez-vous réussi à le convaincre ?

La docteure Smith ne répond pas ; elle se contente de jeter un coup d'œil en direction d'Elena, qui marmonne :

– Ce n'est pas lui qui a fait le coup.

Elle vacille sur ses jambes, et Ingrid se rapproche d'elle pour la soutenir avant d'expliquer à sa place :

– Ce sont *eux* qui ont envoyé un texto à Pedro en faisant croire qu'il venait de Warren. Ensuite, ils se sont arrangés pour qu'on le trouve. Pour nous rendre paranoïaques.

Je n'y comprends plus rien. Puis la solution m'apparaît brusquement. Il n'y a qu'une seule personne qui a pu assommer Pedro et l'enfermer dans cet abri derrière Shady Oaks. Une seule personne dans tout Tremorglade qui aurait *accepté* de le faire.

J'ai envie de vomir. Je revois les mains d'Harold en train de distribuer les cartes ou de caresser Eddie. Ce sont ces mêmes mains qui ont abattu un objet lourd sur la tête de Pedro, qui ont tendu ce piège au bord de la rivière, qui nous ont menés au téléphone de Pedro « égaré » dans les buissons. Avec un petit coup de pouce de leurs amis ici présents.

En arrivant au bas des marches, je chasse résolument Harold de mon esprit, comme on arrache une mauvaise herbe. On est peut-être prisonniers, mais on est aussi dans le seul endroit où on a une petite chance de contrarier les plans de ces tordus.

De toute évidence, la docteure Smith tient à tout nous expliquer mais je ne comprends pas pourquoi, ni où elle veut en venir.

Et ce n'est pas uniquement pour nous que je me fais du souci. Je pense également à tous ceux que nous avons laissés derrière nous. La docteure Smith a parlé de nous faire sortir sans alerter les autres participants. Ce qui veut dire qu'ils envisagent de les garder en vie, non ? Mais Harold a dit qu'ils seraient tous éliminés.

En même temps, il nous a menti à propos de tellement de choses...

Espérons qu'il ait menti là-dessus aussi.

CHAPITRE 33

On arrive au niveau principal et on suit la docteure Smith tandis qu'elle s'avance d'un pas rapide entre les postes de travail. Je remarque que les employés laissent un espace autour de nous, comme s'ils avaient peur de s'approcher trop près. En passant devant un bureau, je remarque à l'écran le logo d'Éventreurs en folie.

Je m'avance pour regarder ce que la femme assise devant est en train de faire. Elle termine d'ajouter une publicité pour une marque de smoothies à la vidéo d'un Éventreur auquel on jette des fruits. Quand je me penche par-dessus son épaule, je la frôle par accident. Elle pousse un cri de frayeur et s'écarte d'un bond en renversant son siège.

La docteure Smith émet un claquement de langue désapprobateur.

– Oh, pour l'amour du ciel, Arya. Combien de fois vais-je devoir le répéter ? Vous ne courez aucun danger. Ils ne seront pas contagieux avant deux ou trois mois. Vous avez tous vu leurs analyses de sang – claires comme de l'eau de roche.

Arya hoche la tête d'un air penaud mais sans revenir s'asseoir pour autant.

On s'éloigne au milieu des rangées de postes de travail. Dans chaque box, une personne est assise à pianoter sur son clavier – la plupart de ces gens semblent avoir entre vingt et trente ans. Certains sirotent un café, d'autres se concentrent sur leur travail, d'autres encore sont avachis sur leur siège dans une attitude désinvolte. Je reconnais l'appli FIN sur leurs écrans. Ils sont en train de discuter en ligne.

– C'est le secteur dédié à FIN, nous explique la docteure Smith. On opère par roulements. Il y a beaucoup de Tremorgladais qui ont envie de discuter alors on essaie toujours d'avoir suffisamment de collègues disponibles. C'est là que nos nouveaux internes commencent, le plus souvent. (Elle pose une main légère sur l'épaule de l'employé le plus proche.) Ce qui explique aussi pourquoi il peut y avoir quelquefois des erreurs. Comme d'oublier de vérifier le nom d'un chien, par exemple…

L'homme ne se retourne pas, mais je vois ses oreilles devenir écarlates.

Je n'en reviens pas à quel point ces gens ont l'air parfaitement ordinaires. Ils ressemblent à n'importe quel employé de bureau.

– Vous me dégoûtez, tous, dis-je, d'abord pour moi-même, puis plus fort.

Un ou deux d'entre eux se retournent à moitié, mais aucun n'ose croiser mon regard.

– Vous n'avez pas honte de faire ça ? crie Ingrid à l'un d'eux en l'attrapant par le col.

– On veille sur votre santé mentale, se défend-il, comme s'il répétait un texte appris par cœur.

Il jette des regards affolés autour de lui comme pour appeler au secours. Un vigile s'approche, et Ingrid lâche l'employé. Il retombe lourdement sur son siège.

Elena attrape le fauteuil le plus proche d'elle et tente de le faire pivoter vers elle, mais la femme assise dedans se lève brusquement et s'écarte d'un bond.

– Qu'est-ce qui vous prend, à la fin ? s'écrie Elena. On n'est pas des animaux !

La docteure Smith penche la tête sur le côté.

– Sauf que... si, un peu, quand même. Vous n'êtes pas totalement humains en tout cas. Vous êtes... autre chose. Le virus dormant que nous avons découvert dans ce fossile avait plusieurs millions d'années. Il semble qu'autrefois, la Terre était peuplée de... eh bien, de créatures comme vous. Mais elles ont disparu. Comme les dinosaures. Vous êtes des reliques d'une époque révolue. C'est tout à fait fascinant.

Elle se tourne soudain vers moi et me prend les mains, les yeux brillants.

– Nous avons encore tant de choses à découvrir à votre sujet. Et nous voulons le faire ici comme à Tremorglade. Maintenant que vous connaissez notre objectif, vous allez pouvoir coopérer pleinement. Nous devrions faire des progrès beaucoup plus rapides.

Je me dégage brusquement et la repousse. Elle recule en vacillant, et du coin de l'œil, je vois le vigile s'avancer en décrochant quelque chose à sa ceinture – sans doute une télécommande. Je jette un regard inquiet à la docteure Smith mais elle ne fait pas mine de sortir la sienne ; au contraire, elle fait signe au vigile de ne pas intervenir.

Je me racle la gorge.

– Qu'est-ce que vous comptez faire de nous ?

– Vous allez rester ici tous les trois, dans vos chambres tout confort. Même quand vous commencerez à Changer dans quelques mois, ce ne sera pas un problème. Vos chambres sont parfaitement hermétiques et vous serez nourris par une petite trappe dans la porte. Le contact humain vous manquera peut-être un peu. Mais une fois que vous serez devenus contagieux, nos agents continueront à venir vous voir de temps en temps en combinaison protectrice, pour satisfaire votre besoin de conversation et procéder à des prélèvements. Vous aurez tout ce qu'il vous faudra et vous pourrez jouer à Joyeux Trappeurs autant qu'il vous plaira. Nous vous étudierons. Si tout se passe bien, vous serez même autorisés à avoir quelques échanges avec vos proches à Tremorglade. Selon un script rédigé à l'avance, bien sûr.

– C'est tout ? s'exclame Ingrid sur un ton incrédule. C'est ça, votre offre ? Vous nous gardez en cellules, on devient vos cobayes, vous vous servez de nous pour torturer nos familles et nos amis, et en échange on pourra jouer à votre jeu débile ?

– Allez vous faire voir, crache Elena.

La docteure Smith hoche la tête et baisse les yeux sur ses chaussures, comme si elle s'attendait à une réaction de ce genre.

– Alors, si nous ne pouvons pas compter sur votre coopération, j'ai bien peur qu'il nous faille mettre un terme à notre expérience de Tremorglade.

– Tant mieux ! dis-je. (Puis je comprends ce qu'elle veut dire.) Oh. Non.

– Nous ferons d'abord sortir Harold, bien sûr. Après quoi, Tremorglade et tous ses habitants seront liquidés de la manière la plus humaine possible. L'un de nos drones ira larguer une bombe bio-électrodynamique. Un impact au centre de Tremorglade et toute personne dans un rayon de quinze kilomètres subira un arrêt du cœur.

Un grand froid me saisit tout à coup ; j'ai l'impression d'être collé au sol. Une foule de visages me viennent en tête. Ma mère, le père d'Elena, Mme Boateng, Mika, Amy et Bernice. Même la docteure Travis ne mérite pas ça.

– La zone nettoyée sera traitée au moyen d'antiviraux avant sa réouverture.

– Vous aviez dit que les choses se passaient bien, protesté-je faiblement. Pourquoi vouloir tout arrêter ?

Elle tique un peu avant de répondre, et je réalise que pour la première fois, elle n'est pas à l'aise. Il y a quelque chose qu'elle refuse d'admettre.

– Nos clients réclament un retour plus rapide sur leurs investissements. Sans progrès significatifs de notre part, ils risquent de vouloir récupérer leur argent. Mais maintenant que vous êtes là, et si vous coopérez, nous allons pouvoir passer à la vitesse supérieure. Et Tremorglade conservera son financement.

Voilà donc de quoi il s'agit. Son précieux boulot est menacé. Leur précieux projet, à Harold et elle.

– Vous mentez, gronde Ingrid à voix basse. Vous n'arrêtez pas de mentir. Même si on décidait de vous aider, vous pourriez très bien liquider tout le monde sans qu'on n'en sache rien.

La docteure Smith réfléchit à cette accusation.

– On pourrait. Vous seriez obligés de nous faire confiance. Ce qui constituerait en soi une expérience psychologique intéressante, vous ne trouvez pas ?

Je saisis un flash du coin de l'œil. Le pied d'Ingrid atteint la docteure Smith au menton et la projette contre l'un des terminaux, qui bascule bruyamment sur le sol.

Personne ne fait plus un geste pendant quelques secondes. Ingrid, le souffle court, les jambes légèrement fléchies, semble prête à affronter la salle entière comme si elle participait à un championnat de taekwondo. La docteure Smith se relève lentement, s'essuyant la bouche d'un revers de main. Elle saigne. J'aperçois deux de ses dents sur le bureau. Elle plonge une main tremblante dans la poche de sa blouse et tâtonne à l'intérieur en fronçant les sourcils.

– C'est ça que vous cherchez ? demande Elena en levant la main.

Elle tient la télécommande de la docteure. Ses yeux brillent de colère, et je sens que je m'enflamme à mon tour. On ne peut pas gagner contre ces gens-là. Mais on ne se rendra pas sans combattre.

La docteure Smith se tient le menton et nous dévisage avec dégoût.

– Je veux bien passer l'éponge sur ce petit coup de colère puéril. Et vous laisser une chance de reconsidérer votre attitude. Mais n'abusez pas de ma patience. Quinn, appelez la sécurité pour les faire raccompagner dans leurs chambres.

Elle claque des doigts à l'adresse du vigile qui se tient à proximité.

Au même instant, un homme fluet en blouse de laborantin se glisse dans le dos de la docteure et lui chuchote quelques mots à l'oreille. Il est pâle et en sueur. Elle fronce les sourcils.

– Je croyais que vous vous étiez occupé d'eux.

L'homme s'humecte les lèvres.

– C'est vrai, mais... il semble que d'autres nous aient échappé. (Il jette un coup d'œil dans ma direction.) Sa mère, par exemple. Elle refuse de croire que les enfants ont été dévorés par Dora. Et puis, elle a découvert plusieurs de nos rapports sous le matelas de son fils. Elle va nous poser des problèmes.

Je dresse l'oreille.

– Ma mère ? Que se passe-t-il avec ma mère ?

Ça commence à faire un moment qu'on a disparu. Je ne veux même pas imaginer ce qu'elle doit endurer.

L'homme m'ignore et continue son rapport à sa supérieure :

– La rumeur est en train de gonfler bien au-delà de ce que nous avions anticipé. Elle semble avoir précipité une sorte de crise à Tremorglade. Et puis… (Il se racle la gorge.) Nous avons relevé plusieurs commentaires en ligne sur le réseau local, qui parlent de loups-garous vivant derrière le mur.

– Le réseau *local* ? Les gens parlent de ça ici, à Hastaville ?

Il hoche la tête d'un air craintif.

– Impossible. Ces trois-là sont restés sous surveillance en permanence. Ils n'ont pas pu informer qui que ce soit. (La docteure Smith a l'air furieuse. Elle nous fusille du regard, comme si elle s'attendait à ce qu'on éprouve des remords.) J'ignore comment vous avez fait ça. Mais si c'est vrai, c'est vous qui aurez leur sang sur les mains. Pas moi.

À en juger par l'expression d'Ingrid et d'Elena, elles ne savent pas plus que moi comment on s'y est pris. On entend un déclic, un chuintement, et la porte la plus proche s'efface pour laisser entrer une personne en combinaison anti-bactériologique complète. Le nouveau venu se cogne dans un bureau et renverse une pile de papiers sur le sol.

– Ah, voilà votre escorte. Tant mieux. Il est temps de remettre un peu d'ordre dans tout ça.

Puis elle sursaute en voyant la tenue de son agent de sécurité et je la sens à deux doigts de perdre patience.

– Combien de fois vais-je devoir le répéter, à la fin ? (Elle élève la voix de manière à s'adresser à toute la salle.) Regardez-moi – je ne suis pas plus Immuable que vous et pourtant vous ne me voyez pas trembler comme une feuille, si ?

Elle se retourne vers le nouveau venu et plante les poings sur ses hanches.

– Retirez-moi cette combinaison tout de suite avant de casser quelque chose. Personne n'a donc lu mon e-mail ? Les combinaisons intégrales sont réservées exclusivement aux quartiers d'isolement. Pour la dernière fois, ces enfants *ne sont pas contagieux* !

L'homme s'incline pour s'excuser, déboucle son casque et l'attrape à deux mains pour le soulever.

Le temps s'arrête. J'ai l'impression de sentir mon cœur cesser de battre avant de s'éjecter hors de mon corps.

– Eux, non. Mais peut-être que moi, si ?

Pedro passe la main dans sa frange trempée de sueur, sourit, et lâche son casque. Ce dernier roule sur le sol avant de s'immobiliser devant les chaussures vernies de la docteure Smith.

Je lâche un cri de joie et cours prendre Pedro dans mes bras. Elena et Ingrid me suivent de près. Il rit tandis qu'on se presse autour de lui.

Un autre cri retentit – de frayeur, celui-là. Puis un autre, et un autre encore, qui se propagent comme une onde à travers la salle. On entend des raclements de chaises, des bruits de pas précipités.

Je m'arrache à l'étreinte de Pedro pour jeter un coup d'œil à la docteure Smith.

Je ne sais pas exactement comment je décrirais les émotions qui s'affichent sur son visage. Si elle pouvait les étudier en ce moment, elle les jugerait probablement « fascinantes ». Elle a la bouche grande ouverte, la lèvre déjà tuméfiée à la suite du coup de pied qu'elle a reçu d'Ingrid, et si elle est en train de crier avec les autres, le bruit est noyé dans le chaos général.

CHAPITRE 34

La docteure Smith semble avoir complètement perdu la tête. C'est la première fois que je vois quelqu'un crier non seulement à s'en casser la voix, mais au point d'en devenir complètement bleue. Quand Ingrid s'approche pour tenter de la calmer et qu'elle lui touche le bras, elle se met à feuler, à jurer, à se tordre les mains, avant de reculer dans un coin et de se recroqueviller au sol où elle continue à hurler. On décide de la laisser tranquille pour le moment.

– Retirez-leur ces trucs qu'ils ont dans le cou, ordonne Pedro à deux employés qui restent pétrifiés à proximité.

Curieusement, ils lui obéissent aussitôt. J'imagine qu'ils sont habitués à suivre des ordres, et dans l'immédiat ce n'est pas la docteure Smith qui va leur en donner.

Pendant qu'ils nous appliquent différents produits chimiques pour détacher le petit appareil implanté sur notre nuque, on écoute le récit de Pedro.

Sa disparition remonte à deux mois maintenant – des gens l'ont retrouvé en fin de matinée alors qu'il errait sur la berge, tout nu et sérieusement blessé, et l'ont conduit à l'hôpital. Au début, personne ne voulait croire à ses histoires invraisemblables. Personne n'avait jamais entendu parler d'Éventreurs, et tout le monde le croyait fou.

Il est vite devenu évident que pour libérer Tremorglade, il devait trouver un moyen de s'infiltrer au cœur de Sequest. Il s'est donné pour mission de se faire embaucher, et comme c'est un charmeur, il a réussi à intégrer le service de sécurité en portant une fausse moustache et une fausse barbe pour éviter qu'on le reconnaisse. Incroyable de voir à quel point un peu de pilosité sur le visage peut tromper des gens soi-disant experts dans un virus qui la développe sur l'ensemble du corps. À la pleine lune, il s'enfermait dans un entrepôt abandonné de manière à pouvoir Changer sans risquer de semer la panique ou de se faire tirer dessus. Pendant la journée, il observait le fonctionnement interne de Sequest en guettant l'occasion de saboter le système, et la nuit, il postait des commentaires anonymes sur des sites alternatifs pour faire connaître la vérité sur Tremorglade.

Bien sûr, il ne s'est pas contenté de propager des rumeurs. Le virus qu'il porte a sans doute fait son chemin en silence à travers toute la ville, et probablement au-delà. Lors des prochaines pleines lunes, un tas de gens vont devenir hirsutes pour la première fois.

Ce n'est pas la faute de Pedro. Le temps qu'il réalise les conséquences de sa présence, il était déjà beaucoup trop tard. Pas besoin de le vouloir pour répandre le *corpus pilori*.

La docteure Smith l'a compris à l'instant où elle a reconnu Pedro. Je suis complètement abasourdi – il y a quelques minutes encore, on se voyait condamnés à passer le restant de nos jours dans une cellule, et maintenant ce sont tous les autres qui doivent envisager leur avenir inévitable en tant qu'Éventreurs.

Elena, Ingrid et moi, on ose à peine quitter Pedro des yeux de peur qu'il ne disparaisse à nouveau. Mais il a l'air plus solide que jamais – plein de vigueur et sûr de lui.

Quelques membres du personnel traînent encore dans les parages, visiblement sous le choc. Deux restent assis à leur bureau en sanglotant. Une autre s'applique à repositionner la même photo sur Éventreurs en folie, encore et encore. Les vigiles essaient d'abord de boucler la salle, de placer les employés sous quarantaine, mais ils se font bousculer et piétiner dans la panique générale. C'est une réaction instinctive, je suppose. Il leur faudra sans doute du temps avant de réaliser que s'enfuir ne les aidera pas. Ici ou ailleurs, ça revient au même. Le *corpus pilori* est déjà dans leur organisme.

Elena, Pedro et Ingrid interrogent un responsable un peu plus coopératif que les autres concernant le moyen de continuer à faire vivre Tremorglade jusqu'à sa libération. Faute de quelqu'un pour donner les ordres à la tête de Sequest, il n'y aura plus de livraisons et la ville entière se retrouvera bientôt en panne. Si on ne reprend pas les choses en main rapidement, les habitants vont tomber à court de médicaments, de nourriture, de fournitures cruciales. Il faudra un certain temps pour désenclaver notre petite communauté.

Pendant qu'ils discutent, mon regard s'arrête sur quelque chose à l'autre bout de la salle. La docteure Smith a cessé de hurler. Elle s'est installée devant un ordinateur. La frénésie avec laquelle elle pianote sur le clavier ne me dit rien qui vaille.

Quand elle m'entend m'approcher, elle repousse son fauteuil en arrière.

– Vous faites quoi, là ? sifflé-je.

Elle a retrouvé son sourire, même s'il est teinté d'amertume.

– Vous avez détruit notre monde. Il est normal que je vous rende la politesse. Harold comprendra. Un capitaine doit couler avec son navire.

L'écran qu'elle a devant elle affiche des lignes de code auxquelles je ne comprends rien. Mais à voir le triomphe qui brille dans ses yeux, je devine facilement ce qu'elle a fait.

Pedro enferme la docteure Smith dans ma chambre pour l'empêcher de nuire davantage. Quand elle a compris qu'elle avait perdu, au lieu de chercher à racheter ses fautes, elle a décidé de se venger. Peut-être qu'elle a consacré trop de temps à étudier les effets de la haine et à chercher le moyen d'en faire une arme. La tentation de mettre ses connaissances en pratique était trop forte.

Apparemment, elle a lancé un processus automatique qu'on ne peut pas interrompre. Le drone n'est pas grand – la taille d'un ballon de foot à peu près, avec sa cargaison mortelle cachée à l'intérieur – et mettra environ une heure pour atteindre sa cible, après quoi il tombera à court de carburant et s'écrasera au sol en explosant à l'impact. Tout le monde s'écroulera raide mort dans la zone d'effet. Un grand silence s'abattra sur la ville.

Pedro, en sueur, cogne sur le clavier avec frustration.

– Sans le code d'accès de la docteure Smith, impossible de rappeler le drone. Les commandes sont verrouillées.

Elena a les larmes aux yeux.

– On doit bien pouvoir faire quelque chose.

Il se creuse la cervelle, comme nous tous, mais ça paraît sans espoir. Puis Ingrid attrape une employée par la manche, celle qui s'applique machinalement à rectifier les photos sur Éventeurs en folie.

– Dites, vous devez bien avoir d'autres drones, non ? On peut y accéder ?

La femme la dévisage en clignant des paupières.

– O-oui. Au dernier étage. Ils décollent depuis le toit.

Ingrid se tourne vers Pedro.

– Bon. Dans ce cas, on envoie le plus rapide intercepter la bombe.

Mais il secoue la tête.

– Non. Si on déclenche une collision en plein ciel, la

bombe explosera quand même en touchant le sol.

Puis je me souviens de la docteure Adebayo.

– Vous avez des drones capables d'emporter un passager, exact ?

La femme confirme d'un hochement de tête.

– Des appareils de reconnaissance à deux places. On s'en sert généralement pour l'inspection du mur.

– Et ils sont rapides ? Plus rapides que... le drone qui emporte la bombe ? Ça pourrait nous permettre de le rattraper ?

– Je... je ne sais pas. Ce n'est pas mon domaine.

Elle hausse les épaules et retourne sur Éventreurs en folie, comme si elle avait des vidéos de la plus haute importance à retoucher au lieu de sauver des milliers de vies. Elle est en pilotage automatique ; son cerveau s'est mis en pause.

– Pedro, dis-je, tu pourrais en contrôler un d'ici, pas vrai ? Et si je me trouvais à l'intérieur, tu crois que tu pourrais m'amener juste à côté du drone pour que je puisse l'attraper en plein vol ?

Il me regarde d'abord d'un air éberlué, puis prend le temps de réfléchir à ma question.

– Eh bien, en fait... ça pourrait marcher, admet-il.

– Je viens avec toi, déclare Elena, qui m'entraîne aussitôt vers les ascenseurs.

– Non, petite sœur, intervient Pedro. Je ne peux pas m'occuper de tout à la fois – la trajectoire du drone et le pilotage de l'appareil. J'ai besoin de toi ici.

Ingrid se dresse à côté de moi.

– J'irai, moi.

Pendant un instant, j'ai peur qu'Elena ne fasse des histoires. On n'a pas le temps pour ça. Le drone est parti depuis dix minutes – on peut le suivre sur l'écran, en route pour accomplir un meurtre de masse. Mais elle se contente de hocher la tête.

– Allez-y.

Ingrid et moi devons crier pour réussir à nous entendre par-dessus le grondement du moteur. Les portes coulissantes sont ouvertes des deux côtés et le vent qui s'engouffre dans l'habitacle étouffe nos voix. Il n'y a pas de commandes à bord – l'appareil est uniquement conçu pour être piloté à distance.

Dans nos écouteurs, on entend Pedro nous indiquer la distance qu'il nous reste à couvrir. La bonne nouvelle, c'est qu'on gagne du terrain sur le drone ; la mauvaise, c'est que nous n'aurons pas beaucoup de temps pour le récupérer. Une fois qu'on l'aura rejoint, on n'aura que quelques minutes devant nous.

Il est tout près quand on le repère enfin. Il se présente comme une sphère métallique qui scintille au soleil, aussi petite que Pedro l'a dit, légèrement plus basse que nous. Pedro nous amène directement sur sa gauche, à quelques mètres de distance.

– Rapproche-nous encore un peu, dis-je en débouclant ma ceinture.

Pedro lâche un juron à la radio.

– Pas moyen ! Le système anticollision de l'appareil m'en empêche. Tu ne peux vraiment pas l'atteindre ?

Je m'extirpe de mon siège et m'assieds au bord du vide, un pied sur l'un des patins d'atterrissage. À peine ai-je sorti la tête de l'habitacle que je sens le souffle des pales m'aspirer vers le haut. Je baisse la tête instinctivement, prends appui au sommet de la porte et sens l'appareil tanguer, basculer un peu en direction des arbres. Ingrid pousse un cri mais Pedro redresse aussitôt notre trajectoire. Le drone vole parallèlement à nous. C'est difficile à dire avec le grondement de l'hélice et le rugissement du vent, mais j'ai l'impression que ses rotors font moins de bruit, comme si sa batterie était en train de s'épuiser.

J'allonge le bras avec prudence. Le drone est presque à portée de main. En me penchant au maximum, je devrais pouvoir l'atteindre, mais je risque aussi de le faire dégringoler. Je dois réussir à glisser la main dessous, au cas où.

La voix de Pedro grésille dans mes écouteurs, interrompue par des craquements d'électricité statique.

– Les gars... vous... vingtaine de secondes. C'est... ou jamais.

Je sors ma deuxième jambe pour poser les deux pieds sur le patin et je me lève lentement, toujours cramponné d'une main au sommet de la porte. Je n'ai pas intérêt à lâcher prise.

– Euh, tu peux me tenir ?

Ingrid écarquille les yeux en voyant ce que je suis en train de faire. Elle passe sur mon siège de manière à pouvoir m'atteindre, mais quand elle transfère son poids du même côté que moi l'appareil bascule fortement. Mes pieds dérapent sur le patin et pendant un moment, la seule chose qui me retient de partir en vol plané, ce sont mes doigts moites crispés sur le bord de la porte.

Ingrid se rejette aussitôt de l'autre côté. L'appareil se redresse, mes jambes viennent cogner contre la carlingue et je me hisse désespérément vers le haut jusqu'à sentir de nouveau le patin sous mes semelles.

– Ça fait trop de poids quand tu te penches, Sel. Il faut que je reste de ce côté pour maintenir l'équilibre.

(Elle se penche à l'extérieur de son propre côté et se cramponne.) Essaie maintenant.

Au-dessous de nous, les arbres qui ondulaient comme les vagues d'un océan vert disparaissent brusquement pour être remplacés par des maisons. Des rues familières. Des toits de tuiles. Des silhouettes minuscules, le nez en l'air, qui nous regardent passer.

– Dix secondes !

Le drone crachote, et sous mon regard horrifié, ses hélices se précisent dans le flou des rotors qui commencent à ralentir.

Les secondes s'égrènent. Je bloque mes doigts dans l'interstice entre la porte et la carlingue et je tends la main gauche le plus loin possible, paume vers le haut. Toutes les fibres de mon corps sont tendues à se rompre. Les muscles de mon cou me font mal. Je glisse prudemment ma main sous le drone. Il n'est plus qu'à quelques millimètres ; je peux percevoir sa chaleur, le bourdonnement de son mécanisme interne. Puis il entre en contact avec ma peau et soudain son ventre métallique arrondi repose au creux de ma main, à l'instant précis où ses hélices arrêtent de tourner. Je le ramène à l'intérieur.

C'est là que ma main droite, celle qui se cramponne au bord de la porte, est prise de crampes.

La douleur remonte dans mon bras et je pousse un cri ; en serrant les dents pour résister, je me mords la joue si fort que je sens un goût de sang dans ma bouche. Mais mes muscles me trahissent. Mes doigts glissent sur le bord de la porte ; puis ils lâchent prise et je bascule dans le vide. Je sens le drone m'échapper et je ramène ma main droite pour le tenir à deux mains. J'ignore pourquoi – ça n'a plus d'importance maintenant. On va s'écraser tous les deux. Peut-être que si je me roule en boule autour de lui, il n'explosera pas en touchant le sol.

J'ai l'impression d'assister à la scène au ralenti. Je me vois pivoter vers le bas. Je vois les gens dans la rue, en contrebas, me regarder avec des yeux ronds. Ironie du sort, on est juste au-dessus de l'école. Une image me vient à l'esprit – tous mes camarades en cercle autour de mon corps écrabouillé dans la cour, et Mme Boateng qui lâche ce commentaire : « Pour une fois, il sera tombé juste. »

Puis mon pied se prend dans quelque chose, et une violente secousse me traverse, comme si tous mes os se désarticulaient. Je manque lâcher le drone, mais je m'y cramponne de toutes mes forces et parviens à le retenir entre mes coudes. Le rotor de l'appareil émet un rugissement de protestation en se retrouvant quasiment à la verticale. La tête en bas, je lève les yeux vers le haut : la boucle de ma ceinture de sécurité s'est enroulée autour de ma cheville. Je suis suspendu dans le vide.

Lentement, l'appareil commence à se redresser.

– Qu'est-ce que... ? fait la voix paniquée de Pedro dans mes écouteurs. Ne me dis pas que... ? (Puis il doit m'apercevoir sur l'une des caméras de bord, parce qu'il lâche un juron.) Je te vois. Attends, je te remonte... Accroche-toi.

C'est bien mon intention.

On entend un bourdonnement électronique et la ceinture s'enroule en me remontant. Une main m'attrape la cheville.

– Je le tiens ! s'écrie Ingrid, avant de me hisser à bord.

Je me retrouve allongé dans l'espace étroit au pied des sièges.

– Donne-moi ça, suggère-t-elle en tendant la main vers le drone pour me permettre de m'asseoir.

Mais on dirait que je ne peux plus le lâcher. Mes bras sont verrouillés dessus, tremblant sous l'effet de l'adrénaline et de l'épuisement.

– Maman, dis-je dans un souffle. Je veux voir maman.

ÉPILOGUE

Trois mois plus tard

C'est de nouveau l'heure de tout verrouiller.

Je me dresse sur la pointe des pieds pour attraper le rideau de fer et le descendre ; après quoi, je ferme le cadenas et le secoue pour m'assurer qu'il tient bien.

La boulangerie de maman ferme une heure avant le coucher du soleil la nuit des Hurlements – on n'appelle plus ça le Confinement désormais. Sequest savait depuis le début que, lorsqu'on ne les bombarde pas d'infrasons, lorsque rien ne vient les effrayer, les Éventreurs sont tout de suite beaucoup moins agressifs. Ce qui est une excellente chose, d'ailleurs, parce que personne n'a vraiment eu le temps de se préparer. Les gens n'ont donc pas pu s'équiper de cages. Sur ce point-là, le monde extérieur à Tremorglade n'a pas changé. Par d'autres aspects… un peu quand même. Je suppose qu'on peut considérer qu'on vit un nouveau Basculement.

Le magasin n'a ouvert que depuis deux jours, mais les débuts sont encourageants – tout le monde adore les roulés à la cannelle et aux raisins de maman, ainsi que son pain complet, et ses beignets saupoudrés de sucre. Après les bouleversements qui ont eu lieu, elle a décidé d'opérer quelques changements elle aussi. Maintenant que la route est ouverte, elle voit des clients arriver d'Hastaville et même de plus loin. Des touristes. Ils descendent du bus en clignant des yeux comme des taupes émergeant au grand jour, en regardant tout avec curiosité. On les regarde de la même façon.

Je sais que la situation n'est pas facile à l'extérieur. Il a fallu nous adapter aussi, évidemment, mais pour les gens du dehors... eh bien, ça fait un gros morceau à digérer.

Je me demande parfois si les choses auraient été différentes si vous aviez connu la vérité au sujet de Tremorglade. Nous auriez-vous gardés prisonniers de toute façon, sachant quelle était l'alternative ? Auriez-vous fermé les yeux et fait semblant de ne rien voir ?

J'essaie d'accorder aux gens le bénéfice du doute. Et quand je n'y arrive pas, j'évite simplement d'y penser.

Parce que le monde a besoin de nous. Et je ne parle pas uniquement des beignets de maman.

Harold Poulter et ses sbires étaient peut-être spécialistes de notre condition, mais c'est quand même nous qui nous connaissons le mieux. Sequest est dans une phase d'épuration et de restructuration pour l'instant. La docteure Smith est en prison dans l'attente de son procès, avec bon nombre de ses subordonnés, et les nouveaux visages à la tête de l'organisation ont promis de redresser la barre. Je ne sais pas trop si on peut les croire, mais on est bien obligés de leur faire confiance pour aider à réparer le gâchis causé par Sequest. Parce qu'apparemment, Tremorglade n'était pas le seul projet secret sur lequel ils travaillaient.

En examinant leurs dossiers, nous avons découvert plusieurs choses qui m'ont pas mal empêché de dormir ces derniers temps. Des projets entiers ont disparu – nous avons notamment retrouvé plusieurs fichiers au nom de différentes villes et bourgades des environs, dans lesquelles Sequest avait une succursale, et dont le contenu avait été entièrement effacé. Des enquêtes sont en cours, mais mon petit doigt me dit qu'elles chercheront plutôt à faire disparaître les derniers indices qu'à les mettre en lumière.

Mes amies et moi ne pouvons pas y faire grand-chose. Pour l'instant, on commence déjà par s'occuper de nos problèmes.

Comme Eddie, par exemple. Il vit chez nous maintenant. Il est venu gratter à notre porte un jour, tout maigre et tout triste, et maman m'a autorisé à le garder. Il m'aime toujours autant qu'avant et ne montre aucun signe indiquant qu'il regrette son ancien propriétaire. Je fais attention à ne pas lui donner de chocolat – c'est à peu près la seule chose utile qu'Harold m'aura apprise.

Le docteur Harold Poulter est à l'origine de toute cette histoire mais on a tourné la page, désormais, et on ne pense plus à lui. Il fait partie de notre passé, pas de notre avenir. Personne ne l'a jamais revu – plus depuis cette dernière nuit. Si ça se trouve, Dora est revenue le dévorer. Mais bien sûr, elle ne se rappelle rien et c'est probablement mieux comme ça.

Je n'arrive pas à me sentir désolé pour lui après tout ce qu'il nous a fait. Je me demande parfois – au cas où il serait toujours en vie – s'il nous entend hurler les soirs de pleine lune, seul dans son coin, et s'il éprouve un sentiment de solitude et d'abandon au lieu d'un sentiment de supériorité.

Oui, j'ai dit « nous » – j'ai commencé à gratter la litière à mon tour le mois dernier. Ça m'a un peu surpris. Je suppose que ça devait être lié au stress, parce qu'Ingrid s'y est mise aussi le mois qui a suivi notre évasion. Elena attend toujours, mais à mon avis ça ne devrait plus tarder.

Il paraît qu'on imprime désormais des cartes de félicitations pour célébrer cette occasion.

Aussi incroyable que ça puisse paraître, il y a encore une foule de gens qui pensent que toute cette histoire n'est qu'un immense canular. Ils sont de moins en moins nombreux, évidemment. Difficile de nier la réalité quand elle vous tombe dessus. Mais on trouve encore quelques acharnés sur Internet qui refusent d'admettre qu'ils se transforment en Éventreurs – ils soutiennent mordicus que la pousse des poils et le gonflement général du corps n'est qu'une réaction allergique, et qu'il leur suffit d'appliquer une bonne dose de lotion à la calamine dessus pour la faire disparaître.

Ils me font de la peine, au fond. Quand vous n'avez plus confiance dans les autorités, le risque est de vous méfier de *tout* – même de la vérité, aussi irréfutable soit-elle. Vous aurez beau crier aux fake news, ce n'est pas ça qui fera disparaître le virus. Désolé, les gars.

Et s'il vous plaît, arrêtez avec la calamine. Ça rend la fourrure toute poisseuse en séchant.

Les nuits de pleine lune sont... différentes, désormais. Je ne pourrais pas vous les décrire – il faudrait que vous demandiez aux enfants pour ça. Ce sont eux qui nous regardent Changer, galoper dans les rues et nous bagarrer gentiment. On ne se souvient jamais de rien quand on se réveille le lendemain matin. Mais ça nous laisse une agréable sensation de fatigue et de communion. De joie, même, si on veut l'aborder sous l'angle sentimental. Les enfants ne souffrent plus de maux de tête, de vertiges ou de nausées. Ils n'éprouvent plus de craintes. C'est un moment de fête – à Tremorglade, en tout cas. Vous y viendrez aussi, vous verrez. Ce n'est qu'une question de temps.

Elena avait raison, comme souvent, à propos de la viande crue. Personne ne s'embête plus avec ça. Tant que vos proches prennent un bon dîner avant le crépuscule, ils n'ont besoin de rien de plus. Alors bien sûr, posez un bon steak saignant devant votre parent Changé si vous y tenez, il le mangera. Mais ce n'est pas nécessaire. On a des endroits où aller, des jambes à dégourdir, des hurlements à pousser. Apparemment on chasse aussi un écureuil ou deux de temps en temps, je veux bien le reconnaître, mais ça ne veut rien dire. Si vous êtes encore trop jeune pour Changer et que vous sortez dans la rue la nuit des Hurlements, jetez un coup d'œil dans les maisons et vous verrez des scènes touchantes ou amusantes : des grands Éventreurs hirsutes vautrés sur le canapé, au milieu d'enfants qui mangent du pop-corn en regardant la télé ; ou en train de jouer avec le chien de la famille ; ou dans mon cas, apparemment, en train d'arracher les plantes vertes qu'il faudra remettre en pot le lendemain.

Il n'est pas facile de nous faire peur et encore moins de nous faire mal. Je ne peux pas *garantir* votre sécurité si vous essayez, mais pourquoi le feriez-vous ? Mieux vaut simplement éviter.

Elena trouve que nos hurlements, quand elle s'assied devant sa fenêtre ouverte à minuit pour nous écouter, créent une atmosphère étrangement agréable. Presque apaisante. Comme si on chantait pour l'endormir. Elle nous a enregistrés, l'autre soir, et m'a fait écouter la bande. Je n'ai pas reconnu ma propre voix, bien sûr. C'est sans doute mieux comme ça, étant donné mon talent pour le chant. Je suis sûr que ses hurlements à elle seront magnifiques.

Au début, j'ai cru avoir découvert que ma vie à Tremorglade reposait sur un mensonge, mais aujourd'hui je sais que c'est faux. Notre communauté, mes amis, toutes ces choses qui comptent pour moi… elles sont bien réelles. Elles fonctionnent différemment maintenant, c'est tout.

Pedro vend des T-shirts en ligne, pas vraiment pour se faire de l'argent, plutôt pour s'amuser. Il en a imprimé des tas avec une photo de Fen Zhao tirée d'un film où elle apparaît en Éventreuse, retouchée pour lui rajouter des écouteurs sur les oreilles. Et il a inscrit en légende : « SI VOUS ÊTES ASSEZ PRÈS POUR LIRE ÇA, FÉLICITATIONS, VOUS ÊTES DES NÔTRES ! »

En toute franchise, je ne trouve pas que ce soit du meilleur goût à ce stade, mais je lui ai quand même dit que je les trouvais chouettes.

– Peut-être que Fen Zhao acceptera enfin de t'en signer un.

– Tu rigoles ? C'est plutôt elle qui me demandera de signer le sien, a-t-il rétorqué.

Fen Zhao est presque certainement l'une des nôtres à présent. Elle devait être mieux préparée que la plupart des gens. Elle était sans doute loin de se douter que les films qu'elle tournait ne reposaient pas uniquement sur du vent, mais ils ont dû lui donner une longueur d'avance concernant les principes de base. N'empêche que c'est sûrement encore trop tôt pour lui envoyer ce T-shirt.

Bref, c'est comme ça maintenant.

La vie telle que vous l'avez connue jusque-là est terminée.

Votre monde n'était pas aussi terrible qu'on nous l'a toujours fait croire à Tremorglade. Mais le nôtre n'est pas aussi épouvantable que vous l'auriez cru non plus.

Des tas de fausses rumeurs ont circulé concernant le processus et ses conséquences. Voilà pourquoi j'ai commencé à tourner des vidéos et à les mettre en ligne, pour dire la vérité, donner des conseils sur la manière de gérer un parent Changé, expliquer que tout ça n'est pas si grave. Elles rencontrent un franc succès – on peut même dire qu'elles sont devenues virales. Elles ne sont absolument *pas* aussi ringardes que *Votre corps face au Changement*, quoi qu'en dise Ingrid. Il y a beaucoup de gens qui semblent apprécier mes conseils.

Je leur dis qu'ils ne sont pas des monstres. Ils vont commettre des erreurs, comme avant, mais ça ne fait rien – on est tous humains, non ?

La plupart du temps.

REMERCIEMENTS

Beaucoup de gens ont joué un rôle crucial dans l'écriture de ce livre. J'aimerais remercier :

Mon mari, Rob, et nos fils Fraser et Cameron, qui ont lu chacun les différentes versions du manuscrit pour m'apporter des critiques précieuses, et dont l'enthousiasme m'a donné la force de continuer. J'ai énormément de chance de vous avoir.

Mon agente, Kate Shaw, pour son soutien indéfectible et ses conseils judicieux dans les bons moments comme dans les mauvais.

Toute l'équipe de Simon & Schuster UK, sous la direction de Rachel Denwood, pour avoir adopté le projet et l'avoir nourri de toute sa créativité et de toute son imagination.

Je pense en particulier à mes talentueuses éditrices, Lucy Pearse et Katie Lawrence, dont les nombreuses observations et suggestions m'ont permis d'améliorer le texte. Et aussi à Alexa Pastor, de Simon & Schuster US, sans oublier Anna Bowles pour sa relecture attentive.

Ainsi que Jose Real, pour la couverture la plus cool qu'on puisse imaginer.

Je suis profondément reconnaissante envers tous ceux qui m'ont généreusement accordé de leur temps et de leur expertise pour m'aider, lire des extraits, m'apporter des conseils ou simplement un peu de soutien amical, et notamment : Tiggy Lee, Dashe Roberts, A. M. Dassu, Louie Stowell, Alom Shaha, Fiona Baker, Eiman Munro, Nicola Baker, Sarah Medway, Priscilla Mante, et tous les joyeux Swaggers. Aucune des erreurs qui ont pu se glisser dans ce texte ne saurait vous être attribuée (oui, j'avoue, elles viennent toutes de moi).

Et enfin, merci à toi, lecteur, si tu es parvenu jusqu'ici. Reste dans le coin. Je n'ai pas dit mon dernier mot.

À PROPOS DE L'AUTRICE

S. J. Wills a grandi à Chelmsford, dans l'Essex, au Royaume-Uni, où ses parents lui laissaient prendre absolument n'importe quel livre à la bibliothèque. Elle travaille comme correctrice free-lance depuis 2003 et a renoué depuis avec la grande passion de son enfance : écrire ses propres histoires. Elle vit aujourd'hui dans le Kent avec son mari écrivain, leurs deux fils ainsi qu'un gros caniche particulièrement remuant.

21, rue du Montparnasse – 75006 Paris

Direction de la publication : Sophie Chanourdie
Édition : Tina de Filippo
Traduction : Guillaume Fournier
Responsable artistique : Mélissa Chalot
Mise en pages : Fanny Bouchet
Fabrication : Rebecca Dubois

Illustration de couverture : Jose Real

ISBN : 978-2-03-604561-3
Imprimé en Italie
Dépôt légal : octobre 2023
332465-01/11051598 – septembre 2023

Conforme à la loi n° 49-956 du 16 juillet 1949
sur les publications destinées à la jeunesse.

PAPIER CERTIFIÉ

LAROUSSE s'engage pour l'environnement en réduisant l'empreinte carbone de ses livres. Celle de cet exemplaire est de :
1,4 kg éq. CO_2
Rendez-vous sur www.larousse-durable.fr